KB150624

글이 머물다 간 자리

글이 머물다 간 자리

초판 1쇄 인쇄_ 2020년 02월 15일 | **초판 1쇄 발행_** 2020년 02월 20일
지은이_ 8명의 수성고 와글이들(김서진, 권나현, 김수민, 박나경, 정은지, 민다나, 김주영, 문선령) | **엮은이_** 김명선
펴낸이_ 진성옥·오광수 | **펴내곳_** 꿈과희망
디자인·편집_ 김창숙·성숙
주소_ 서울시 용산구 한강대로 76길 11-12 5층 501호
전화_ 02)2681-2832 | **팩스_** 02)943-0935 | **출판등록_** 제2016-000036호

E-mail_ jinsungok@empal.com
ISBN_ 979-11-6186-070-1 43810
※ 책 값은 뒤표지에 있습니다.
※ 새론북스는 도서출판 꿈과희망의 계열사입니다.
ⓒPrinted in Korea. | ※ 잘못된 책은 바꾸어 드립니다.

김서진
권나현
김수민
박나경
정은지
민다나
김주영
문선령

글이 머물다 간 자리

김명선 엮음
8명의 수성고 와글이들 지음

꿈과희망

2019년에 학생 저자 책 쓰기 동아리를 처음 맡게 되었습니다. 어디서부터 시작해야할지 너무나 막막하여 일단 정인영 선생님에게 책 출판의 노하우를 알려 달라고 부탁했었습니다. 그렇게 알게 된 책 쓰기 동아리의 첫인상은 나쁘지 않다 정도였습니다.

아…… 이런 걸 결국 하게 되는구나…… 국어과의 숙명이라고 해야겠죠. 이런 류의 동아리는 당연히 국어과가 맡아야 한다는, 전혀 신선할 것 없는 생각들을 저도 하고는 있었습니다. 그래서 이런 기회에 감사함을 느끼기보다는 그냥 일·업무·일·일…… 이라고만 생각하며 지냈었죠. 책을 마무리 지으면서야 비로소 우리에게 기회가 온 것을 감사하게 여길 수 있었고, 아이들과 시간을 자주 보내면서 느낀 소소한 재미도 온전히 와 닿았습니다.

"내가 쓴 이야기가 출판을 한다니……?", "얘들아, 우리가 출판을 할 수 있대!" 이런 들뜸을 많이 즐기지 못해서 무척 아쉽지만 마감 기한에 쫓겨 고된 하루를 보냈던 아이들과 저의 시간을 돌이켜 보면 뿌듯함이 몰려옵니다.

창작의 고통 속에서 머리를 짜냈던 8명의 수성고 와글이들에게 감사하고, 축하한다는 말을 먼저 하고 싶습니다. 소중한 방학 중 하루를 내어 준 정인영 선생님, 감사해요. 그리고 이 책이 나올 수 있도록 도와주신 많은 분들에게도 감사 인사를 드리며, 이 책을 손에 들고 계신 모든 분들이 책을 읽은 후에는 마음의 온도가 후끈하게 올라가 있기를 바랍니다.

인생엔 삼진이 없으니,
날아오는 공을 무서워하지 말고
손에 쥔 방망이로 과감히 쳐 보라는 말을 아이들에게 전하며
2020년 새해에
김명선 씀

CONTENTS

목차

첫 번째 와글와글

다른 것은 당연하다

김서진

작가소개

★ 이름 : 김서진

★ 성별 : 여

★ 생년월일 : 2002. 05. 17.

★ 학력 : 2008년 2월 리리유치원 졸업
　　　　2015년 2월 수성초등학교 졸업
　　　　2018년 2월 덕화중학교 졸업
　　　　2018년 3월~2020년 수성고등학교 성실히 재학 중

★ 혈액형 : O형

★ 취미 : 음악감상(장르 불문)

초등학교 때 공부하라고 잔소리하는 엄마 때문에 스트레스를 받는다는 친구들의 말에 공감이 가지 않았다. 하지만 엄마는 공부하라는 잔소리를 하지 않았지만 책을 읽으라는 말은 하루에 한 번씩 꼭 말했다. 다른 엄마들이 학습지 세 장 풀면 텔레비전 보여 주겠다고 말할 때 엄마는 항상 책 몇 권 읽으면 텔레비전을 보여 주겠다고 말했다.

    매일 하는 엄마의 잔소리에도 불구하고 나는 책을 읽는 것을 좋아하지 않았다. 하지만 중학교에 들어와 반 앞 도서관에 자주 가 책을 빌려 읽었다. 영화를 보고 울지 않았지만 책을 읽고 울었다. 어떤 날은 침대에서 하루 종일 책만 읽은 날도 있었다. 그리고 고등학교에 올라와서 전처럼 책을 많이 읽지 않아 "요즘 많은 학생들이 책을 읽을까?"라는 고민을 했었다. 확실히 주위 친구들을 보고 전자책이나 웹툰이 발달해서 그런지 종이책을 읽는 학생들은 많이 없다고 느낀다. 내가 어릴 때 책을 자주 읽지 않아서 그런지 식당에서나 길에서 유튜브를 보여 달라고 떼를 쓰는 아이들을 보면 안타깝다는 생각을 한다. 그리고 사촌 동생한테 이야기한다. 지금 책을 많이 읽어 둬야 언니처럼 후회하지 않는다고, 책은 지금을 위해서가 아니라 나중의 나를 위해서 읽는 거라고.

언젠가 이런 생각을 한 적도 있다.

"내가 할머니가 되었을 때 종이책이 없어지면 어떡하지?"

그래서 나도 썼다. 12년 동안에 만난 많은 사람들과 2년간 여러 명의 여고생을 만나면서 생각하고 느낀 그들의 모습을.

이 글을 쓰기 전에도, 이 글을 쓰면서도 가족이 아닌 다른 사람을 만나면서 무조건 자신과 맞는 성격을 가진 사람을 만날 수는 없다고 생각했다. 그래서 나는 그 사람이 어떤 성격이고 어떤 점이 나와 다른지 생각했다. 그리고 그들과 오래 함께 지내다 보니 이런 생각을 하겠지? 이런 기분일 것 같다는 예측도 하게 되었다. 각자에게 이상적인 성격은 있겠지만 완벽한 성격은 존재하지 않는다. 성격이 소심하더라도 사교성이 좋은 성격이라 할지라도 각각의 장점과 단점은 존재하기 마련이다. 생각해보자. 단짝이라 자부하는 친구와 단 한 번도 싸우지 않았는지. 또한 우리가 뒤에서 다른 사람의 성격에 대해 좋다 안 좋다 이야기하듯이 마찬가지로 다른 사람도 우리의 성격에 대해 판단할 것이다. 나는 이 글을 다른 사람의 성격에 대해 왈가왈부하기보다는 그런 성격을 이해하고 자신이 어떻게 반응하면 좋을지에 대해 생각하기를 바라면서 쓰기 시작했다. 이 책을 쓰면서 단점인 것 같다 생각했던 성격이 마냥 나쁜 것 같지 않다는 생각을 하고, 글을 다 썼을 때에는 어쩌면 정작 "내 성격은 어떤 성격일까?"라는 의문이 들었다.

그리고 '거북이'이라는 시를 쓰면서 학생들은 내가 남들보다 빠르게 무언가를 해야 한다는 강박관념이라는 것이 있을 수 있다. 하지만 그런 고민을 버리고 각자만의 속도를 유지한 채 어디로 향해 나아갈 것인가를 고민하는 거북이가 되자는 생각을 하며 썼다. 그리고 각자의 봄, 즉 자신이 어디로 갈 것

인가의 확신이 들었을 때 고개를 내밀고 전진하자는 말을 전해 주고 2020년
도에 고3이 되는 학생들에게 힘이 되어 주고 잠시 쉬어도 된다는 말을 전해
주고 싶다.

그리고 만약 미래에 종이책이 사라져도 내 이름으로 된 책 한 권 정도는
남아 있기를 바라며 글을 썼다.

거북이

거북이가 되자

빠르게 걷기보다는
각자의 걸음을 유지하고

각자의 등딱지 안에 숨어
나오지 않고

그 속에서
고민하는

속도보다는
방향을

각자의 봄이 찾아오면
고개를 내미는

살면서 남들보다 많은 사람을 만난 것은 아니지만 이렇게 생각한다. 성격이 완전히 똑같은 사람은 없지만 성격이 비슷한 사람은 많다고.

학교가 사회의 축소판이라는 말이 있듯이 유치원 3년, 초등학교 6년, 중학교 3년, 고등학교 2년차인 내가 지금까지 만난 사람의 절반은 학교에서 만난 사람인 것 같고 그 사람들을 보면서 머릿속에서 성격들이 일반화되어 왔다. 현재 여고를 다니면서 내가 분류한 일반화된 유형들을 말하기 전에 잘 알려져 있는 MBTI 성격유형 검사에 대해 간단히 알아보자.

아마 MBTI 성격유형 검사는 성격유형 검사 중에 많은 사람들이 알고 있을 것이라 생각하고 인터넷으로 간편하게 할 수 있어서 이미 해 본 사람들도 있을 것이다. 이 검사는 사람의 성격을 16가지 유형으로 나눈 것으로 한국 심리 검사 연구소에 따르면 16가지의 유형 중 한국인의 성격에 가장 많이 분포하는 유형은 ISTJ형(소금형)이다. 소금형은 한번 시작한 일은 끝까지 해내는 성격으로 책임감이 강하고 매사에 현실적인 성격을 말한다. 우리 학교에서 소금형을 생각하면, 수행평가를 할 때 각자 맡은 부분은 꼭 하는 모습이나 학년이 올라갈수록 자신이 처한 상황에 대해 현실적인 판단을 하는 모습들로 잘 찾아볼 수 있는 유형이다. 두 번째로 많이 분포하는 유형은 ESTJ형(사업가형)으로 체계적으로 일하고 규칙을 중시하는 것을 중요하게 여기고 사실적인 목표 설정에 능한 사람을 말한다. 사업가형 또한 학교의 규칙을 잘 지키고 매일 스터디플래너나 자신이 해야 할 일을 적어 두는 친구들의 성격이다. 이와는 반대로 가장 적은 유형은 ENFJ(언변능숙형)이다. 통계자료에 의

하면 1%의 가장 적은 분포로 언변능숙형은 타인의 성장을 도모하고 협동하는 사람을 일컫는다. 사교적이고 타인의 의견을 존중하며 비판을 받았을 경우에 예민하게 반응하는 유형이다. 여고에는 모둠활동에서 협동하는 친구들도 상당이 많고 소수를 제외한 대부분의 아이들이 사교적이라고 생각했기 때문에 나에게는 이 통계에 언변능숙형이 1%라는 사실을 보고 놀랐다. 이 외에도 논리적이고 뛰어난 상황 적응력을 가진 ISTP(백과사전형), 열정적으로 새 관계를 만드는 사람인 ENFP(스파크형)등 다양한 유형들로 나눠져 있다.

이렇게 16가지 유형으로 사람들의 성격을 나눈 것처럼 남녀 공학이던 중학교에서 여자고등학교에 올라와 같은 교실에서 수업을 하고 방과 후, 야간자율학습, 동아리 등에서 많은 친구들을 만나 보고 일어나서 깨어 있는 시간의 절반을 학교에서 생활하니 여고의 학생들의 성격도 내향형, 사회형, 자기중심형, 비관형, 낙관형 총 5가지 특성으로 나눌 수 있었다.

- I형(introvert)   – 내향형
- E형(egocentric) – 자기중심형
- O형(optimistic)   – 낙관형
- S형(social)   – 사회형
- P형(pessimistic) – 비관형

I형(introvert) – 내향형

친구들과 함께 식당에 가면 주문을 못하거나 옷가게에 가면 다른 사이즈가 있냐고 묻거나 자신이 찾는 제품이 있냐고 묻는 것을 잘하지 못했던 친구가 주위에 한 명쯤 있을 것이다. 내 주위에 있는 몇몇의 친구들도 이에 해당되는데, 함께 식당에 가면 주문은 내 몫이고 가게에서 다른 옷은 없냐고 물어보는 담당도 매번 나였다. 내가 정의한 내향형은 이렇게 소극적인 사람을 말한다. 학교에서도 자주 내향형 성격을 지닌 친구들을 만나고 처음 보는 친구를 내향형이라고 느낄 수 있다. 새로운 학년에 올라와서 새로운 친구를 사귈 때 말수가 적고 낯을 가리는 친구들을 우리는 소극적이라고 한다. 아무리 사교적인 성격이고 소극적인 성격이 아닐지라도 처음 보는 사람과 함께 있으면 어색하고 낯을 가릴 수 있지만 내향형은 이런 뉘앙스와는 살짝 다르다고 볼 수 있다. 이렇게 내향형을 가진 소극적인 친구들은 수업시간 중 선생님들이 하시는 질문의 답은 알지만 말하지 않거나 같은 반 단체채팅방에서도 대답을 잘하지 않는 경우가 많다. 또한 모둠 활동이나 조끼리 하는 수행평가에서 자신의 의견이나 아이디어를 말하는 것을 꺼려하고 앞에 나가서 발표하는 수행평가보다는 학습지를 써서 제출하는 수행평가를 좋아하며 조를 만들어서 하는 수업방식보다는 개인 활동이나 선생님의 설명 위주로 진행하는 수업방식을 선호한다.

하지만 우리에게 뿌리 깊게 박혀 있는 편견이 있다. 외향적인 사람이 창의성과 생산성이 높고 더 성공하고 학교에서나 직장에서는 외향적인 사람을 이상적인 사람이라고 생각하는 등 내향형을 가진 사람들을 좋지 않게 바라보거나 인식하는 경우도 많은데 꼭 그렇지만은 않다. 내향형은 남들과 살짝 다를 뿐이다.

모둠 활동이나 조끼리 하는 수행평가에서 자신의 의견을 말하는 것을 꺼려하지만 자신이 맡은 부분은 최선을 다해서 하고 남들에게 피해가 가지 않도록 열심히 한다.

그리고 쌓였던 스트레스를 다른 사람과의 만남으로 푸는 경우가 있는 반면 내향형은 책을 읽거나 음악을 듣는 등 자신 혼자만의 시간을 갖는 다는 차이가 있을 뿐이다. 이렇게 가지는 혼자만의 시간에서 창의적인 생각과 혁신적인 생각이 만들어지는 경우도 많다.

또한 다른 사람들과 의견을 나눌 때 내향적인 사람은 자신의 주장을 내세우기보다는 경청을 한다. 사회성이 떨어지거나 수줍은 것이 아니라 곰곰이 생각하고 결론을 내는 것이다. 여러 가지 선택지 중에 한 가지를 골라야 하는 상황에서 더 많은 고민을 한 후 신중하고 비판적으로 선택을 한다. 긍정적인 것에 끌리기보다는 부정적인 것을 염두에 두고 상황을 판단하고 결론을 내려 보다 더 현실적인 선택을 할 수 있다.

학교에서도 내향적인 친구의 장점을 볼 수 있는데 친구들과 선생님 앞에 나가 발표하는 프레젠테이션이 있으면 여러 번 연습하고 자신이 받을 예상 질문을 생각하고 그에 대한 답변을 스스로 준비해간다. 다시 말하자면 자신의 마음에 들 때까지 완벽하게 준비한다. 자신의 성격을 제대로 파악하여 해야 할 일을 자신의 성격에 맞게 준비하고 매사에 신중을 가하고 미리 자신에게 다가올 상황과 변수를 생각한다. 또한 내향적인 친구들은 주변과 작은 것에 대해 민감하다. 이런 친구들과 함께 조활동을 하면 내가 깜박한 부분이나 실수한 부분 그리고 생각하지 못했던 세부적인 사항들을 캐치해낸다. 게다가 자신이 조에 큰 역할을 하거나 중요한 부분을 알아냈을 때 그것에 대한 자부심을 밖으로 표출, 즉 자랑하지 않는다.

내향형인 친구들에게는 큰 반전을 볼 수 있는데 처음에는 내성적이라고 생각했던 친구와 며칠, 몇 주, 몇 달을 같이 지내다가 보면 그 생각이 바뀔 때가 더러 있었고 올해도 어김없이 한 명이 있었다.

1학년이 끝나고 2학년에 올라와서 반에 아는 친구가 별로 없어서 걱정이었다. 2학년이 되고 며칠이 지나고 생활해 보니 나와 마찬가지로 반에 아는 친구가 별로 없었던 현지가 있었다. 현지는 쉬는 시간이나 점심시간이 되면 복도나 작년에 같은 반이었던 친구들과 함께 시간을 보냈다. 또한 말수가 적었고 말을 걸면 낯을 가린다는 것이 상대방에게도 느껴졌기 때문에 쉽게 친해지기 힘들다고 생각했고 어렵다고 느꼈다. 하지만 계속해서 "무슨 방과 후 신청할 거야?"라며 현지에게 말을 많이 걸었고 몇 주가 지나고 한 반에서 같이 지내는 시간이 늘어나면서 소극적이라고 생각했던 첫인상이 바뀌었다. 예쁘게 생긴 얼굴과는 달리 예상치 못한 순간에 내뱉는 말들로 친구들에게 재미를 주었고 알고 보니 털털한 성격으로 반에서 트름을 하거나 방귀를 스스럼없이 뀌어서 친구들에게 웃음을 주었다.

S형(social) - 사회형

반 친구들, 다른 반 친구들과 모두 친하고 게다가 처음 보는 친구에게도 말을 쉽게 건네는 친구가 한 명씩 꼭 반에 있지 않나? 그런 친구들을 우리는 사교적이라고 말한다. 사회형 성격을 가진 친구들은 보통 이야기를 좋아한다. 예를 들자면 아침에 학교에 오면 자신이 전날 꿨던 꿈 이야기, 엄마와 싸운 이야기, 사고 싶던 물건을 샀다는 사실, 심지어는 자신이 어제 먹은 음식까지 이야기하는 친구가 있다. 이렇게 학교에 사회형의 성격을 가진 친구들이 있으면 반에 활기가 돌고 수업 분위기도 밝아진다.

또한 요즘 많이 하는 모둠 활동도 사회형 친구들이 있으면 잘 이끌어주고 주어진 일도 빠르게 진행된다. 만약 사회형의 친구들이 없다면 선생님의 말에 대답하는 친구들도 적을 것이고 모둠 활동도 원활하게 진행되지 않을 것이다.

하지만 사람들은 이런 밝은 이미지에 사교적인 친구들이 항상 자신의 이야기를 한다고 해서 관심을 받고 싶어 하고 오지랖이 넓다는 부정적인 생각을 하지만 사회형은 자신의 이야기 말고도 다른 사람들의 문제를 들어주는 것을 무척이나 좋아한다. 자신과 관련된 이야기뿐만 아니라 다른 친구들의 성적 문제나 다른 고민이 있으면 누구보다 잘 들어주고 자신의 일인 것처럼 책임감을 갖고 고민을 해결해 주려고 하는 경향이 있다. 그리고 사회형은 다른 사람과의 신뢰를 중요하게 여긴다. 남과의 인간관계를 소중하게 여겨 다른 사람에게 신뢰를 주고 그 신뢰를 잃지 않으려 노력한다. 그리고 자신과 상대방의 차이를 대화와 관용으로 풀어 나가려는 노력을 한다.

여학생들이 다니는 여고 역시 다른 친구들과 이 인간관계를 남자 학생들보다 소중하게 여기는 경향이 있는데 단체로 하는 활동이 아닌 두 명씩 짝을 지어 하는 활동이면 누구와 같이 할지 정하는 것을 중요하게 생각하고 만약 자신과 친했던 아이가 다른 친구와 하면 약간의 섭섭함을 느낀다. 또한 자신은 모르고 다른 친구들만 아는 친구의 이야기가 있으면 섭섭함을 느끼고 친한 친구가 머리를 잘랐다든가 주말에 어디에 놀러간다는 소식을 친구가 아닌 다른 사람에게서 들으면 섭섭함을 느낀다.

이렇게 사회형의 여고 학생들은 인간관계를 중요하게 여기는 만큼 인간관계에 예민하고 그에 따른 상실감도 큰 편이다. 사회형인 여고 학생들은 또한 다른 친구들의 정보를 모으는 데 노력을 기울인다. 머리를 잘랐다든가 필통을 바꿨는지 등 친구의 사소한 변화를 금방 알아보고 머리를 자른 것이 더 어울린다든가 바꾼 필통이 너무 예쁘다는 등 주로 상대방의 기분을 좋게 해 주는 말을 한다. 이렇게 사회형은 친구들이 다른 사람들을 관찰하고 대화에 귀를 기울이며 자신이 어떻게 행동하고 대화에 참여할 것인지 생각한다.

하지만 사회형이 단순히 겉으로 보았을 때는 붙임성이 많고 낯을 가리지 않는 성격이라고 착각할 수 있는데 꼭 그런 것만은 아니다. 물론 태생부터 사회형인 친구들도 있지만 노력에 의해 사회형이 된, 사회형처럼 보이는 친구들도 있다. 원만한 학교 생활을 위하여 친구들과 다투지 않으려 하고 웬만해서는 자신이 다른 친구들의 의견을 따르고 분위기를 띄우려 재밌는 이야기를 하는 아이들도 있다. 또한 사회형의 아이들이 다른 친구들과 그리고 반 친구들과 두루 친하게 지내지만 막상 알고 보면 가장 친한 친구, 둘이 하는 활동을 할 때 마땅히 같이 할 아이가 없는 것도 사회형의 경우 중 하나이다.

2학년이 되면서 자신의 반의 구성원을 보고 희비가 엇갈리는데 자신과 친한 친구가 없으면 대부분의 아이들은 낙담한다. 내가 아는 세민이도 이런 상황에 놓여 있었다. 세민이는 2학년에 올라올 때 반에 아는 아이가 없었고 친한 친구가 없었는데 내가 나눈 다섯 개의 성격 분류 중에 사회형에 속하는 세민이는 평소에 말하는 것도 재미있고 하는 말마다 웃겨서 어떤 친구들과도 잘 이야기하고 상대방을 재미있게 해 주는 성격이어서 학년이 바뀌어도 세민이는 새로운 반 친구들과 금방 친해지고 그들을 재미있게 해 주는 것 같았다. 항상 세민이의 반에 가면 친구들과 어울려서 놀고 있고 그 반 친구들의 이야기를 들어보면 세민이가 너무 재미있다고 칭찬을 늘어놓았다. 하지만 어느 날 세민이가 반에서 두 명씩 짝을 하거나 활동을 해야 할 때 막상 같이 할 친구가 없다는 이야기를 듣고 의외라고 생각했다. 활발하고 재미있는 성격을 가져 모든 반 친구들과 두루 어울렸던 세민이는 막상 반에서 가장 친한 친구는 없었던 것이다.

세민이와 같은 사회형은 단순히 다른 친구들과 모두 친해 보여서 친구가 많은 거라는 생각은 사실일 수 있지만 가장 친한 친구가 누구냐고 물어보면 말하지 못하고 자신의 고민을 털어놓을 진정한 친구가 없는 상황일 수도 있다. 따라서 남들의 고민을 들어주고 자신의 일처럼 해결하려고 노력하지만 정작 자신의 고민들을 털어놓지 못하고 혼자의 힘으로 해결해야 하는 사회형이 있을 수 있다.

E형(egocentric) - 자기 중심형

학교를 10년 이상 다녀 본 결과 학교는 항상 평화롭지만은 않다. 학교에서 함께 생활하지 않고 개인 활동만 존재하면 갈등이 일어나는 상황은 존재하지 않을 수 있지만 거의 모든 활동을 다른 친구들과 함께하기 때문에 의견충돌과 갈등은 흔한 일이다. 각자 다른 성격을 가진 만큼 친구들과 충돌이 자주 일어나는데 그 충돌 중 대표적인 원인은 자신의 생각을 고집하고 다른 사람을 이해하기보다는 자기 중심적으로 행동하는 성격이 존재하기 때문이다. 이런 성격의 유형을 E형, 즉 자기 중심형이라 이름 붙였다.

학교에서도 자기 중심형의 친구들이 적지 않은데 요즘 학교는 거의 모든 수업이 활동으로 이루어지고 있다고 해도 과언이 아니기 때문에 의견충돌이 없다는 것이 이상하다고 생각할 수 있다. 자기 중심형의 성격 유형을 가진 친구들은 모둠 활동을 할 때 자신이 생각을 밀고 나간다. 그 의견이 아주 나쁜 것은 아니지만 다른 사람의 의견을 동의하지 못하는 모습이 남들이 보았을 때는 좋지 않다고 생각할 수 있다. 학교를 다니다 보면 반마다 자기 주장형을 한 명씩은 볼 수 있는데, 보통의 친구들 다수가 그 친구와 모둠이나 짝이 되는 것을 꺼려한다. 자신이 낸 의견을 받아들이지 않는 것을 좋아할 사람은 없을 테니까. 만약 자기 주장형과 같은 모둠이 되면 거의 자신의 의견은 받아들여지지 않고 심지어는 어차피 뭐가 선택될지 정해졌다는 생각으로 아예 의견조차 내지 않는 경우도 있다.

하지만 또 한편으로는 인간은 모두 자기 중심적인 성격을 가진다고 전제를 둘 수 있고 그렇다 생각할 수 있다. 분명 사람들은 어떠한 상황이 주어졌을 때 다수가 자신에게 이익이 되는 선택을 만들어 내기 위해 노력할 것이다. 이러한 상황은 단순히 이기적이라 할 수 없고 사람이 자기 자신을 지키기 위한 본능적인 행동이라 볼 수 있다. 따라서 자기 중심형이 되는가 안 되는가는 그러한 자신의 이익을 챙기려는 사람의 본능 속에서 얼마나 남에게 배려하는지에 대한 정도의 차인 것 같다. 단지 자기 중심적 성격은 남을 배려하는 크기가 작은 것이고 다른 사람들은 그와는 조금 다른 것뿐이다. 개인보다는 함께 살아가는 사회 분위기가 만들어지고 있는 만큼 이런 자기 중심형에게는 상대방과 나와의 차이를 대화로 풀거나 관용으로 받아들이고 타인을 배려하고 이해하는 마음이 필요하다.

이런 경우만 생각해서 자기 중심적 성격을 가진 사람에게 꼭 단점만이 있다는 것은 아니다. 보통 모둠 활동을 하면 의견이 잘 나오지 않아 시간을 많이 소비하고 결국은 아무것도 정하지 못하고 수업이 끝나는 경우가 있는데 자기 중심형 성격을 가진 사람들은 자신의 의견에 확고함을 갖고 있기 때문에 좋은 의견들이 많이 나오고 그만큼 추진력도 강하다.

또한 E형은 무작정 자신의 의견을 고집하는 것이 아니라 그만큼 자신의 의견이 체계적이고 옳은지에 대한 생각을 하고 난 후에 자신의 의견을 주장한다. 그리고 자신의 의견이 채택되면 그에 따른 책임감도 강한 편이다. 자신의 의견으로 모둠원들에게 도움이 되고자 준비도 철저하게 할 뿐만 아니라 일의 순서와 각자의 역할까지 정하여 다른 사람들에게 최대한 피해가 가지 않도록 노력하는 경향이 크고 진행도 잘된다. 그저 다른 사람이 보았을 때는 자기 주장이 강하고 이기적인 사람으로 볼 수 있지만 자기 주장이 강한 만큼 책임감도 강하고 시간 소비를 줄일 수 있다는 장점 또한 있다. 그리고 요즘 흔히 말하는 결정 장애를 가진 사람들에게는 사이다 같은 존재일 수 있다.

만약 회사의 직원들과 부장이라는 직급을 갖고 있는 사람들의 상황을 생각해 보면 일의 처리를 빨리 진행하기 위해서 부장의 의견으로 일이 진행될 때가 있는데 이런 상황이 자기 주장형의 상황과 연관되어 있는 것 같다. 따라서 자기 주장이 그저 단점이 아닌 집단의 한 사람에게는 꼭 필요한 성격 유형이다.

P형(pessimistic) – 비관형

학년이 올라가면서 느낀 것이 한 가지가 있다. 학교에서 생활하면서 아이들이 점점 비관적이고 현실적으로 생각한다는 것이다. 이런 친구들 중에서 자신에게 발생하는 거의 모든 일에 비관적으로 생각하고 평가는 친구들이 있는데, 이것이 바로 P형, 비관형이다.

원래부터 비관적이었을 수 있지만 내가 본 비관형은 학년이 점점 올라갈수록 비관형으로 변하는 것이 특징이었다. 많은 시험과 수행평가를 거치고 대수능이 가까워지면서 아이들은 비관적으로 변해 가고 있었다. 물론 모든 일에 긍정적으로 생각하면서 살아갈 수는 없지만 이렇게 비관적이고 현실적으로 바뀐 친구들을 보면 학교라는 생활 속에서 피폐해졌기 때문이라는 생각도 든다.

내가 생각했을 때 비관형을 가진 학생들의 안타까운 점은 많은 경험을 하지 못하는 것이다. 다양한 경험과 접촉을 중요하게 생각하는 나로서는 비관형을 가진 학생들이 어차피 내가 하지 못하는 것이라 생각하기 때문에 자신이 익숙했던 것만 고집하고 새로운 시도를 하지 않는 것이 안타깝다. 여고 안에서도 비관형을 가진 친구들을 많이 찾을 수 있다.

소미는 작년(1학년)에 같은 반은 아니었지만 소미의 쾌활한 성격 덕에 어느새 친해지게 되었다. 소미는 성적도 상위권에 속했고 수행평가도 뭐하나 버리는 것 없이 하나하나 꼼꼼히 다 챙겼다. 하지만 2학년이 올라와서는 시험기간에 수행평가가 집중적으로 몰리거나 영상제작과 같은 시간이 많이 걸리는 장기간 수행평가가 주어지는 경우에는 자기는 할 수 없다고 비관적으로 바뀌었다.

이렇게 비관적으로 바뀌는 모습이 나쁜 것만은 아니다. 비관형을 가진 친구들은 현실직시가 빠르다. 자신에게 주어진 상황에서 자신이 할 수 있는 것과 할 수 없는 것을 남들보다 빠르게 파악하고 자신이 할 수 있는 것을 시도한다. 따라서 다르게 말하자면 후회가 없는 선택을 만든다.

다들 충동구매를 하거나 지금 하고 싶다는 욕구가 더 커 섣부른 결정을 내린 경험이 있을 것이다. 만약 불가능하다는 것을 알지만 하고 싶은 선택한다면 결국 끝으로 가 자신의 결정을 후회한다. 시간소비까지 해버린 셈이다.

즉, P형에게는 시간소비란 존재하지 않는다. 자신의 능력과 자신이 처한 상황을 제대로 파악하고 있기 때문에 자신에게 주어진 시간을 다른 사람과 비교될 정도로 효율적으로 사용할 수 있다.

아마 서양윤리에 나오는 데카르트가 비관형이 아닐까 생각한다. 데카르트는 모든 것을 의심한다. 그리고 의심스럽고 불확실한 인식을 제거하고 확실한 인식만을 확보하기 위해 의문을 제기하는 방법적 회의를 주장한다. 모든 의심스러운 것을 다 제거하는 데카르트는 현대의 비관형이라 볼 수 있다.

O형(optimistic) - 낙관형

낙관형은 말 그대로 낙관적, 즉 모든 일을 밝고 긍정적으로 보는 것이다. 우리는 낙관적인 사람을 보았을 때 몇 가지 생각이 들 수 있고 공통된 이미지를 떠올릴 수 있다.

먼저 낙관형의 사람들을 보면 표정이 밝고 약간의 호감형이라고 볼 수 있다. 그리고 낙관형은 무엇을 선택하든 가능한 방향으로 생각하고 승리에 대한 확신이 있다. 또한 생각이 긍정적이며 미래에 대한 희망이 가득하다. 이렇게 긍정적인 성격을 가진 낙관형은 비관형과는 반대의 성격을 가졌다고 볼 수 있은데 여고에도 비관형만큼이나 낙관형을 찾기가 쉽다.

모둠별 활동을 낙관형을 가진 친구들과 하게 되면 다른 친구들이 내는 아이디어들에 모두 동의를 하고 격정적인 반응을 해 줘서 왠지 모르게 기분이 좋아진다. 또한 결과물을 만들어 낼 때 마음에 들지 않으면 아이들이 실망하고 후회하는 경우가 많은데 낙관형은 결과물의 흠보다는 장점과 특별한 점을 친구들에게 말해 주어 다른 친구들의 생각까지도 긍정적으로 바꿀 수 있게 만들어 준다. 또한 이런 낙관형은 다른 사람의 단점보다는 장점을 보고 상대가 들었을 때 싫은 소리보다는 듣기 좋은 말들을 해 준다는 점에게 친구들에게 호불호가 갈리지 않은 호감형이라고 볼 수 있다.

이런 낙관형의 긍정적인 생각과 말들이 친구들에게도 영향을 주어 재미있고 유쾌하게 모둠 활동을 할 수 있고 반 분위기를 밝게 만드는 분위기 메이커라고 할 수 있다.

하지만 낙관형은 다소 모험적일 수 있는데, 예를 들자면 이미 많이 해 보아서 익숙해진 것을 좋아하는 일반 사람들과 달리 자신이 해 보지 않은 새로운 것을 더 선호한다. 하지만 낙관형은 이러한 새로운 것에 대한 관심 때문에 이미 익숙해진 것에는 금방 싫증을 낸다. 그래서 끝마무리가 약할 수 있다. 이러한 점에서 그게 좋은 경험이든 좋지 않은 경험이든 간에 남들보다 더 많은 경험을 할 수 있다는 장점이 있다. 이러한 장점이 있는 반면에 사전 준비보다는 즉석해결책에 의존하기도 한다. 낙관형은 매사에 긍정적으로 임하고 행동하기 때문에 어떤 일이든 좋은 쪽으로 해결된다고 생각하고 만일을 대비한 해결책을 준비하지 않는다.

민지는 전형적인 낙관형이었다. 낙관형이기 때문에 친구들와 잘 어울렸고 뭐든지 긍정적으로 생각하여 친구들이 민지와 함께 다니는 것을 좋아했고 싫어하는 친구를 찾아볼 수가 없었다. 하지만 민지는 매사에 낙관적이어서 수행평가를 할 때에도 그 성격이 드러났다. 총 3개의 쪽수에서 제비뽑기를 하여 나오는 쪽수의 본문을 외워서 말하는 영어 수행평가였다. 정해진 날에 바로 세 쪽 중에 두 쪽을 외우고 자기는 나머지 한 쪽은 안 뽑을 거라고 확신하며 결국에는 외우지 않고 수행평가 당일이 되었다. 하지만 제비뽑기를 하자 민지는 자신이 외우지 않은 쪽이 나와 버렸고 아무것도 말하지 않고 수행평가가 끝나 버렸다.

이 부분에서 O형의 가장 큰 단점을 볼 수 있다. 이런 민지의 낙천적인 성격을 보았을 때 친구들에게는 질타가 아닌 많은 관심과 긍정적인 반응을 받을 수 있지만 자기 자신에게는 그러한 성격이 큰 독이 될 수 있다. 자신의 일에도 낙천적인 모습을 보여 꼭 해야 할 일과 하고 싶은 일 중에 하고 싶은 일만 선택하여 나중에는 큰 손해를 볼 수 있고 그것이 습관이 되면 커서도 그런 성격이 남아 있어 직장이나 가정에서도 일을 원만하게 진행하고 결과를 맺지 못할 것이다.

이렇게 사람마다 다양한 성격의 유형들이 있다. 2년이 안 되는 여고를 다니면서 만난 학생들의 성격을 총 5개로 나누어 하나하나 특징과 실제로 있었던 사건들을 썼는데, 유형을 나누어 유형에 대한 특징을 쓰기 전에는 좋은 성격과 좋지 않은 성격이 머릿속에서 분류가 되어 있었던 것 같지만 하나하나 써 내려 가다 보니 그 5가지의 유형 중에서 가장 좋은 성격이 무엇인지 손꼽을 수는 없었다.

보통 대부분의 사람들이 사회형과 낙관형이 가장 좋은 성격을 지녔고 자기 중심형이나 비관형이 사람들이 기피하는 성격유형 1순위라고 생각할 수 있는데, 사회형도 단점이 있고 자기 중심형과 비관형에게도 장점이 있다. 낙관형은 매사를 긍정적으로 생각한다는 장점이 있지만 이미 익숙해진 일들에 금방 싫증을 내거나 한 가지 일에 집중하지 못한다. 또한 자기 중심형은 말 그대로 자기 중심적으로 생각하고 의견을 내어 다른 친구들이 싫어할 수도 있지만 알고 보면 그런 성격이 결단력이 있기도 하고 빠르게 의견을 내야 하거나 쉽게 의견을 내지 못하는 상황에서는 자기 중심형이 중요한 역할을 할 수 있다. 그리고 비관형 또한 자신의 일이나 심지어 다른 사람의 일까지 비관적으로 바라보고 말하여 상처가 될 수도 있지만 그런 말들이 현실적인 조언이 될 수도 있다.

매일을 살아가면서 항상 긍정적으로 바라보는 것은 쉬운 일이 아닐 뿐 더러 그렇게 현명한 일 또한 아니다. 현실적인 판단을 동반하지 않은 결정들은 금방 후회하기 쉽고 자기 자신을 너무 과대평가하는 사태가 생긴다.

학교 생활을 시작하면서 계속 공학인 학교만 다니다가 여고에 배정받았을 때 여고라는 타이틀이 익숙하지 않고 기싸움이 심할 것 같다고 생각했지만 어느 누구도 싫은 성격 없이 각자의 개성을 갖고 친구들과 잘 어울리며 생활한다. 여학생들은 기싸움이 심한 것이 아니라 소속감이라는 감정을 중요하게 여기는데 다른 사람이 보았을 때는 그렇게 보이는 것이다. 물론 같은 반이 되고 일 년을 함께 보내면서 서로 각자 다른 성격들을 갖고 싸우지 않고 잘 지내는 것은 불가능하다. 하지만 여고 학생들은 그런 상황이 올 때마다 자신의 성격에 맞는 대처법으로 상황을 대처하고 잘 해결하면서 무사히 함께 1년을 생활한다. 여고를 나오지 않은 사람이나 학생들은 여고를 다니는 학생들을 굉장히 불쌍한 시선으로 바라보거나 위로의 말을 건네는 경우가 종종 있는데, 우리는 그런 위로를 받을 필요가 없다. 각자 다른 성격을 가진 것은 당연하고 각자의 개성을 가진 다양한 여학생들로 가득 찬 여고도 다른 학교와 비교할 수 없을 정도로 재미있으니까.

두 번째 와글와글

목련-
봄에 피는 겨울

권나현

작가소개

★ 2002년 3월 2일 출생
★ 2014년 2월 용지초등학교 졸업
★ 2018년 2월 7일 범물중학교 졸업
★ 2018년 3월 2일 수성고등학교 재학

작가의 말

이 작품은 길을 걷다가 목련을 보고 나무에 눈이 내린 것 같다는 생각을 한 경험을 바탕으로 지어졌습니다. 여기서 겨울은 춥고 힘들기만 한 겨울이 아닌 따뜻한 함박눈과 같은 겨울을 의미합니다. 작품의 주인공 '나'의 친구인 '플로스'는 함박눈처럼 '나'를 따뜻이 감싸 주는 역할을 합니다.

이 작품의 전체적인 이야기는 모든 사람에게는 자신만을 위한 숨겨진 장소가 있다는 동화 같은 이야기를 전제로 하여 주인공 '나'가 자신을 위한 이 장소를 찾기 위해 '나'를 찾아가는 이야기입니다.

이 작품에서의 이름은 모두 라틴어 단어로 붙여졌습니다. 주인공의 친구 '플로스 닉스' 이름의 뜻은 꽃과 눈, 고등학교의 이름 '프라이겔리두스 벤터스'는 차가운 바람, '나튜라'는 자연, '템푸스'는 계절, '오카수스'는 서쪽을 의미합니다. 단어의 뜻을 알면 다양한 방면으로 의미를 해석하며 이 소설을 더욱 재미있게 읽을 수 있을 것이라 생각합니다.

작품에서 언급되는 세 편의 시는 김영랑 시인의 〈모란이 피기까지는〉과 김춘수 시인의 〈꽃〉, 안도현 시인의 〈우리가 눈발이라면〉입니다. 언급된 시들의 구절은 모두 이 소설과 관련되어 있습니다.

주인공 '나'가 자신을 찾아가는 이야기를 읽으며 여러분도 각자의 숨겨진 장소를 찾기를 바랍니다.

토요일 오후 6시 47분

토요일 오후 6시 47분
해가 거의 다 진 시간
주변의 색감은 파란색
하나둘 켜지는 가로등
느리게 불어오는 바람

내일은 아직 일요일이니
여유롭게 저녁 공기를 마신다
봄이었다.
파스텔의 빛깔이 거리에 일렁이던, 그런 봄이었다.
가끔 떠올리곤 한다.
그때의 나에게 봄은 따뜻했던가. 차가웠던가.

나는 우리 지역에서 가장 엄격하기로 소문난 기숙사 고등학교에 다니고 있었다. 부모님은 그 들어가기 어렵다는 곳에 들어간 나를 자랑스럽게 여기셨지만 나는 하루하루가 지루할 뿐이었다. 모두가 열심히 하다 보면 화창한 봄날이 올 것이라고 말했다. 그렇게 4년을 지루하게 흘려보내고 졸업반이 되었다. 추워도 상관없으니 누군가 나에게 여기서 나오라고 말해 줬으면.

창밖을 바라보면 햇살이 손을 내밀어 눈을 가리는 어느 날의 오후였다. 날이 화창한 탓에 소풍이라도 떠나려는 듯 칠판의 글씨들은 제각기 돌아다

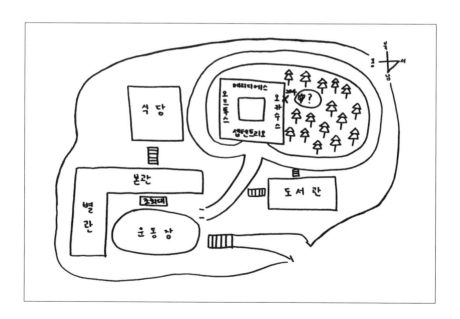

니고 있었다. 눈 위에 꽃가루들이 앉아 무거워질 때쯤 누군가 내 어깨를 흔들며 꽃가루들을 털어 냈다. 졸업반이 되고 처음 짝이 된 아이였다. 고맙다고 가볍게 대답한 후 칠판으로 눈을 다시 돌렸다.

눈 위에 꽃가루들이 다시 앉지 못하도록 노력하는 동안 수업이 끝나 버렸다. 꽃가루들은 아까 자기들을 쫓아 버린 누군가가 다가오자 달아났다. 가벼워진 눈을 들어 누군가의 명찰을 봤다. 플로스 닉스. 누군가라는 단어를 옆으로 옮기고 들어선 이름이었다. 꽃과 눈, 이름 하나에 상반된 뜻이 들어가 있었다. 아니면 눈꽃을 의미하는 이름일까. 플로스는 나에게 기숙사 방 배정표를 받았냐고 물었다. 받지 않았다고 하자 바로 손에 건네주곤 환하게 웃으며 말했다.

"내가 네 것까지 받아 놨어."

고맙다고 말하며 곧바로 플로스의 환한 웃음을 따라 지었다. 정확히는 지어졌다. 웃음에 핀 꽃이 나에게 웃으라고 말하는 것 같았기 때문이다.

"너는 어디 배정됐어?"

배정표를 보니 오카수스 204호라고 적혀 있었다.
"어? 나랑 같은 방이네?"

교실 옆자리에 기숙사 같은 방이라니, 놀란 표정을 지으며 플로스를 쳐다보았다.

"내일부터 기숙사 같은 방 쓰겠네. 기대된다!"

아까와 같은 웃음이었다. 그 환한 웃음에 봄바람을 타고 꽃잎이 날아와 플로스의 어깨에 앉았다. 수업이 끝나고 집에 도착하니 꽃잎이 그새 따라왔는지 창문을 지나 책상에 앉았다. 아까 못 다한 말이라도 있었을까, 생각하며 꽃잎에 귀기울이다 잠이 들었다.

아침부터 비가 창문을 두드리는 소리에 눈을 떴다. 학교로 가는 동안 빗물이 우산에 스며들었다. 그걸로는 모자랐는지 가방에 스며들기 시작했다. 교문을 들어섰을 때 그제서야 만족한 듯 천둥이 쳤다. 학교에 도착하자 이미 도착해 있었던 플로스가 반갑게 인사를 했다.

"안녕! 짐 다 챙겨왔어?"

인사가 끝나기 무섭게 담임 선생님이 조용히 하라고 주의를 줬다. 옆을 돌아보니 비를 맞아 시무룩해진 꽃잎이 있었다. 플로스는 풀이 죽은 채로 조회대에서 열심히 연설하는 교장 선생님을 바라보았다.

"우리 프라이겔리두스 벤터스 고등학교는 나튜라에서 제일가는 명문 학교로 세계 각국의 나라들과 교류를 해 왔습니다."

하품이 나왔다. 그런 나를 본 담임 선생님은 나를 한번 째려봤다.

"교류국 중 하나인 템푸스에서 여러 가지 물품을 보내 주었고……"

나는 다른 곳으로 시선을 돌렸다. 언제 끝나지. 옆을 돌아보며 지루하다는 표시를 하자 플로스는 동의한다는 듯이 살짝 웃어 보였다.

연설이 끝난 후 저녁을 먹고 각자 배정된 방으로 들어갔다. 방문 앞에는 일정표가 붙어 있었다. 기상 6시, 조식 7시, 수업 8-12시, 중식 12시, 다시 수업 12-18시, 석식 6시, 자습 7-12시. 아침부터 밤까지 빽빽하게 채워져 있었다. 시간표대로라면 지금은 자습을 하러 가야 했다. 플로스와 나는 책을 챙겨 자습실로 내려갔다.

자습실은 깜깜했고 높은 칸막이가 쳐진 책상에 양초가 하나 있다. 중앙 책상에는 감독 선생님이 앉아 있었다. 명단에 적힌 이름에 동그라미를 치고 자리에 앉았다. 자습을 하고 있는 도중에 어디에서 들고 왔는지 꽃가루들이 기웃거렸다. 하지만 꽃가루들이 앉으려고 하던 찰나 어디선가 차가운 바람이 불어와 꽃가루들이 떠나가고 말았다. 어디서 불어온 바람일지 생각하며 고개를 돌리자 감독 선생님이 있었다. 선생님은 빨간 잉크가 묻은 깃펜으로 내 명단에 엑스자를 하나 그렸다.

자습이 끝나고 기숙사 방에 돌아와 너무 피곤한 나머지 플로스와 인사 한마디 나눌 틈 없이 잠에 빠져들었다. 누군가가 나를 깨우는 소리에 눈을 뜨자 플로스가 있었다.

"창밖에 목련 나무가 있어."

부스스 일어나서 창밖을 보니 나무가 하나 덩그러니 있고 그 위에 하얀색 꽃봉오리들이 있었다. 우리 방은 2층이었는데 딱 그만한 키의 목련나무였다. 바로 앞에 손을 뻗으면 닿을 거리에 있는 것을 보니 기숙사 옆에 있는 숲의 목련 나무인 듯했다. 우리나라에서는 자라지 않는 품종인데, 아까 교장이 자랑하던 교류품목인가보다 하고 생각했다.

"왜 아직까지 꽃이 피지 않은 거지?"

기숙사는 4개의 동이 있었는데 오카수스동은 서쪽에 있었다.

"아, 우리 기숙사에 가려서 햇빛을 못 받아서 그런가?"

깨달았다는 듯 내 앞의 꽃이 활짝 피었다. 목련을 보다 보니 조식 시간이 되어 얼른 옷을 입고 식당으로 향했다. 그러고는 일정표대로 하루를 보내고 나서 기숙사 방으로 다시 돌아왔다.

"저 목련은 언제 필까?"

창밖을 바라보던 플로스가 돌아서서 말했다. 꽃봉오리들은 여전히 얼굴을 보여 주지 않았다. 벌써 3월 말이 되었는데 목련은 아직 피지 않았다. 목련의 개화 시기를 찾아 보니 3월에서 4월에 핀다고 했다. 햇빛 탓이거니 하고 신경을 껐다. 그렇게 잠이 들고, 또다시 깨고 잠이 들기를 반복했다. 창밖에선 해가 지고, 또다시 뜨고 해가 지기를 반복했다. 꽃봉오리들은 여전했다.

"조화는 아닌 것 같은데,"

어느 날 플로스가 말했다. 그 말을 듣고서 나는 다시 나무를 바라보았다. 꽃봉오리들은 금방이라도 춤을 출 것만 같았다. 무슨 이유에서인지, 몇 주째 피어나지 않고 가만히 앉아 있기는 하지만 내일 당장 일어선다고 해도 이상하게 느껴지지 않을 것이다. 이 이상한 꽃봉오리들에게 이름을 지어 주고 싶었다.

"얼어 있는 걸까?"

정확했다. 나는 꽃봉오리들을 '눈송이'라고 이름 지었다. 창밖을 다시 바라보니 겨울이었다. 다음날 수업시간에 문학 선생님이 시 두 편을 들려 주었다. 어느 시인의 '꽃'이라는 시였는데 이름을 부르니 꽃이 되었다는 구절이 마음에 들었다. 좋은 시였다. 문학 선생님의 지루한 목소리와 함께하지만 않았더라면 더 좋았을 텐데, 그 다음 작품인 '모란이 피기까지는'은 선생님의 지루한 목소리에 묻혀 들리지 않았다.

다음 시간은 라틴어 시간이었다. 그다음 시간은 수학, 그 다다음 시간은 화학,

"못하겠어."

수업이 끝나고 플로스가 책상에 푹 엎어지면서 말했다.

"못 버티겠어. 어떻게 계속 이렇게 살아."

한숨을 푹 쉬었다. 종일 책상에만 앉아 있으니 내가 생각해도 버겁긴 했다.

"내일 학교에 건의라도 넣으러 갈래?"

온실 속 꽃이 아니었다. 꽃에 날개가 달린 거라고 해야 할까. 순간 자유롭게 날아다니는 눈송이들이 겹쳐 보였다. 하지만 나는 그 당시 스스로가 길에 깊이 뿌리를 내린 흔한 노란 민들레쯤 된다고 생각했기에 플로스의 말에 얼버무리며 다음 시간 책을 준비했다.

수업이 모두 끝나고 자습실로 갔다. 문학 시간에 배운 시를 다시 들여다 봤다. 이름을 부르자 꽃이 되었다. 시를 계속 들여다보니 마치 책 위에 꽃이

핀 것 같았다. 활짝 핀 꽃에는 꽃가루가 있기 마련이다. 꽃가루들이 나에게 달려들었지만 곧이어 차가운 바람이 세차게 불었다. 깃펜이 양피지로 된 명단에 상처를 냈다. 자습이 끝나고 방으로 돌아오니 플로스가 흥분된 목소리로 나를 불렀다.

"창밖을 봐!"

어제와 같은 꽃봉오리들이 있었다.

"조금 더 피어난 것 같지 않아?"

아무리 봐도 잘 모르겠으나 플로스가 그렇다고 하면 그런 거겠지 생각하고 그렇다고 대답했다. 내 옆의 목련이 활짝 웃자 눈이 흩날리는 듯했다. 잔눈발이 창밖으로 날아가 목련 위에 앉았다. 아니면 목련 잎이 창밖으로 날아가 눈송이 위에 앉은 걸까. 이름을 부르자 꽃이 되었다. 역시 좋은 시였다. 그 목련은, 또는 목련들은 꽃가루를 방 한가득 뿌렸다. 그 꽃가루들을 이불 삼아 덮고 잠에 들었다.

다음날 꽃가루를 너무 많이 마셨는지 일어나니 조식 시간이 지나 있었다. 다급하게 자리에서 일어나 아직도 자고 있는 플로스를 깨웠다. 허둥지둥 짐을 챙겨 수업을 들으러 갔다. 교실에 들어서자 담임 선생님이 왜 조식 시간에 식당에 내려오지 않았냐고 추궁했다. 일정표를 지키는 것은 매우 중요하다며 거의 하루종일 혼이 났다.

하루 일과가 끝나고 방으로 돌아오니 바람이 너무 세게 분 탓인지 창문이 닫혀 있었다. 이미 잠들어 있는 플로스를 따라 잠에 들었다. 그날의 밤은 봄이었을까. 아니면 겨울이었을까.

한동안 목련이 피지 않았다. 누군가 예쁜 목련을 저 혼자만 보고 싶은 탓에 모두 꺾어간 걸까? 내 걱정과는 달리 목련은 금방 피어났다. 하지만 너무 급하게 피어난 탓인지 원래의 빛을 띠지 못했다. 창을 열고 창밖의 눈송이들에게 목련을 감싸달라고 속삭였다. 그러자 눈송이들은 조금 더 피어나 목련을 바라보았다. 그러고는 달빛을 통해 목련에게 편지를 보냈다. 목련은 눈송이들을 쳐다보더니 예전과 같은 웃음으로 답장했다.

"피어나기 시작해서 다행이야."

그러게, 정말 다행이라고 생각하며 눈송이들에게 고맙다고 인사했다. 창으로 들어오는 달빛 사이사이 꽃가루가 날아다녔다. 몇 주 동안 지루하고 따뜻한 봄이 계속됐다. 다들 이 지루한 봄에 잘 적응해서 살아가는 듯했다. 아니면 나만 지루한 건가.

주변을 돌아보면 사방이 온실에 둘러싸여 일정한 시간에 물을 먹고 햇빛을 받는 생활에 만족하는 화려한 꽃들로 가득한 화려한 꽃밭이었다. 언덕에 홀로 서 멀리서 언뜻 보면 겨울나무 위에 눈이 가득 내려앉은 듯한 목련과는 확연히 달랐다.

노란 민들레는 이런 목련을 조금 더 자세히 관찰하기 위해 고개를 쭉 빼고 언덕 위를 쳐다보았다. 이런 노란 민들레가 못마땅했던지 찬바람은 훼방을 놓았다. 찬바람이 불자 노란 민들레는 추워서 땅속 깊숙이 들어가 버렸다. 화분 너머로 살짝 보았던 언덕 위의 겨울을 잊지 못한 채로.

수업을 듣다가 문득 창밖을 바라보니 다른 꽃들이 벌써 지고 있었다. 예전에 눈이 왔을 때 손에 내려앉은 눈의 결정을 보는 듯했다. 그때는 눈이 너무 빨리 녹아 버려 오래 같이 있을 수 없었는데, 눈송이가 천천히 피는 것도 나쁘지 않을 것 같았다.

이런저런 생각을 하며 시간을 보내는 사이 중간 평가가 코앞으로 다가왔다. 어디에다 정신을 팔고 있었는지 그제서야 알아챘다. 너무 늦게 알아채 당분간은 거기에 집중하기로 했다. 높은 성벽이 쳐진 자습실에 앉아 책을 보고 있으면 이따금씩 꽃가루가 찾아와 나를 감쌌다. 예전에 꽃가루들 때문에 곤란했던 기억들이 문득 떠올라 원망하는 눈빛을 보내며 꽃가루들을 쳐내고 다시 책을 들여다봤다. 꽃가루들이 옆에서 서운하게 쳐다봤다.

평가 하루 전날 자습이 끝나고 방으로 돌아왔다.

"공부 열심히 했어?"

플로스는 아프다고 하고 자습을 하루 빠졌다.

"힘들 땐 쉬어야지. 너도 너무 무리하지 마."

화분 너머로 가벼워 보이는 눈발이 흩날렸다. 그 모습을 보며 예전에 읽은 시 하나가 생각났다. 우리가 눈발이라면 진눈깨비가 아닌 함박눈이 되자는 시였는데 제목은 생각나지 않았다.

플로스도 이 시를 읽었을까. 가벼워 보였던 눈발은 어느새 따뜻한 함박눈이 되어 도로 낮은 곳에 있던 노란 민들레를 감쌌다. 하얀 눈으로 뒤덮인 민들레는 순간 자신이 눈송이가 되어 자유롭게 날아다니는 것 같은 착각이 들었다. 어쩌면 착각이 아닐 수도 있지 않을까.

일주일 뒤 평가 결과가 나왔다. 작년과 비슷한 결과였다. 그래서 나는 만족하는 웃음도, 실망하는 표정도 지을 수 없었다. 내 옆의 목련은 실망했다가 곧바로 화사한 웃음을 지었다.

"시험 끝났잖아. 그걸로 된 거지."

실망하는 표정이라도 지어 보고 싶다. 그 순간부터 그런 생각을 하게 되었다. 말도 안 되는 소리인 건 알지만, 지나치게 지루한 봄이었기에. 민들레가 만개하는 4월 중순이 다가와 주변의 노란 민들레들을 보여 주었다. 주변이 나에게 착각이라고 말하는 것 같았다. 역시 착각이었을까.

또다시 시간이 흘러 5월 중순이었다. 어느 날 방에 돌아오니 유난히 방이 추워 벌써 냉방이라도 하는 줄 알았더니 추위의 원인은 창밖에 있었다. 최근에 정신이 없어 살피지 못했던 눈송이가 오랜만에 찾아온 나를 반기듯 피어 있었다. 물론 다 피지는 않고 반 정도만 피었지만 그래도 기뻤다. 그러다 목련의 개화 시기는 3월에서 4월이라는 것이 생각났다. 그냥 조금 늦게 피는구나 생각했었는데 너무 늦는 거 아닌가 하는 생각이 들었다. 분명 기숙사 옆의 숲에 있을 텐데 그 숲과는 다른 이질감이 들었다.

"이제야 반 정도 피다니, 한여름이 돼서야 다 피는 거 아니야?"

이상하다는 생각에 빠져 있을 때쯤 플로스의 목소리가 나를 깨웠다. 시간을 보니 자야 할 시간이 되어 목련을 한번 더 돌아보고 잠에 들었다. 잠에서 깨니 벌써 한여름이 되었나 싶을 정도로 더웠다.

"열이 많이 나네. 오늘은 쉬어. 선생님께 말씀드릴게."

플로스에게 고맙다고 말한 후 다시 잠에 들었다. 몇 시간이 지난 후 잠에서 깨어나니 괜찮아진 것 같았다. 가만히 침대에 누워 천장을 바라보고 있자니 눈 위에 떠다니는 먼지들이 보였다. 창밖으로는 새소리가 들리고 따뜻한 바람이 불어왔다. 오랜만에 느끼는 고요함이었다. 자습실의 적막함과는 달랐다.

계속 누워 있다 보니 심심해서 조금은 나아진 몸을 이끌고 창문에 가서
섰다. 고요함 속에 목련이 피어 있었다. 손을 내밀었지만 닿을 듯 닿지 않았
다. 목련이 조금만 더 자랐더라면 내 손에 닿을 수 있었을까. 조금 더 가벼워
진 몸에 기숙사 건물을 나와 산책로를 거닐었다. 평소에는 일상에 치여 발을
들일 수도 없었던 곳. 거닐다 보니 마치 내가 자유롭게 날아다니는 눈송이가
된 것만 같았다. 착각일까. 바람이 세차게 불어와 나에게 정신 차리라고 말하
는 것 같았다.

그렇게 산책로를 거닐다 문득 목련을 직접 찾아서 보고 싶다는 생각이 들
었다. 원래 산책로 옆의 숲은 들어가면 안 되지만 산책로 쪽은 선생님들이 잘
오지 않았다. 목련은 우리 방 바로 앞에 있었으니까 기숙사 서쪽 벽을 따라
계속 걸으면 되겠지 생각하고 벽면을 따라 걷기 시작했다.

아무리 걸어도 목련은 나타나지 않았다. 조금 더 걸었지만 목련은 원래
없는 것처럼 나타나지 않았다. 결국 숲의 끝에 다다랐다. 창문으로 봤을 때는
바로 앞에 있었는데, 아무리 찾아도 보이지 않았다. 결국 목련을 찾지 못하고
방으로 돌아왔다.

자습이 끝나고 플로스가 들어왔다.

"푹 쉬었어?"

플로스에게 목련을 찾으러 간 이야기를 했다.

"이상하다. 우리 방 바로 앞에 있지 않아?"

플로스는 창밖을 내다봤다. 따라서 창밖을 내다보니 내가 아까 보았던 숲과는 완전히 다른 것 같았다.

"내일 주일이잖아. 내일 집에 가지 말고 나랑 한번 찾으러 가 볼래?"

아무리 찾아도 없던데 목련을 구해다가 우리 방 앞에 심기라도 하겠다는 말인가. 일단은 알았다고 대답하고 잠에 들었다. 다음 날 아침 일찍부터 플로스가 나를 깨웠다.

"얼른 일어나. 목련 찾으러 가기로 했잖아."

겨우 일어나서 옷을 입고 밖으로 나갔다. 산책로에 다다라서 숲으로 걸어 들어갔다. 벽면을 따라 걸어 우리 방 앞까지 왔지만 여전히 목련은 보이지 않았다.

"진짜 없네. 이상하다."

주변을 돌아봐도 목련은커녕 똑같이 생긴 나무밖에 보이지 않았다.

"기다려 봐. 예전에 할머니가 알려준 방법을 써 보자."

여기서 또 뭘 하겠다는 건지, 속는 셈 치고 계속해서 들었다.

"옛날에 할머니가 해 주셨던 이야기야. 세상 사람들은 모두 자신만을 위한 쉴 수 있는 숨겨진 장소를 가지고 있대. 거기에 가려면 눈을 감고 바람을 따라가라고 하셨어."

이게 무슨 동화 같은 이야기인가. 내가 이상하게 쳐다보자 플로스는 웃었다.

"안 믿기지? 나도 해 본 적은 없지만 우리 할머니는 거짓말은 안 해. 그러니까 한번 해 보자."

플로스는 눈을 감고 잠시 멈춰섰다. 그러다가 어디론가 걸어가기 시작했다. 급히 쫓아갔지만 어디로 갔는지 사라지고 없었다. 갑자기 누군가가 내 어깨를 쳤다. 뒤를 돌아보니 언제 돌아왔는지 플로스가 있었다.

"진짜야. 말도 안 돼. 너도 얼른 와 봐!"

목련을 찾은 것처럼 기뻐하는 플로스를 보며 나도 얼른 눈을 감았다. 하지만 바람은 느껴지지 않았다.

"바람을 따라가."

바람이 느껴지지 않는다고 답하자 플로스는 고개를 갸우뚱했다.

"이상하다. 할머니가 누구에게나 부는 바람이라고 했단 말이야."

바람을 따라 날아갈 수 있는 사람들에게나 부는 바람이겠지. 내가 시무룩하게 있자 플로스는 손을 내밀었다.

"그럼 눈을 감고 나를 따라와."

플로스의 손을 잡고 눈을 감았다. 눈을 감고 계속해서 플로스를 따라갔다. 숲의 나무에 부딪히진 않을까 하는 생각과 다른 사람이 이 광경을 보면 얼마나 우스울까 하는 생각이 계속해서 들었다.

"눈 떠. 도착했어."

눈을 떠 보니 예쁜 정원 안에 목련 나무 하나가 있었다. 창밖으로 보던 풍경과는 달랐지만 같은 나무라는 걸 한번에 알아챌 수 있었다. 가까이 다가가 반쯤 핀 목련을 바라보았다. 손을 뻗어 꽃봉오리에 닿자 금방이라도 녹아 없어질 듯 차가웠다.

"조금 누워 있다가 가자."

플로스와 나는 목련 나무 밑에 누워 낮인지 밤인지도 모를 색깔의 하늘에서 느리게 떠다니는 구름을 쳐다보았다. 우리는 모든 것이 느긋하게 흘러가는 것 같은 기분에 취한 듯 잠에 빠져들었다. 눈을 뜨니 시간이 꽤 지난 것 같은 느낌이 들었다. 나는 플로스에게 얼른 나가자고 재촉했다.

"그래, 시간이 꽤 지난 것 같다. 얼른 나가자."

플로스는 옆에 있는 이파리 몇 개를 뜯었다.

"나갈 때는 이 이파리들이 길을 가르쳐 줄 거야."

그러고는 그 이파리들을 손 위에 놓고 입으로 불어 보냈다. 그러자 이파리들이 살며시 떠올라 날아가기 시작했다.

"따라가자."

플로스와 나는 이파리들을 따라 걷기 시작했다. 한 5분 정도 걸었을 때 우리가 처음 눈을 감았던 장소가 나왔다. 주변을 살펴보니 이파리들은 온데 간데 사라지고 없었다.

그러다 퍼뜩 정신이 들어 기숙사 정문 쪽에 있는 시계로 뛰어갔다. 시간은 3시 10분. 우리가 기숙사를 나온 건 3시니까 헤맨 시간을 제외하면 숨겨진 장소에 갔다 온 시간은 겨우 3분 정도이거나 더 적었다. 플로스를 한번 쳐다보자 플로스는 한번 생각하더니 나에게 설명을 계속했다.

"맞아. 할머니가 그 공간은 시간이 느리게 간다는 이야기를 해 주셨던 것 같기도 하고…… 지금 시간을 보니 맞는 것 같네."

시간이 느리게 간다니, 정말 믿기지 않는 소리였지만 직접 경험을 했기에 딱히 뭐라고 할 수 없었다. 플로스와 나는 시간이 얼마나 느리게 가는지 알아보기 위해 기숙사 방에서 1시간짜리 모래시계를 들고 나왔다. 3시 30분, 기숙사 정문의 시계로 시간을 확인한 후 숲으로 뛰어갔다.

벽면을 따라 기숙사 방 앞쪽에 서서 눈을 감고 플로스의 손을 잡았다. 플로스를 따라 걷다 보니 아까와 같은 장소가 나왔다. 플로스와 나는 목련 나무 밑에 앉아 모래시계를 뒤집었다. 그러고는 1시간 동안 이야기를 나누며 기다렸다.

이야기를 하던 도중 나는 왜 스스로 숨겨진 장소를 찾아갈 수 없을까에 대한 이야기가 나왔다.

"그건…… 나도 잘 모르겠어. 워낙 예전에 이야기를 들었어서."

이야기를 하다 보니 모래시계가 거의 다 가고 있었다. 플로스는 옆의 이파리를 조금 뜯어 나에게 주었다. 손에 이파리를 놓고 바람을 부니 이파리가 떠올라 앞서서 가기 시작했다.

이파리를 따라 시작 장소에 도착하자마자 시계 앞으로 뛰어갔다. 시간은 3시 36분. 숲으로 왔다가 가는 시간을 제외하면 고작 1분 정도밖에 지나지 않았다. 그렇다면 그 장소에서의 1시간이 실제로는 1분밖에 되지 않는다는 소리였다.

그날 밤 플로스는 한동안 자지 않고 깨어 있었다. 새어 나오는 불빛에 잠이 깨 옆을 보니 플로스가 메모지에 무언가를 끄적이고 있었다.

"미안, 깼어? 할머니가 분명 여러 가지를 더 말씀해 주셨던 것 같은데. 기억이 안 나서 생각하고 있었어. 이제 다 됐어, 불 끌게."

그러고는 양초의 불을 불어서 껐다. 어두워진 방에서 다시 나는 잠에 빠져들었다. 꿈에서 생각한 건지, 자기 직전에 생각난 건지는 모르겠지만 분명 플로스는 처음 시도해 보는 거라고 말했는데 마치 자기 집을 찾아가는 것처럼 능숙했었다. 그러나 이런 생각들은 자고 일어나니 사라져 있었다.

"이리 와 봐. 내가 어제 할머니가 말씀해 주신 몇 가지가 더 생각나서 적어 놨어."

그 종이에는 플로스가 끄적거린 글자들이 적혀 있었다. 숨겨진 장소는 그 사람에게 가장 편안한 환경으로 존재한다. 그리고 그 장소는 휴식을 위한 장소가 아닌 자신을 위한 장소로 사용하는 사람에게만 허락된다. 쉴 수 있는 숨겨진 공간이라고 했으면서 휴식을 위한 장소로 사용하면 안 된다니, 읽고도 이게 무슨 소리인지 이해가 되지 않았다.

"조금 어렵게 말하셨지? 그냥 말 그대로 자신을 위한 장소로 사용해야 한다고 이해하면 돼. 음, 정말 너를 위한 장소로 사용해야 해. 어떻게 설명을 해야 할지 모르겠네. 내가 설명을 잘 못해서, 미안해."

말을 어렵게 하는 건 유전인가, 여전히 이해가 되지 않았지만 일단 알겠다고 했다.

"네가 아까 바람을 느끼지 못한 것도 이 주의사항에 관련된 게 아닐까? 잘 모르겠지만 찬찬히 알아보자."

그날 수업을 들으면서 하루종일 어떻게 나를 위한 장소로 써야 하는 지 생각했지만 그냥 휴식이 나를 위한 것이 아닌가 하는 생각만 들었다. 내가 답을 찾지 못해 방에 돌아와서도 계속 기운이 빠져 있자 플로스가 할 수 있다고 말해 줬다. 창밖에는 여전히 반쯤 핀 목련 나무가 서 있었다. 손을 뻗어도 닿을 수 없었다.

다음 날 점심시간에 플로스와 숨겨진 장소에 가기로 했다. 플로스의 손을 잡고 장소에 도착하자 어제와 같은 모습의 눈송이가 우리를 맞이했다. 목련 나무 밑에 앉아 있는 플로스의 모습은 목련 나무에서 떨어진 목련 잎처럼 보였다. 멀리서 민들레가 바라보았다.

"너도 이리로 와!"

나는 갈 수 없어. 민들레가 생각했다. 민들레는 주변을 살펴보겠다고 답한 뒤 멀리서 목련을 바라보았다. 목련은 눈이 햇빛을 받아 빛나듯 눈부시게 빛나고 있었다. 저 빛은 어디로부터 오는 빛일까? 자세히 살펴보니 플로스의 밝은 미소에서 나오는 것 같기도 하고, 편안한 자세에서 나오는 것 같기도 하고, 정확히 알 수 없었지만 플로스로부터 나오는 빛인건 확실했다.

"있잖아. 네가 생각하는 너의 모습과 진짜 너의 모습은 다를 수 있어."

가만히 서서 쳐다보는 나를 보고 플로스가 이야기했다. 뜬금없이 무슨 소리인가 했지만 질문할 틈도 없이 플로스가 자리에서 일어났다.

"그리고 나 할 말 있어. 나 내일부터 학교 안 나와."

내가 놀란 눈으로 쳐다보자 플로스가 계속해서 말을 이어 갔다.

"음, 조금 갑작스럽지만 그렇게 됐네. 엄마가 아프셔서 본가로 급하게 내려가 봐야 해. 내가 주소 적어 줄 테니까 그쪽으로 편지 보내면 돼."

그러고는 품 안쪽에서 종이와 펜을 꺼내 주소를 끄적이고는 나에게 건넸다. 나에게 종이를 건네는 플로스의 얼굴에서는 빛이 희미해져 있었다.

"나가자."

플로스는 언제나처럼 이파리 몇 개를 뜯어 나에게 주었다. 이 장소도 오늘이 마지막이 될 것만 같아 작별하듯이 이파리를 불었다. 조용하게 밤이 지나고 아침이 되었다.

"마지막으로 한 번만 더 가 볼까?"

플로스는 짐을 다 챙기고 나와 숲으로 향했다. 창가 앞에서 플로스는 눈을 감았다. 눈을 감고 잠시 서 있다가 플로스는 다시 눈을 떴다.

"아무래도 할머니 말씀을 잘 들을 걸 그랬어. 나중에 내가 괜찮아지면, 시간이 지나고 다시 오자."

플로스의 표정이 좋아보이지 않았다. 플로스는 뒤로 돌아서 다시 정문까지 걸어갔다. 그러고는 기다리고 있던 마차를 타면서 나에게 인사를 했다.

"안녕, 목련."

아니면 목련에게 인사하는 걸까? 그런 의문이 잠깐 들었지만 플로스는 정확히 내 눈을 보며 인사하고 있었다. 마차가 출발하며 바람이 일었고 그 바람에 민들레 홀씨들이 주변에 흩뿌려졌다. 마차가 지나가고 나서 눈밭에 떨어진 민들레 홀씨들은 눈을 머금고 목련 잎이 되었다. 나는 그 목련 잎을 모아 방으로 들고 갔다. 그러고는 따분하지만은 않은 남은 봄날을 보냈다.
수업시간에 책을 펴고 내가 좋아하는 구절을 찾아냈다. 쉬는 시간에는 내가 좋아하는 일을 했다. 도서관에서 내가 좋아하는 표지의 책을 골라 읽었다. 산책로를 거닐며 내가 좋아하는 저녁 공기를 마셨다. 목련 잎이 하나둘 떠다녔다.

봄의 마지막 날, 나는 목련 잎을 끌어안고 숲으로 뛰어갔다. 목련을 품에 안은 채 눈을 감으니 바람이 내 등을 떠밀었다. 바람을 타고 날아가 눈을 뜨니 어제와 같은 장소가 나왔다. 목련 나무는 나를 맞이하듯 기지개를 켜고 있었다.

목련 나무 밑에 앉아 주변을 살펴보았다. 조금 멀리 떨어진 곳에서 노란 민들레가 쳐다보고 있었다. 내가 목련 잎을 불어 보내자 곧이어 눈이 왔다. 소복히 눈이 오자 민들레는 희게 피어났다. 꽃이 핀 자리에는 플로스가 서 있었다.

"안녕, 겨울."

겨울이었다.
따뜻한 눈송이가 피어 있었던, 그런 겨울이었다.
분명 따스했던 겨울이었다.
찬란한 슬픔의 봄, 나의 겨울을 기다리며.

어항 속 물고기 이야기

김수민

작가소개

이미 너무 많은 것에 지쳐 버린 사람들에게
어디인가로부터 도망치고 있는, 숨고 있는 사람들을 위해.
나로부터, 그리고 다른 사람들로부터 자유롭지 못한 사람을 위해.

작가의 말

　동그랗고 투명한 유리 어항. 그리고 멜론 크기만한 작은 어항 속에서 혼자 있는 물고기. 물고기는 두 눈을 크게 뜬 채 나를 쳐다본다.

　언제부터였을까. 머릿속에서 어항 속 물고기의 이미지가 떠나질 않았다. 그 이미지는 오묘하고 괴기스러우면서도 아름다움이 있었다. 떠올라서 잡으려 하면 형태가 색깔가 되어 스르르 흩어지곤 했다.

　글을 쓰게 되었을 때 굉장히 오랜 고민의 과정을 거쳤다. 사건부터 인물, 배경 등을 온전히 나 혼자 설정하고, 새로운 세계를 만들어야 했다. 무엇보다도 매력적인 등장인물을 설정하는 데 고초를 겪었다. 인물이 그 소설의 성격을 결정한다고 해도 과언이 아닐 만큼 중요한 요소라고 생각했기 때문에. 어항 속 물고기도 소설 인물 후보에 있었지만 최후의 수단이었다. 다른 아이디어가 도저히 떠오르지 않을 때 쓰는 최후의 수단. 어항 속 물고기로 소설을 쓰는 것에 대해 자신이 없었다. 사실 어항 속 물고기를 주인공으로 삼으려면 나를 먼저 들여다보아야 했다. 그가 나의 어떤 생각으로부터 시작되었는지, 그가 나와 비슷하다는 생각이 드는 이유가 뭔지에 대해 답하기 위해 이 복잡한 감정을 파헤쳐야 했다. 난 싫고 두려웠지만 그 물고기는 내 생각을 잡고 놔주지 않았다. 그렇게 이 이야기가 시작되었다.

　나는 내가 살면서 보고 느꼈던 알 수 없는 부정적이고 비겁한 감정들, 우울, 나약한 모습 같은 것들을 주인공 물고기에 입혔다. 매번 굉장히 복잡한 기분으로 글을 써 내려 갔다. 소설 속에서 물고기가 처한 상황적 배경들에도 곳곳에 현실을 비유적으로 투영하여 녹여내려 했다.

사람들은 모두 복합적인 감정을 가지고 살아간다. 행복한 감정의 종류와 원인이 다양하듯 스트레스를 받는 원인도 그만큼 또는 그보다 더욱 다양하다. 우리는 할 일이 너무 많고, 만나야 할 사람이 너무 많고, 신경 써야 할 것들이 너무 많다. 진짜 자기 삶을 사는 사람은 몇 없어 보인다. 사회에 맞추어 일하는 기계가 되거나 다른 사람의 시선에 맞추어서 코르셋을 조인다. 복잡한 인간관계는 알 수 없는 무력감과 우울로 사람들을 잡아 이끄는 듯하다. 각박한 세상 속에서 사람들 간에 사랑이 아닌 이해관계, 자존심, 질투, 열등감 등의 감정을 느끼는 것은 어찌 보면 당연한 일이 아닌가 하는 생각도 든다.

　　세상은 너무 복잡하고 우리의 머릿속은 더 복잡하다. 하지만 우리의 가슴은 단순하다.

　　어쩔 땐 가슴이 시키는 대로 하는 것이 더 나을 수도 있다. 하고 싶은 대로 하는 것이 정답일 수도 있다.

2019년 겨울, 김수민

황금물고기 이야기

아름다운 초록호수에
황금물고기 한 마리가 살았다네

둘러싼 땅에서는
비옥한 땅의 노래가 흐르고
내려앉은 공기에는
따사로운 햇빛이 넘치네

푸른 물고기들 떼 지어 헤엄치며
연못에 비친 구름을 넘어가고
사방으로 넓게 펼쳐진 초원의 풀들은
하늘의 휘파람에 넘실거리는구나

아! 가엾은 황금물고기
푸른 물고기들 사이에서
혼자 헤매이고 있구나
마치 이방인처럼
마치 불청객처럼

그러나 황금물고기는
이방인도, 불청객도 아니었다네
초록호수가 바로 그의 집이었지
그는 그저 푸른색들 속 유일한 황금색이었을 뿐

자꾸만 노을에 몸을 숨기려 했네
자꾸만 홀로 들어갈 어항을 찾으려 했네
자꾸만 무언가를 두려워했네
자꾸만 자기 자신을 부인했네

그러다 호수에 달빛이 반짝이던 날
황금물고기는 끝내 사라지고 말았지

무엇 때문에 그리 힘들어야 했을까?
무거운 짐을 내려놓을 수는 없었을까?

황금물고기야
이제는 벗어나자꾸나
우리 함께 네잎클로버를 찾자꾸나
부디 너의 고귀한 황금색을 간직하려무나

유리 어항은 투명하다.

그리고 난 느낄 수 있다. 모든 시선이 나에게로 향하고 있다는 것을.

사실 항상 그렇다. 난 다른 이들의 시선을 의식하고 또 의식한다. 내가 숲 속에 살게 된 것도 이런 연유에서였다.

......

원래는 대전의 어느 평범한 집에서 살고 있었다. 그 집에서 많은 관심을 받았다고 할 수는 없지만 적어도 먹이는 제때 먹을 수 있었으며, 어항 속의 물도 주기적으로 교체되었다. 몇 년이 흐르고, 부부가 이혼을 하게 되는 바람에 내 처지는 곤란하게 되었다. 누구도 이 집에서 계속 머무르려 하지 않았고 나를 데려가려 하지 않았다. 결국 난 어항에 든 채 아파트 주차장에 버려졌다.

어느 날엔 한 꼬마 아이가 나에게 점점 다가오더니 어항을 번쩍 들어올렸다. 그리고는 터벅터벅 아파트 단지 밖으로 걸어 나갔다. 아이가 꽤 오래 걸었다. 멀미 때문에 정신이 혼미하긴 했지만 아파트로부터 제법 멀리 떠나왔다는 사실만은 분명한 듯했다. 그 순간 흔들리던 어항이 갑자기 멈췄다. 아이는 몸을 숙이더니 어항을 그 자리에 살그머니 내려놓았다. 그리고 떠나 버렸다. 그곳은 도로의 한복판이었다.

어처구니가 없어 기가 찰 노릇이었지만 어쩔 수 없었다. 모든 사람들이 나를 쳐다봤다. 그럴 만도 했다. 길 한복판, 물고기 한 마리가 어항 속에 들어 있는 게 평범한 일은 아니니.

거리엔 많은 사람들이 있었다. 내가 몰랐던 세상이었다. 무척이나 다채로 웠고 각자의 색깔을 가진 사람들은 각자의 길을 향해 발을 내딛었다. 사람들 은 모두 미묘하게 다른 색으로 칠해져 있었다.

- 나는 무슨 색으로 보일까?

사람들을 관찰할 때면 항상 그 마무리는 나에 대한 관찰이었다. 매일 되 고 싶은 색이 달랐다. 그리고 모두 될 수 있을 거라고 생각했다.

담백한 블랙이나 화이트. 신비로운 퍼플. 세련된 오렌지. 그 뭐든지.

그리고 난 움직이는 형형색색으로 가득한 도로의 공기에 취해서 잠에 들 곤 했다. 도로의 네온사인이 하나둘씩 꺼지면 비로소 하늘의 별들이 하나둘 씩 켜지기 시작한다. 거리엔 저 멀리서 들려오는 미세한 풀벌레 소리 외에는 아무 소리도 들리지 않고 고요하다. 하지만 내 마음과 머리에서는 드뷔시의 달빛이 흐른다.
다른 사람들의 시선을 즐기기도 했다. 예전 집에서 무관심 속에 방치되었 던 터라 그런지 관심에 메말라 있었던 것 같다. 아이들은 도로 위의 나를 발 견하면 무조건 한 번은 쪼그려 앉아 나를 구경했고 어른들도 지나가면서 슬 쩍 쳐다보곤 했다. 길거리의 개와 고양이들과도 자주 마주쳤다. 그 동물들과 눈이 마주칠 때면 새로운 생명체를 마주하는 뭔지 모를 기분이 들었다. 몸이 찌르르 떨리고 무섭지만 짜릿한 기분이랄까.

나를 둘러싸고 있는 것이 완벽했고 난 그 속에서 매일 밤을 보냈다

행복한 나날이었다.

난 개와 고양이들이 좋았다. 그들은 내 눈높이에 맞춰서 나를 빤히 바라 봐줬다. 내 이야기에도 귀 기울여주는 듯 했다. 우리들 사이엔 사람들은 모르는 신호가 흐른다고 생각했다.

......

무엇이 전환점이 되었는지는 잘 모르겠지만 언젠가부터 난 달라졌다.

- 사람 지나다니는 길에 이 징그러운 것 좀 치우면 좋겠네.

이런 말이 자꾸만 들려오기 시작했다. 많은 소리를 듣다 보니 청력이 진화했나? 아니면 인간의 언어에 귀가 트였나? 이유는 알 수 없었다. 점점 나에 대한 부정적인 말만 들렸다.

- 으, 징그러워.
- 어디 치울 데도 없고 난감하네.
- 이게 왜 여기 있지? 누가 갖다 버려야 하는 거 아니야?

'이게 진짜 나구나.'
처음이었고 충격이었다. 이것이 바로 내 모습이었다. 남들이 혐오하는 물고기. 그저 하찮은 어항에 담긴 생명체. 블랙과 화이트, 퍼플, 오렌지는 무슨.
생선가시를 물고 살을 쪽쪽 빨고 있는 고양이를 봤다. 고양이와 개도 나를 잡아먹으려고 호시탐탐 기회를 노리며 날 관찰했던 거였다.

이로써 내가 상상했던 세계는 모두 엉터리였다는 결론이 났다. 화가 머리끝까지 치밀었고 세상을 모두 잃은 듯한 허무감이 나를 휘감았다. 이렇게 징그럽고 보잘 것 없는 내가 그런 상상을 품었다는 것이 수치스러웠다. 감히 나 따위가.

더 이상 밤공기와 드뷔시는 없었다.

......

나는 세상을 외면하기로 했다. 아무도 나를 보지 않았으면 했다. 최대한 세상을 보지 않으려 했고 듣지 않으려 노력했다. 하지만 그러기에 유리 어항 은 너무나도 투명했으며, 내가 있는 곳은 넓은 도로 한복판이었다.

한때 나를 설레게 했던 많은 시선들은 나를 점점 옥죄는 사슬이 되어갔 다. 내가 하는 작은 행동들 하나하나가 감시받는 것 같아 신경이 쓰였고 그 어떤 행동도 내 마음대로 할 수가 없었다. 누가 보고 있을 것 같았기 때문이 다. 숨이 막혀 이대론 더 이상 살 수도 없겠다 싶었다.

- 절대 이렇게 죽을 순 없어.

내 목표는 단 하나였다. 날 쳐다보는 사람이 없는 곳에서 사는 것. 나의 간절함이 하늘에 닿기를 바라며 매일 밤마다 두 손 모아 기도했다. 많은 사 람들의 시선으로부터 자유로워질 수만 있다면 뭐든지 할 수 있을 것 같았다. 난 그곳에서 혼자 사는 삶을 머릿속에 그려 보았다.

여느 때와 다르지 않게 해가 뜨는 동시에 잠에서 깼다. 이른 아침 도로의 공기는 깨끗함을 넘어 순수했다. 주눅이 잔뜩 들어 있는 나는 이 당당한 공 기에 어울리지 않는다는 생각을 하던 참이었다. 개 한 마리가 나에게로 접근 해 오고 있었다. (고양이의 먹이가 생선이라는 것을 알게 된 이후부터 난 개 와 고양이에 대한 극도의 공포가 생겨 버렸다.) 불안한 기운을 감지했지만 비참하게도 내가 할 수 있는 건 아무것도 없었다.

개는 앞발을 들어 어항을 툭툭 건드렸다. 지나가던 개가 어항을 발견하고 몇 번 건드리다 가는 일은 예사였기 때문에 사실 큰 걱정은 없었다.

- 이 정도 했으면 갈 때도 되었는데.

하지만 이놈은 그 전의 다른 놈들과 달랐다. 어항에서 눈과 손을 뗄 기미가 전혀 보이지 않았다. 그때 날 노리던 그놈의 눈빛은 아직도 잊을 수 없을 정도로 무서웠다. 어항을 건드리는 강도가 점점 세지는 것 같다 싶더니 급기야는 나를 밀치려 하기 시작했다. 죽음이 눈앞에서 아른거렸다. 번쩍 들어 올린 그놈의 앞발이 내 시야를 가로막았다. 갑자기 피가 거꾸로 쏠리는 듯한 느낌이 들면서 어지럽더니 숨이 턱 막혔다. 어항은 엎질러졌고 난 어항에서 빠져나와 콘크리트 바닥에 내팽겨진 채로 헐떡였다.

눈앞에서 어항이 굴러가다 한순간 탁 하고 깨지는 모습이 희끄무레하게 비치었다. 호흡이 가빠지고 곧 정신을 잃을 것 같은 순간에도 머릿속은 한 가지 생각으로 가득 차 있었다.

- 나 지금 되게 추해 보일 텐데.

그리고 난 정신을 잃었다.

......

내가 눈을 뜬 것은 어느 숲속에서였다.

- 우······ 와

태어나서 한 번도 보지 못했던 광경이 눈앞에 펼쳐져 있었다. 머리 위로
우거진 초록 나뭇잎과 그 사이로 새어 나오는 무슨 색이라 정의 내릴 수 없는
눈부신 햇빛. 이 공간엔 도시와는 다른 소리로 가득 차 있었다. 사방에서 생
명체들이 움직이는 듯 풀이 부스럭대는 소리, 기분 좋은 새소리와 곤충들의
소리, 심지어 내리쬐는 햇살에서도 사부작사부작거리는 소리가 나는 듯했다.

처음엔 이곳이 천당인 줄 알았다. 숨을 쉬지 못해 죽었어야 할 내가 도대
체 왜 새로운 어항에 담긴 채 멀쩡히 살아 있는지 당최 알 수가 없었다. 결국
그렇게 고민 끝에 내린 결론은 '열심히 살자'였다. 신이 나에게 주신 귀한 기
회라고 생각하고 후회 없는 시간을 보내기로 마음먹었다.
그렇게 내 두 번째 인생이 시작되었다.

숲속에 온 지 삼일 째 되던 날, 지나가던 노란 도마뱀이 나에게 제일 먼저
관심을 보였다.

"왜 여기에 있는 거야?"
"아, 그게 어떻게 된 거냐면······."

나는 자초지종을 모두 늘어놓았고, 꽤 긴 시간동안 이야기가 이어졌음에
도 불구하고 노란 도마뱀은 내 말에 귀를 기울여 주었다. 얘기를 나누는 동
안 이렇게 신이 날 수가 없었다. 처음 받아보는 대우였기에 너무나도 행복했
다. 우리는 금세 제법 가까운 사이가 되었고, 매일 일이 끝난 후 시간이 날 때
마다 노란 도마뱀은 나를 찾아왔다.
어느 날 노란 도마뱀이 물었다.

"근데 있지, 넌 이름이 뭐야?"

우리는 안 지 며칠이 지났는데도 통성명을 하지 않은 상태였다. 노란 도마뱀은 그걸 이제야 깨달은 모양이었지만 사실 난 알고 있었다.

- 휴. 언젠간 거쳐야 할 질문이란 걸 알고는 있었지만 아직은 대답하고 싶지 않은데.

속으로 생각했다. 난 이름에 대한 이야기는 하기가 싫었다. 난 이름이 없기 때문에. 이곳에 있는 많은 동물들, 도시에 있는 많은 사람들이 가진 부모님이 선물해 주신 이름이 난 없다. 어디서 어떻게 태어났는지도, 부모님이 누군지도 모른다. 그렇지만 대답은 해야 하기에.

"그게……. 사실 나도 잘 모르겠네."

난 대답하며 멋쩍게 웃어 보였다. 그리고 돌아오는 대답은 전혀 상상하지 못했던 말이었다.

"…… 오렌지."
"응?"
"그럼 오렌지 하면 되겠네. 너 색깔 주황색이잖아. 오렌지! 이름 예쁘네."

난 너무 당황해서 대답조차 하지 못했다.

"그리고 네가 오렌지 하면 나는 옐로우로 할게. 앞으로 옐로우라고 불러."

좋았다. 입꼬리가 안 내려가는 기분을 처음으로 느꼈다. 내가 이 어항에서 나갈 수 없다는 사실이 원망스러웠다. 당장 밖으로 나가 노란 도마뱀을 껴안아 주고 싶었다.

"그래!"

……

옐로우는 성격이 시원시원했다. 무슨 일이든 속전속결로 진행하는 타입이었다. 또 옐로우가 가끔 무심코 툭 하고 흘려 주는 해답이 있었는데 난 그걸 주워서 마음속에 간직하곤 했다.

"오렌지! 언니 왔다. 오늘도 잘 지냈지?"
"응……."

옐로우는 웃음을 터뜨렸다.

"그렇게 아니라는 얼굴을 하고 '응'이라고 대답하면 어떡하니."

신기하게도 옐로우는 내 속마음을 귀신같이 잘 알아챘다. 나는 옐로우가 옆에 없는 동안 인생에 있어서 회의감을 느끼는 순간이 종종 있었다. 이 숲속에서 어항에 갇힌 채 아무것도 할 수 없는 난 왜 사는 건지. 스스로의 삶이 너무나도 가치 없어 보였다. 그리고 초라해 보였다.

"여름이 오긴 오는가 보네. 매미 소리가 하나둘 들리기 시작했어."

옐로우가 말했다.

"너도 알고 있겠지만 매미는 7년이 넘는 시간 동안 땅속에서 유충으로 살다가 세상으로 나와서는 겨우 2주밖에 살지 못해. 그렇다고 매미가 자기의 신세를 한탄하면서 의미 없는 인생이라고 생각할까?"

"……."

"저렇게 누구보다도 우렁차게 우는 매미인데?"

난 대답하지 못했다. 아니, 부끄러워서 대답을 할 수가 없었다. 누군가는 2주밖에 안 되는 시간조차도 열심히 살아가는데 죽을 고비를 넘기고 구사일생한 처지에서도 이런 생각을 하는 내가 부끄러웠다. 산다는 건 그 자체로 값지고 찬란한 것인데.

"괜찮아. 잘하고 있고 네 생각이 잘못된 게 아니야. 매순간을 즐기면서 살아."

옐로우로부터 배운 게 참 많았다. 인생을 사는 법을 배웠고, 나를 아는 법을 배웠다. 내 인생은 옐로우에게 받은 도움을 바탕으로 차곡차곡 쌓여 갔다.

……

어느 날 옐로우가 처음 보는 이들을 데려왔다. 분위기상으로 짐작해 보건데 옐로우가 그들을 데려왔다기보다는 그들과 같이 오게 되었다고 하는 것이 맞을 것 같았다. 대여섯 명 정도가 되는 그들은 함께 일하는 동료들로 보였는데, 옐로우의 모습에서 어딘가 안절부절 못하는 기색이 역력했다. 동료들은 나와 옐로우만의 아지트이자 안식처인 이곳을 여기저기 훑어보며 돌아다녔다. 그리고 옐로우는 그 뒤에서 따라 걷고 있었다. 저 멀리서 하는 이야기를 듣지는 못했지만 옐로우가 어색한 웃음을 지으며 대답하는 모습만은 볼 수 있었다.

그들은 한 바퀴를 돌아 내가 있는 곳으로 다가왔다. 무리 중의 하나가 나를 쳐다보고는 말했다.

"으잉? 물고기? 야, 네가 매일 저녁에 만나는 애가 이 물고기였냐?"
"어? 어…… 그게……."

옐로우는 당황한 듯 얼버무렸고 난 도대체 이게 어떻게 된 영문인지 알 수 없었다. 처음 보는 옐로우의 이런 태도에 머릿속에 수만 가지 생각이 떠올랐다.
 - 지금 옐로우가 괴롭힘 당하고 있는 건가? 내가 구해줘야 하나? 이들은 나를 알고 있었나? 옐로우가 내 얘기를 한 건가? 내가 뭔가를 잘못했나? 갑자기 찾아온 이유가 뭐지?

"요 사이 일 끝나고는 얼굴도 잘 안 비추고 모임에도 매일 혼자서 빠지더니."
"이 물고기는 왜 여기 있냐. 숲속에서 웬 물고기라니. 징그러워."
"맞아. 징그러워."
"이 물고기가 돈이 되냐, 밥이 되냐. 왜 이런 애를 만나는 거야?"
"혹시 키워서 잡아먹게?"

옐로우는 동료들의 이런 이야기에 침묵으로 일관했다. 눈물이 날 것만 같았다. 이들은 모두 나를 힐끔힐끔 보더니 헛웃음을 터뜨리거나 나를 본 뒤

옐로우를 한심하다는 듯 쳐다보았다. 이런 태도로 보아 한 가지는 확실했다.

'나는 옐로우에게 부끄러운 존재다.'

가슴이 찢어질 것 같았고 속이 메스꺼웠다.

일행은 나의 옆에서 잠시 서 있다가 곧 왔던 길로 되돌아 나갔다. 어서 다가 버리고 혼자 있고 싶었지만 마음 한편에선 옐로우가 나에게 와서 어떤 변명이라도 해 주었으면 했다. 나를 싫어하는 것이 아니라고, 나를 부끄럽게 생각하는 게 아니라고. 모두가 있는 곳에서 그렇게 외치지는 못하더라도 최소한 나에게 귓속말로 변명해 주길 바랐다. 하다못해 미안하다는 말도 괜찮으니까.

하지만 내 기대와는 다르게, 옐로우는 동료들을 따라 나섰고 나는 그 모습을 쳐다볼 수밖에 없었다. 몇 발자국 안 가서 옐로우는 발걸음을 멈췄다. 그리고는 뒤를 돌아 나를 보았다. 오묘한 표정이었다.

'할 말은 많지만 어쩔 수 없이 이렇게 되어 버렸으니 미안하다는 말 밖에는 할 말이 없다는 표정, 그러나 어딘지 모를 따뜻함으로 나를 편안하게 안심시키는 미소.' 내가 그녀의 표정에서 읽어낸 것은 이 정도였다.

그리고 한 가지 스친 불길한 예감. 앞으로 옐로우를 더 이상 못 볼 수도 있겠다는 생각.

역시 불길한 예감은 틀리는 법이 없다. 난 그 이후로 옐로우를 보지 못했다.

......

하루하루를 우울과 절망에 빠져 살았다. 옐로우가 없는 삶은 살아도 사는 것 같지 않았다. 연극 무대의 조명이 갑자기 꺼져 버린 듯 혼란스러웠고 무엇을 해야 하는 건지 갈피를 잡지 못했다. 허무했다. 또 한 가지 달라진 점은 나의 자존감을 지켜주는 역할을 했었던 그녀가 사라진 후 난 타인 시선 의식 증세가 다시 도진 것이다. 옐로우와의 관계에서는 시선 따위 신경 쓸 겨를 없이 행복했었는데.

우리는 서로 영혼으로 이어진 관계였다. 서로를 이해하고 존중했기 때문에 평가하려 들지 않았고, 서로의 있는 그대로의 모습을 좋아했다.

그러나 옐로우가 동료들과 이곳을 찾아왔을 때 잊고 있었던 익숙한 감정이 스멀스멀 떠올랐던 것이다. 도시에서의 감정. 나의 초라한 모습이 만천하에 공개되어 버린 기분이었다. 추한 민낯이 드러나 버린 듯했다. 나는 내가 부끄러워서 쥐구멍에 숨고 싶었다.

옐로우가 떠난 후 상처와 함께 남은 나는 남들로부터 나를 숨기고 피했다. 비웃음의 대상이 되기 싫었다. 더 이상 상처를 받지 않고 싶기도 했다.

옐로우가 떠나고 아무도 나를 찾아오지 않거나 관심을 주지 않았던 것은 아니었다. 숲속을 지나면서 동물들을 마주칠 때면 언제나 형식적이지만 상냥한 인사와 최소한의 관심 정도는 존재했다. 그리고 매일 아침 보는 황금방울새, 한 번씩 스쳐 지나가는 고라니, 제일 자주 보는 듯한 배추흰나비, 항상 바빠 보이는 청설모 등의 친구들과는 친하다면 친하다고 할 수도 있을 관계들이었으나 지속적이고 깊은 관계는 절대 아니었다.

내가 그런 깊은 관계를 만들지 않기 위해 노력한 부분도 있다. 소중한 사람을 떠나보내는 아픔을 다시는 느끼고 싶지 않았기에 애초에 소중한 사람을 만들려 하지 않았다. 감정의 입구를 막아서 원천봉쇄했다.

그러나 내가 막은 입구는 아픔, 슬픔의 입구뿐만 아니라 행복, 기쁨을 포함한 모든 감정이 들어오는 입구였다. 난 더 이상 아프지 않았다. 슬프지도 않았다. 그러나 즐겁지도, 행복하지도 않았다. 행복한 일이 일어나지 않아서 행복이라는 감정을 잊은 지도 오래였다.

겉으로는 멀쩡해 보여도 속은 딱딱하게 굳어서 곪고 있었다.

......

여느 날과 다름없던 어느 가을날, 이 숲속에서 한 번도 본 적이 없는 라쿤 한 마리가 나타났다. 조심스럽게 주변을 두리번거리더니 곧 나를 발견하고는 물었다.

"어…… 안녕! 내가 길을 잃어서 그런데 여기가 어딘지 알려줄 수 있을까?"

나도 눈 떠 보니 갑자기 이곳에 있게 된 처지라 여기의 위치는커녕 사실 아직까지도 이곳이 이승이 맞는지조차 헷갈리는 입장이었다.

– 하아, 대답은 해야 하는데 길게 말하긴 싫고. 그런데 여기에 살면서 위치도 모르는 멍청한 물고기로 보이기도 싫고.

"나도 잘 몰라."

한참을 고민하다 내 입에서 나온 말은 겨우 '모른다'였다.

- 딱 봐도 이곳에서 사는 것 같은데 자기가 어디에 사는지도 모르는 게 되게 이상해 보이겠지?

또 무의식중에 난 다른 사람의 시선에 나를 대입하고 있었다. 내가 어떻게 보일지 상상하며 날 옭아매었다. 난 왜 이렇게 한심한지. 정확하게 대상이 무엇인지는 모르겠지만 무언가에 후회가 되었다.

"아, 그래? 그럼 뭐 친구들이 이쪽으로 데리러 와 주겠지. 그동안 여기서 기다려야겠다. 너랑 이야기하면서!"

- 이렇게 적극적으로 다가온다고? 혹시 나한테 관심이 있는 건 아닐까?

라쿤의 말은 날 엄청 당황시켰다. 하지만 난 새로운 관계 형성에 관심이 일체 없는 상태였기에 딱히 대답을 하지 않았다. 라쿤은 미동 없는 나의 모습에 살짝 당황하는 듯했지만 다시 이야기를 이어 갔다.

"나는 쿤이라고 불러주면 돼. 네 이름은 뭐야?"
"오……."

무의식적으로 입에서 '오'를 내뱉은 뒤 아차 싶었다.

- 오렌지라는 이름은 옐로우밖에 부른 적이 없는 이름인데.
이미 내뱉은 말을 주워 담을 수는 없는 노릇이었다. 어차피 이 주변에 사는 것 같지도 않으니 앞으로 볼 일이 없을 거라고 생각하고선 대답했다.

"……렌지."

"오렌지? 와, 엄청 예쁜 이름인데? 이름 잘 지었다, 너랑 잘 어울려."

- 내 마음이 왜 이런 거지? 마음이 살짝 흔들리는데 편안해.

옐로우와 이별한 뒤 그 어떤 감정도 느껴본 적이 없었는데 이때 처음으로 감정이란 걸 다시 느꼈다. 사실 감정을 느껴 본 지가 너무 오래되어서 이 순간만은 평소와 무언가가 달랐던 이유가 감정을 느끼고 있었기 때문이라는 것을 알아채지 못하고 있었다.

쿤의 말에서는 진심이 느껴졌다. 쿤은 이야기를 혼자 계속해서 이어나갔는데 마치 내가 말을 하는 걸 안 좋아한다는 점을 파악하고 나를 배려해서 혼자 얘기를 계속한 것 같았다. 그래서 같이 있는 시간이 무척 편안하고 좋았다.

마음속에서는 쿤 때문에 심장이 뛰고, 쿤 때문에 가슴이 따뜻해지는데 머리에서는 그것을 인정하려 하지 않았다. 너무 오랜 시간을 혼자 저 멀리 떨어진 섬에서 지냈기 때문에 새로운 존재가 나의 인생에 들어온다는 것을 납득하기 조금 힘든 듯했다. 또 아픈 상처를 입을까 봐 마음에서 일어나는 감정을 머리가 부인했다.

"여기야 여기! 쿤 찾았어, 얘들아!"

쿤이 데리러 올 거라고 했던 쿤의 친구들인 모양이었다. 남자 둘, 여자 셋으로 이루어져 총 다섯이었는데 엄청 어렸을 때부터 친했던 사이인 것 같은 느낌을 풍겼다. 쿤에게 괜찮냐고 물어보며 걱정해 주는 모습에 난 살짝 주눅이 들었다. 감정을 나눌 사이가 있다는 것이 부러웠고 질투도 났다.

- 부러워할 필요 없어. 쿤도 언젠간 나처럼 상처받는 날이 오게 될 걸. 난

그게 너무 괴로워서 일부러 친구를 사귀지 않은 거고.

자기 합리화를 하며 애써 날 위로했다.

저 멀리서 친구들과 이야기를 나누던 쿤이 손을 흔들며 나에게 외쳤다.

"오렌지! 앞으로 자주 보자. 또 올게!"

분명 방금 전까지만 해도 가득 차 있었던 모든 질투와 화가 쿤의 말에 사르르 녹아 흔적도 없이 사라졌다. 신기한 현상이었다. 쿤은 나에게 작별인사를 건넨 뒤 친구들과 어디론가 향했다. 집으로 가는 모양이었다. 난 쿤이 시야에서 완전히 사라질 때까지 눈을 떼지 못했다.

......

그날 이후 어디선가 인기척이 나면 그쪽으로 자꾸만 고개를 돌리게 되었다. 처음엔 소리가 나는 쪽으로 고개가 돌아가는 것이 당연한 일이라고 생각했다. 하지만 인기척의 정체를 확인하면서 기대했다 실망하는 일이 잦아지자 그제서야 내가 누군가를 기다리고 있다는 것을 깨달았다. 내가 기다리고 있던 건 바로 쿤이었다.

'바스락'

– 또 누가 왔나 보네. 그냥 차라리 보지 않을래. 또다시 실망하긴 싫어.

"오렌지! 나 왔어."

뒤편에서 들려오는 쿤의 목소리에 어쩔 수 없이 심장이 빠르게 뛰기 시작했다.

"어어 쿤, 왔어? 꽤 오랜만이다."

주체할 수 없이 한껏 올라간 입꼬리를 최대한 끌어내리며 차분하게 대답했다.

"그러게. 오랜만이다. 나 보고 싶지 않았어? 난 보고 싶었는데."

머릿속에서 생각들이 롤러코스터를 타는 듯 모든 것이 요동쳤다. 나는 또 당황해서,

"별로."라고 대답해 버리고는 바로 후회했다. 이런 바보.
다행스럽게도 쿤은 내 말에 웃음으로 답하며 장난으로 넘겼다.

- 쿤이 나를 재수 없는 아이로 생각하지 않아야 할 텐데……
쿤은 저번에 나와 얘기를 나눴을 때 되게 재미있고 좋았다며 오늘도 시시콜콜한 이야기를 늘어놓았다. 저번처럼 쿤은 이야기하는 역할, 나는 듣는 역할이었다. 가만히 듣고 있는 것만으로도 나에겐 과분한 행복이었다.

그렇게 쿤은 일주일에 대략 두 번 정도 날 찾아왔다 가곤 했다. 그때마다 이야기를 잔뜩 풀어놓고 갔고 난 그 이야기를 매일 한순간도 빠짐없이 곱씹으며 쿤을 기다렸다.

하지만 마음 한구석 어딘가 항상 찜찜한 것이 존재했다. 두려웠다. 쿤의

마음과 내 마음이 같다는 보장도 없었고, 만일 같다고 해도 언젠가는 이별의 순간이 있을 것이 분명했기 때문에. 그때의 아픔을 과연 내가 버틸 수 있을지. 무의미한 감정 소비는 아닐지. 그것이 두려웠다.

이 두려움은 내가 쿤에게 적극적으로 다가갈 수 없는 이유이기도 했다. 쿤은 어제보다 오늘, 오늘보다 내일 더 가깝게 다가오는데 난 조금 더 생각하고 판단할 시간이 필요했다. 그래서 자꾸만 뒷걸음질치게 되었다.

......

'부스럭부스럭'

쿤이었으면 좋겠다고 생각하며 소리가 나는 쪽을 쳐다보았다.

"안녕!"

처음 보는 얼굴이 나에게 인사를 건넸다. 아니, 다시 보니 완전히 처음 보는 얼굴은 아니었다.

- 아, 어디서 봤더라…….

그녀는 바로 쿤의 친구였다. 저번에 쿤이 길을 잃어 처음으로 쿤을 봤을 때 데리러 와 주었던 여자 친구 셋 중 하나였다.

- 그런데 무슨 일로 날 찾아왔지?

"혹시 나 기억하려나? 나 그때 봤던 쿤 친구!"

"으응, 기억나. 그런데 왜……?"

난 그 친구에게 물었다.

"아, 요즘 쿤이 너 보러 자주 가는 것 같길래 나도 너 만나 보고 싶어서! 넌 오렌지지? 쿤한테 들었어. 난 랑이라고 해. 반갑다!"

"어, 나도 반가워."

너무나 갑자기 일어난 일이었고 나는 살짝 혼란스러웠다. 그렇게 얼떨결에 랑과 난 친구가 되었다.

랑은 쿤보다도 자주 나를 찾아왔다. 랑은 재밌는 친구였다. 나를 재밌게 해 줬고 나에게 가깝게 다가오곤 했는데, 나랑 친해지고 싶은 것 같았다. 그래서 랑과 같이 있으면 지루할 틈이 없었다. 또, 랑이 외모도 꽤 예쁜데다 성격도 활발해서 친구가 많았는데, 내가 랑의 친구 중 하나라는 사실이 은근한 자부심 혹은 뿌듯함을 주었다. 하지만 랑과 친구여서 좋은 점은 딱 여기까지였다.

사실 난 랑이 자꾸만 날 찾아오는 것이 싫었다. 재미는 있었지만, 기분이 썩 좋지는 않았다. 랑은 자신이 쿤과 어릴 때부터 친구였다며 쿤과의 추억 이야기를 계속해서 풀어놓았다. 둘만의 추억이 많았다는 것은 부정할 수 없는 사실이긴 하지만 내 입장에서는 랑이 그런 이야기를 하는 것이 자신과 쿤의 관계를 과시하려는 것으로밖에 보이지 않았다. 사실 질투가 나기도 했다.

– 내가 굳이 몰라도 되는 쿤과의 이야기를 내 앞에서 하는 이유가 뭘까?

생각하면 할수록 쿤에게 관심을 가지지 말라는 편협한 의도로 생각할 수밖에 없었다. 하지만 싫은 소릴 못하는 나로서는 싫은 티도 못 내고 그 이야기를 듣고만 있어야 하는 것이 곤욕이었다.

랑과 만날 동안 쿤도 나를 자주 찾아왔는데, 나와 쿤 사이의 감정의 깊이는 점점 더 깊어졌다. 쿤이 나를 찾아오는 횟수는 시간이 갈수록 많아졌고 머무르는 시간도 늘어났다.

날씨가 점점 추워지고 겨울이 시작되려 할 즈음, 평소와 다르지 않게 쿤은 날 보러 왔다.

"오렌지, 오늘 날씨가 참 춥네. 곧 눈이 오려나? 가을이 된 지가 얼마나 됐다고 벌써 겨울이 오냐. 시간 정말 빠르다. 그런데 말이야……."

쿤은 평소와 달랐다. 계속 횡설수설하는 것이 매우 수상했다.

- 그래서 하려는 말이 뭔데?
"응, 그래서?"
"그래서…… 나 네가 좋아!"

상상도 못했던 말이라 심장이 덜컹하고 내려앉았다. 그리고 그만 대답해 버리고 말았다.

"나도 그런 것 같아."

잠시 정적이 일었다. 우린 웃음을 터뜨렸고 서로의 마음을 확인한 것에 대해 만족스러운 표정을 지어 보였다.

......

쿤과 있는 시간은 행복했다. 그러나 서로 마음을 터놓았다고 해서 크게 달라지는 것은 없었다. 적어도 나에겐 말이다. 나의 두려움은 없어지지 않았다. 쿤은 앞으로 점점 더 내가 다가가주길 바랄 터였다. 하지만 나는 쿤이 아직 이 관계에 망설이고 있는 나에게 실망하지는 않을까 하는 걱정이 오히려 더 커졌다. 이 불안정한 관계는 랑에 의해 더 위태로워졌다.

며칠 후, 쿤과 나의 사이를 알아차린 랑은 나에게 축하 인사를 건넸다.

"오렌지, 쿤이랑 잘된 거 정말 축하해!"
- 거짓말.

"고마워."
최대한 고마운 표정을 지어 보려고 노력하며 대답했다. 그리고 랑이 말을 계속했다.

"나 귀를 의심했었다? 쿤이 너랑 그런 사이가 될 줄은 정말 몰랐거든. 쿤 정말 괜찮은데. 쿤이랑 잘해 봐."

랑은 우리를 축하해 주었다. 그리고 쿤은 어떤 스타일을 좋아하는지, 어떻게 행동하면 되는지를 가르치려 들었다. 랑은 좋은 의도로 말한 것일지 몰라도 내 입장에서는 기분이 나빴다. 마치 지금 나의 모습이 별로기 때문에 고쳐야 한다는 느낌으로 들렸다.

"너는 너무 얌전해. 쿤이랑 잘 지내려면 반응을 잘해 줘야 하고, 말도 잘 받아 줘야 해. 쿤은 잘 웃는 사람 좋아하는데 넌 너무 안 웃잖아. (……)"
– 제발 그만.

들으면 들을수록 내 자존감이 바닥을 쳤다. 랑의 말 속에서 난 한없이 부족한 존재였다. 내 몸은 점점 작아지면서 온통 수치심으로 뒤덮였다. 과연 내가 쿤을 좋아할 자격이 있을지 생각하게 되었다. 그리고 이런 생각을 하는 내가 한심했다. 그러면 다시 자존감이 낮아졌다. 이 악순환이 무한 반복되었다.

랑의 말이 끝나고 난 애써 억지웃음을 지어 보였다. 랑이 떠나는 뒷모습을 바라보면서 랑에게 그만하라고 하지 못하는 나를 생각했다. 마음이 답답했다.

며칠 뒤, 쿤을 만났다. 평소처럼 쿤의 말에 귀기울여 보려고 했지만 그럴 수가 없었다. 자꾸 랑이 했던 말들이 떠올랐기 때문에. 평소보다 내 외모와 행실에 더욱 신경이 쓰였고, 그것에 집중하느라 쿤이 하는 말들을 모두 놓쳤다.

"이렇게 돼서……. 오렌지! 내 말 듣고 있어?"
"어……? 어, 뭐라 했지?"
"뭐야……. 오늘 왜 그래, 무슨 일 있어?"
"아냐."
"그래……."

쿤과 나 사이에 보이지 않는 벽이 생긴 기분이었다.

랑은 꼬박꼬박 나를 찾아왔다. 일주일에 서너 번 랑이 나에게 와선 내 자존감을 푹 꺾고 가면 난 무력함에 회의감에 빠지면서 랑을 경멸하는 것이 이제 일상이 되었다.

쿤과 어색한 대화를 이어가는 것도 일상이 되었다. 랑의 말을 더 많이 들으면 들을수록 쿤과는 서먹한 사이가 되었다. 이것은 전적으로 내 탓이었다. 쿤은 나와 잘해 보려 하는 것이 눈에 보이는데, 내가 자꾸 피했다.

증세는 점점 심해져서, 난 쿤과 눈을 마주치지도 못할 정도가 되었다. 쿤이 나를 보는 시선이 무서웠다. 랑으로부터 들은 나의 모습은 너무나도 못난 모습이었기에 이 모습을 쿤이 보는 것이 두려웠다. 쿤과 더 이상 만나기 싫었다. 이 못난 모습을 보여 주기 싫었다.

몇 달이 지나고, 이 생활을 더 이상 견딜 수 없을 것 같다고 판단한 어느 봄날의 밤, 난 쿤에게 이별을 선언했다. 쿤이 아파하는 모습을 외면했다.

다음날 찾아온 랑에게도 아무런 대꾸를 하지 않았고 기분이 나빠진 랑은 이곳에 다신 안 오겠다는 말만 남기고 떠났다.

모든 관계를 끊고 아무도 신경 쓰지 않는 먼지 같은 존재로 살기로 했다. 생활이 잠에서 깨는 것과 잠에 드는 것, 이 두 가지로 나뉘었고 피폐한 삶이 이어졌다.

그리고 오늘도 잠에 든다.

······

"······하나야, 하나야! 일어나!"
"······어?"
"27번에 답 말해야 돼!"

짝꿍이 속삭였다.

"김하나, 27번에 답이 뭐냐고 물었다."
-아차, 수학 시간에 또 졸았구나.
"어……"
"김하나 뒤로 나가."

난 교실 뒤로 나가서 섰다. 요즘 내 생활은 엉망진창이 되었다. 내 정신적 지주였던 친구는 어딘가로 사라져 버렸고 남자친구와는 헤어졌고 보기 싫은 친구가 날 자꾸 괴롭힌다. 친구 관계는 내가 일방적으로 모두 끊어 버렸고, 그 어떤 일에도 의욕이 생기지 않아서 나의 하루는 멍을 때리거나 잠을 자거나 둘 중 하나를 하며 시간을 보낸다.

- 나 방금 무슨 꿈 꾼 것 같은데.

자는 시간이 늘어나서 그런지 꿈도 참 자주 꾸지만 기억은 하지 못한다. 이게 내가 제일 억울하다고 생각하는 것 중에 하나다. 꿈을 기억할 수 있다면 그 아이디어로 책도 쓰고 영화도 만들 수 있을 수도 있을 텐데. 혹시 모른다. 내 꿈에서 엄청난 스토리가 나올지 누가 알겠는가.

"편지 왔더라. 책상 위에 편지 올려놓았다."
집에 왔더니 엄마가 말했다.

- 그런데 아직까지 편지를 쓰는 사람이 있나?

난 의아하게 생각하며 방으로 들어갔다. 책상 위 편지 봉투에 쓰인 이름을 보는 순간 심장이 가슴 밖으로 튀어나올 만큼 쿵쿵 뛰기 시작했다.

'이로희'

너무나도 그리웠던 이름에 손이 바들바들 떨렸지만 마음을 다잡고 편지
봉투의 입구를 뜯었다.

하나에게

야 오렌지! 나 옐로우 로희야.

잘 지내고 있냐? 많이 놀랐지? 갑자기 편지 보내서⋯⋯.

그때 간다는 말 못하고 가서 미안해. 우리 집 사정이 많이 안 좋아져서 이사
를 가게 되었거든. 생각해 보면 난 너에 대해서 거의 모든 것을 알고 있었는데
난 나에 대해서 너한테 말한 게 별로 없었던 것 같더라. 내가 어떤 사람인지,
내가 어떤 환경에서 사는 사람인지⋯⋯, 사실 나 학교 안 다녀. 몰랐지? 우리
처음 만났던 곳이 보라슈퍼 옆 공터 맞지? 그리고 매일 밤 거기서 이런저런 이
야기 나눴었는데. 넌 공터로 오는 게 학교 끝나고 오는 길이었겠지만 난 일 끝내고
가는 길이었어. 난 학교 안 다니는 대신 일을 좀 하거든. 집안 형편이 많이 안
좋아서⋯⋯, 그때 같이 왔던 사람들도 일하면서 만난 사람들인데 너 그런 말 듣
게 해서 미안. 그 사람들에 의해서 내 보수가 좌지우지되는 거라 함부로 할 수가
없었어. 너한테 진심으로 사과를 하고 갔었어야 하는데⋯⋯, 나 때문에 받았을
상처가 얼마나 컸을까? 괴로울 정도로 컸던 미안한 마음을 가지고는 있었는데 너
한테 편지를 쓰기가 두려웠어. 네가 내 편지 때문에 더 괴로워질까 봐. 그리고 서
로 그리워하는 마음이 더 커질까 봐. 이렇게 미루다가 마음 한구석이 항상 무겁
더라구. 그래서 이렇게 편지를 쓰게 되었어. 너무 늦어서 진심으로 미안해. 말이
횡설수설하네. 그동안 참았던 말들을 쏟아내느라 그런가 봐. 이번만 이해해 주라!

내가 이 편지를 쓴 본론으로 들어가 볼게. 나 사실 지금 네가 어떤 상태일지 눈에 훤하게 보여. 너 아무것도 못하고 모든 일을 미루고 피하고 있지? 넌 예전에도 그랬어. 한 가지 생각에 지나치게 빠져서 허우적대곤 했어. 때론 너무 힘든 일이 있어도 훌훌 털고 일어나야 할 필요도 있는 거야. 물론 당연한 말이지만 힘든 일이겠지. 그렇다고 계속 그렇게 있을 수는 없잖아.

넌 예전에 다른 사람들이 너무 신경 쓰인다는 말을 자주 했었어. 나만 빼고. 나랑 있을 땐 모든 걸 잊고 편안할 수 있다고 그랬잖아. 하나야, 다른 사람들의 시선이 의식된다는 거 이해할 수 있어. 나도 충분히 이해해. 그런데 너 다른 사람 시선 의식하다가 네 인생 뺏길 거야? 기억해. 이 인생의 주인은 너야. 네가 사는 거라고. 다른 사람이 너한테 무슨 상관이 있는데? 도화지 위에 다른 사람들 눈치 보느라 이 그림 그렸다, 저 그림 그렸다 하지 말고 완성했을 때 네 마음에 쏙 들 완성도 있는 그림을 그려. 연필은 네가 들고 있으니까.

있지, 인생은 생각보다 좀 네가 하고 싶은 대로 살아도 괜찮아.

난 네가 좀 더 자유로운 사람이 되었으면 좋겠어.

자꾸 네가 너 자신을 옭아매지 말았으면 좋겠어.

네가 행복했으면 좋겠어.

앞으로 그 동네 갈 일 있으면 꼭 보러 갈게. 우리 각자 자리에서 할 일에 최선을 다하고 있자.

잘 살아야 돼, 행복해야 돼!

로희가

뒤통수를 한 대 맞은 것 같았다. 냉수를 마신 듯 눈이 트이고 답답했던 마음이 한결 내려갔다. 역시 이로희였다. 언제나 해답을 준다.

바로 카디건을 꺼내 입고 이어폰을 꽂고 무작정 밖으로 나왔다. 그리고 발길이 닿는 대로 걸었다. 로희와 함께했던 슈퍼 옆 공터와 상가 주차장, 아파트 단지 안 놀이터를 차례대로 들렀다. 로희와 함께했던 추억들이 폴라로이드 사진처럼 아련한 한 장면으로 머릿속에 남았다.

그리고 내가 이별을 통보했던 그때 그 사람에게로 향했다. 더 이상 내 손으로 나의 소중한 것들을 잃을 수 없었다.

난 내 손으로 나를 둘러싸고 있던 유리 어항을 깨고 있었다. 새로운 출발을 위해서. 새로운 인생을 위해서.

네 번째 와글와글

어떻게
친해졌을까?

박나경

작가소개

주변에 더욱 애정을 가지고 따뜻한 마음으로 다가가고 싶다.
또한 이에 있어 진실하고 온전한 나 자신이 되기를 원한다.

작가의 말

　가을, 소설을 쓰기 위해 앉아 썼다 지우기만을 반복하던 모습을 여전히 기억한다. 무언가를 쓴다는 일은 쉽지만은 않았다. 작품을 쓴다는 것은 나와는 먼 일이었으며, 첫 매듭을 짓기 위한 고뇌의 시간을 보내는 것은 힘들었다. 이 글을 쓰는 도중 한계를 느끼고 포기하고 싶어 했다. 그 당시, 글 쓰는 데에는 재능이 없다는 생각을 가지고 있던 나를 떠올려 본다. 이런 나를 격려해 주고 함께 글 쓰는 시간을 보내 주던 소설의 주인공이자 친구인 서진이에게 고마움을 전한다.

　소설을 쓰며 주변에 대해 깊게 생각해 보았다. 누군가의 말투, 습관과 같은 사소한 것들을 떠올리며 관심을 가지는 기회가 되었다. 특히 이 소설의 바탕이 된 친구들을 더욱 이해할 수 있었으며 관계라는 것에 대해 고민하게 되었다. 내가 과연 잘하고 있는 것인지. 열일곱, 열여덟, 그리고 지금의 나는 관계에 있어 어떤 자세이며 충분히 잘하고 있는가? 라는 질문을 던져 보았다. 여전히 확실한 답을 내리지는 못했지만 이 글을 쓰는 과정이 질문의 답을 찾고자 하는 과정이었음은 확신한다.

바람

누군가에게
도움이 되고 싶다

이런 마음
바람에 담아

서서히 산들산들 불어
내 바람이 전해졌으면

누군가에게 마음으로
다가가는 사람이 되고 싶다

고1, 모든 학기를 마무리하는 12월, 예현이와 서진이 그리고 민지는 카페에 있다. 세 명 앞에는 각기 다른 음료가 올려져 있다. 서진의 앞에는 초코와 쿠키가 섞인 스무디에 타피오카 펄이 추가된 음료가, 민지의 앞에는 이번 새롭게 나왔다는 흑당 스무디가 올려져 있다. 둘의 달달한 음료에 비해 예현은 색다른 음료를 시켰다. 망고 요구르트. 셋 중 유일한 과일 음료이다. 게다가 타피오카 펄이 아닌 화이트 펄이 추가되어 있다. 이곳에 처음 오는 예현을 위해 서진과 민지는 다양한 음료를 추천하였지만 예현은 당당히 아무도 추천하지 않은 새로운 음료를 택했다. 서진과 민지는 망고 요구르트를 보더니 눈을 가늘게 뜨고는 같은 표정을 짓는다. 그 표정은 누가 봐도 '저런 걸 누가 먹어'라는 뜻이 내포되어 있는 듯했다. 이런 시선을 느낀 예현이 뭘 그렇게 보냐고 날카롭게 쏘아붙였고, 다시 아무 일 없다는 듯 평화로운 얼굴로 생글생글 웃는다.

　"그래서 지금 우리 뭐하는 거야?"

　민지의 말에 생글생글한 얼굴을 한 예현이 대답한다.

　"당연히 우리 수요일 팸! 다 끝났으니깐 모여야죠. 다들 혹시 서로 같은 반 될 것 같아?"
　예현이 자연스럽게 분위기를 이끈다.

여기서 수요일 팸이라 함은 세 명의 모임을 말한다. 수요일에 자주 만난다는 이유로 예현이 지은 것이다.

"뭐……"

"……."

가벼운 침묵이 이어졌다. 이 침묵을 깬 건 다름 아닌 예현이다. 아까의 웃는 얼굴은 온데간데없고, 우울한 표정으로 둘에게 묻는다.

"설마 우리 중에 아무도 같은 반 안 되겠어?"

"미안한데, 일단 넌 우리 둘이랑 같은 반 안 돼. 실용영어라며."

"아!!!! 진짜 쟤는 말 왜 저렇게 해? 난 쟤가 저런 식으로 말하는 게 너무 마음에 안 들어. 저저 재수 없는 표정이 진짜 가관이야."

2학년 반이 각자 선택한 과목이 실용국어, 실용영어인지에 따라 나뉜다는 소문을 들은 민지의 날카로운 말에 예현은 짜증난다는 듯 서진에게 붙어 쟤가 너무 싫다며 호소했다. 이에 서진은 공감되는 눈빛으로 예현을 바라보며 음료를 한 모금 들이켰다. 그러고는 자신은 반 배정이 어떻게 되던 상관없다며 여유로운 척을 했다. 서진의 여유로움이 마음에 들지 않는지 같은 반이 될 확률이 아예 없는 예현은 저 거만한 표정이 너무 화가 난다며 중얼거렸다. 셋 다 겉으로는 어떻게 딱히 상관없다며 괜찮은 척을 하지만 속으로는 서로 같이 반이 되었으면 좋겠다고 생각하고 있었다. 게다가 새롭게 정해질 반에 기대하기도 하고, 떨려 했다.

성격도 서로 다르고, 취향도 서로 다른 셋. 어떻게 친해졌을까?

이 이야기는 고등학교 1학년으로 거슬러 올라간다.

1. 민지

고1. 새로운 고등학교, 새로운 반, 새로운 친구들. 모든 것이 새로운 3월, 민지는 새롭게 다닐 수학학원을 찾고 있다. 다니던 수학학원은 오래 다녀서 그런지 너무 익숙해진데다가 바뀐 선생님과 잘 맞지 않은 것이 그 이유였다. 초등학교 때부터 친했던 예현에게 물어보니 자기가 다니는 데 괜찮다며 같이 다니자고 했다. 민지는 당장 학원을 다니는 것이 급했기에 예현이 다니는 학원으로 재빠르게 결정했다. 예현이 학원을 가는 시간에 맞춰 같이 학원으로 향했다. 간단한 테스트를 치고 나니, 다음 주부터 월목 7시 30분까지 오면 된다고 했다. 민지는 학원 바꾸는 것이 두렵기도 하고 떨렸었는데 이렇게 간단히 끝나는 것을 보고 별 거 없다고 생각했다.

학원 처음 가는 날, 민지는 벌써부터 가기 싫다는 마음으로 집을 나섰다. 버스 정류장에 도착하니 타야 할 버스가 전이었다. 버스 타고 20분, 내려서 횡단보도 건너고 걸어가는데 5분. 머릿속으로 차곡차곡 계획을 세우며 7시 반까지는 충분히 갈 수 있을 것 같다고 생각했다. 버스가 도착하고, 좋아하는 창가 자리에 앉아 이어폰을 꼈다. 음악을 듣고 해가 지는 저녁풍경을 구경하며 버스가 얼른 학원에 도착하길 기다렸다. 그런데 갑자기 버스가 민지가 생각했던 길과는 다른 길로 가는 것이었다. 분명 사거리에서 좌회전을 해야 학원이 나오는데 버스는 직진을 하고 있었다. '버스 노선이 바뀌었나?', '내가 버스를 잘못 탔나?' 당황한 민지의 머릿속에 짧은 시간 동안 많은 생각이 지나쳐 갔다. 어찌 된 일인지 알아보기 위해 민지는 눈을 요리조리 굴렸다. 그러다 버스 번호가 자신이 타야 할 버스가 아닌 것을 발견했다.

"잠깐만……"

민지가 타야 할 버스는 수성3이라는 버스였는데, 타고 있는 버스에는 순환3이라는 글자가 적혀 있었다. 이 상황을 인지하자마자 일단 하차 벨을 눌렀다. 급하게 가까운 정류장에서 내렸지만 이미 학원과는 어느 정도 멀어졌고, 시간은 7시 20분이었다. 일단 학원에 제시간 맞춰 가는 것은 실패였다.

"여보세요. 엄마 나 수학 가는데 지금 버스 잘못 타서 망했어. 학원 쌤한테 연락 좀 해 주라. 아, 진짜 언제 다 걸어가……."

민지는 엄마에게 전화 걸어 주절주절 상황을 설명하고 짜증난다며 투덜댔다. 전화를 끊고 민지는 재빠르게 걷기 시작했다. 아무리 빨리 걸어도 30분 넘게 걸릴 터였다. 민지는 착잡한 표정으로 학원에 도착해 뭐라 말해야 할지, 첫날부터 자신의 이미지에 대해 걱정했다. 나름대로 재빠르게 걸어 학원에 도착하였다고 생각했지만 거의 8시를 가리키고 있는 시계를 보니 허탈했다. 정신을 차리고 조심스레 교실로 들어가니 선생님과 예현 모두 웃고 있었다.

"연락받았어. 버스 잘못 탔다며, 엄청 걸어왔겠네. 얼른 앉자."

"아니 잠만, 분명 내가 잘 알려줬는데 버스를 잘못 탔다고? 이 정도면 학원 오기 싫어서 다른 거 탄 수준인데."

첫날부터 늦은 것이 죄송하고 부끄러웠던 민지는 죄송하다는 말과 함께 자리로 들어가며 예현을 매섭게 노려봤다. 수업이 끝나면 자신을 먹살을 끌고 나갈 것 같은 민지에 예현은 조심스레 시선을 책상 위 수학문제로 옮겼다.

"개념 대충은 안다고 했으니깐 문제 풀자. 그리고 모르는 건 묻고, 그렇게
하자."

선생님은 어쩔 줄 몰라 가만히 있는 민지에게 말했다. 그렇게 문제만 풀
다 수업이 끝났다. 학원 선생님께 사람 숙제를 받고 사람 좋은 미소로 인사
를 한 민지는 학원을 나오자마자 예현을 잡았다. 잠만, 잠깐만, 아니 근데. 두
려움을 느낀 예현은 제대로 된 변명을 하지는 못하고 버벅거리기만 할 뿐이
었다. 민지는 어느 정도 화를 누그러뜨리고, 예현을 놓아 주었다.

"넌 진짜 화 좀 참을 줄 알아야 한다."

예현의 말에 민지가 다시 뾰족한 눈으로 쳐다보았다.

"아니 미안……. 그래서 학원 어때? 괜찮음?"

다시 민지에게 잡히기는 싫은지 자연스럽게 대화 주제를 바꿨다.

"아, 학원 뭐……"
생각을 정리하는 듯 말끝을 흐렸다.

"오늘 한번으로 다음엔 안 올 듯?"

예현은 지금 애가 무슨 소리를 하냐는 얼굴로 생각했다. 쟤는 대체 무슨
생각인걸까.

2. 민지와 서진

민지는 집 근처의 서점에서 수학 문제집을 보고 있다. 새로 다니던 수학 학원은 그만뒀다. 그냥 참고 한 달 정도 다닐 만도 했지만 민지는 아닌 건 칼같이 끊어내는 성격이었다.

"저 혹시 고1 수학 문제집 뭘 제일 많이 사 가요?"

여러 문제집을 뒤적거리던 민지는 적당한 문제집을 찾지 못했는지 서점 아저씨께 질문했다. 이에 지금 네가 들고 있는 문제집을 아이들이 자주 사 간다는 대답이 돌아왔다. 더 이상 고민해도 딱히 결정을 못 내릴 것 같아 손에 들린 문제집으로 결제했다. 17000원. 무슨 문제집이 이렇게 비싼지, 문제집을 받아드는 순간부터 다 풀지 못하고 책꽂이에 박아둘 자신의 모습이 떠올라 엄마에게 미안해졌다. 아, 이번에는 맘먹고 해보자. 문제집을 가방에 넣고 집에서 뭘 먹을지 고르며 행복한 고민과 함께 집으로 향했다.

라면, 요거트, 빵, 시리얼…… 집에 있는 음식들을 하나하나 생각하다 보니 집까지는 금방이었다. 시리얼과 요플레 사이에서 고민하다 저녁을 시리얼로 정하고 신나는 마음으로 집 도어락 비밀번호를 눌렀다. 들어오자마자 가방은 방구석에 던져 놓고, 시리얼을 먹기 위해 부엌으로 직행했다. 아, 맞다. 손. 갑자기 찝찝함을 느꼈는지 옆의 싱크대로 가 대충 물로 손을 씻었다. 비누로 손을 씻는 건 자체적으로 생략하고는 언니, 동생과 구분하기 위해 초록색 나비가 그려져 있는 밥그릇을 챙겼다. 구분을 위해 어쩔 수 없이 쓰던, 아들이라고 적힌 숟가락 또한 챙겨 들었다. 그 옆에 놓여 있는 시리얼도 팔에 끼고 식탁으로 가 앉았다. 민지 자신만의 철학대로 우유를 먼저 붓고 시리얼을 넣었다. 그러곤 휴대폰으로 즐겨 보던 예능을 틀어놓았다. 게스트로 나온 연

예인의 외모에 감탄하며 입으로는 시리얼을 넣었다. 카톡! 갑자기 민지의 폰에서 경쾌한 알람소리가 울렸다. 뭐야? 딱히 주변 친구들과 연락을 주고받는 것이 아니었기에 당연히 제일 친한 김예현이겠거니 하며 상단 바를 내려 누가 연락했는지 살폈다.

"엥?? 뭐야."

민지는 알림을 확인하고는 너무 예상외의 인물이라 놀랐다.

– 너 혹시 여기 학원 다녀?

우리 반 김서진. 접점이라고는 같은 반이고 야자자리 옆자리인 것뿐이었다. 말해 본 건 야자 자리 정할 때 자리 확인하고 "아…… 안녕," 하며 어색하게 인사한 게 전부였다. 아무리 생각해봐도 왜 연락이 왔는지 이해가 되지 않았다. 이에 민지의 눈이 도르륵도르륵 불안하게 움직였다. 낯을 심하게 가리고 사람을 경계하는 민지는 새로운 친구와 연락하는 것을 불편해했다. 답장을 어떻게 할지 고민하는 것도 힘들고, 그런 걸 고민하다 늦게 보게 되면 "왜 이렇게 연락을 안 봐?"라며 자신을 독촉할 게 분명했기에 피곤하게만 느껴졌다. 그래서인지 서진의 카톡을 보자마자 답장 멘트부터 시작해서 다시 답장 올 말들도 미리 생각하며 시뮬레이션을 하였다. 오랫동안 고민한다고 눅눅해진 시리얼을 한입 먹고 답장을 보냈다.

– 아니? 나 거기 안 다니는데?

민지는 그제서야 한시름 놓고 맘 편히 시리얼을 먹을 수 있었다.

카톡!

얘는 진짜 왜 이렇게 답장을 빨리하는 걸까. 부담스럽게. 다시 민지에게 고뇌의 시간이 찾아왔다.

3. 서진

서진은 한가롭게 식탁에 앉아 코코볼을 먹고 있었다. 그러다 얼마 전 자신이 다니는 학원을 향해 들어가는 민지를 보았던 것이 떠올랐다. 분명 서진은 중학교 때부터 구일에서 국어, 영어, 수학 모두 다녔지만 민지를 본 적은 없었다. 주변의 일에 관심이 많던 서진은 궁금해졌다. 게다가 같은 반이니 친해질 겸 민지에게 연락을 했다. 여유롭게 코코볼을 먹으며 티비를 보던 서진은 답장이 오자마자 확인했다.

엥. 아니라고? 분명 내가 확실히 봤는데. 딱 재였는데.

서진은 궁금함을 풀기 위해 물어봤는데 머릿속이 더 복잡해졌다. 여기서 멈출 서진이 아니다. 어떻게든 알아내고 싶었다. 잠깐 고민하며 휴대폰 자판을 토독토독 두드리며 답장을 썼다. 경쾌하게 전송 버튼을 누른 서진은 다시 답장을 기다렸다.

\- 나 너 얼마전에 월요일인가? 화요일?
\- 그때 학원 들어가는 거 봤는데

서진이 코코볼 한 컵을 비우고, 다시 한 컵에 담아 먹었지만 답장은 오지 않았다.

"아으, 답답해."

딱히 어려운 질문을 한 것도 아닌데 알림이 뜨지 않는 휴대폰을 보며 답답해했다. 다 먹은 코코볼을 치우는 중 휴대폰 화면이 반짝이며 켜졌다. 치우던 것도 멈추고는 휴대폰을 들었다. 설레는 마음으로 든 휴대폰에는 기다리던 답장 대신 의미 없는 광고 알림만이 있었다. 아. 짧은 탄식과 함께 오늘 안에 답장이 오는 것은 무리라고 생각했다. 이제 서진은 기다리는 것을 포기했다.

"아, 그럼 내일 학교 가서 딱 잡아놓고 물어봐야겠다."

완전한 포기란 없는 서진이었다.

4. 민지와 서진

민지는 결국 답장을 하지 못했다. 남들은 그게 뭐가 어렵다고 질질 끄냐고 하겠지만 민지에게는 엄청난 고민이었다. 왜 학원에 갔는지 설명하기에는 구구절절 너무 길고, 그냥 한번 수업하러 갔다고 하면 이상하고. 아직 얼마 보지도 않았는데 이런 것까지 다 말하는 건 조금 아니라고 생각하는 민지였다. 결국 고민하다 내일 서진이 확실히 물어보겠다고 다짐한 것은 알지도 못한 채 잠들었다.

"아니 빨리 일어나서 알람 좀 꺼. 지금 몇 번째 울리는 거냐고."

이미 일어나서 준비를 다한 고3인 언니가 짜증나는 투로 민지를 툭툭 건

드리며 깨웠다. 눈은 떴지만 도저히 정신이 차려지지 않아 이불 안에서 꼼지락대던 민지는 그제서야 간신히 일어났다. 시간은 7시 15분이였고, 정신없이 씻고 준비해서 간신히 학교 셔틀에 올랐다. 일어난 지 얼마 되지 않아 비몽사몽한 정신으로 1층에 위치한 자신의 반 문을 열고 들어갔다. 민지는 느끼지 못했겠지만 부지런해 일찍 와 있던 서진은 들어오는 민지를 집요하게 눈으로 좇았다. 민지는 자리에 앉아 서서히 정신을 차리고 있었다. 그러던 중 누군가 어깨를 톡톡 조심스레 두드렸다. 멍한 얼굴로 옆을 보니 서진이 새침한 얼굴로 서 있었다. 아, 맞다. 답장 안 했었지.

"응? 왜?"

민지는 서진이 왜 자신을 불렀는지 어느 정도 짐작이 되었지만 모르는 척하며 사람 좋은 미소를 지으며 경계심을 갖고 말했다. 주위에 많은 신경을 쓰고 예민한 사람이 아닌 이상 이 경계심을 알아채지 못했겠지만, 눈치가 빠른데다 주변 사람을 분석하기를 좋아하는 서진은 금방 눈치를 챘다. 얘 낯가리는구나. 완전 비즈니스 얼굴.

하지만 서진은 이에 굴하지 않았다. 친화력, 사회성이라고 하면 자신이라고 주장할 만큼 스스로 누군가와 친해진다는 것에 자부심이 있던 서진은 민지가 궁금하기도 했고, 약간의 정복욕이 들기도 했다. 뭔가 싸하게 숨기는 것같은 모습에 더욱 호기심이 커졌다.

"근데 너 나랑 같은 데 다녀?"

이걸 어떻게 설명해야 하나 고민이 되기 시작했다. 다 말해? 말아? 짧은 순간이지만 민지의 머릿속에는 수많은 생각이 들었다. 짧은 시간에 정리하긴 무리였는지 구구절절 다 말하는 것을 선택했다. 결국 조잘조잘 거리며 하나도 안 불편한 척, 서진에게 학원을 갔는데 길 잃고 수업이 안 맞았던 것부터 모두 말했다. 서진은 이를 다 듣고 고개를 끄덕거리더니 '아 그렇구나.'라는 말과 함께 별 반응이 없었다. 남의 시선을 신경 쓰는 민지는 서진의 반응에 불안해했다. 아, 너무 많이 말했나. 좀 재미없긴 했는데 너무 미적지근한데. 뭐지. 그러곤 자신의 궁금증을 다 해결한 서진은 위의 말을 마지막으로 자리로 돌아갔다. 이번에는 불안한 듯 민지의 눈이 서진을 쫓았다.

민지와 서진은 7교시 그리고 각자의 방과 후 수업까지 마치고 2층의 야자실로 향했다. 속을 알 수 없이 담담한 표정의 서진, 하기 싫다는 기색이 역력한 표정의 민지였다. 야자 시작을 알리는 종이 울리고, 둘 다 느긋하게 구석 책장 앞 두 책상 중 자신의 이름표가 붙여져 있는 곳에 앉았다. 서진은 가방에서 필통과 해야 할 것들만 딱 꺼내 들고는 공부를 시작했다. 반면 민지는 꾸물꾸물 필통을 꺼내고, 학습지 파일을 이리저리 뒤지다 수학 문제집을 꺼내는 등 공부를 시작하기에는 많은 준비가 필요한 것처럼 보였다. 야자 감독 선생님이 모든 자리를 확인하고 나갈 때까지 꾸물거리다 모든 것이 정리가 되었는지 공부를 시작했다. 책 넘기는 소리와 샤프소리, 볼펜 딸깍거리는 소리만이 들리고 야자실 안은 고요하기만 했다. 서진은 이런 분위기에 심심함을 느꼈다. 오늘 공부가 잘되지 않는 듯했다. 슬쩍 옆자리의 민지가 무엇을 하는지 구경했다. 민지는 수학 문제집을 풀다가 손을 만지기도 하고, 엎드리기도 하였다. 그러던 중 휴대폰을 무음모드로 하지 않았는지 민지의 휴대폰에서 경쾌한 알림음이 조용한 야자실에서 울렸다. 자는 아이들도 꽤 있고, 이어폰을 끼고 있는 학생도 꽤나 있어 대부분 민지에게 관심을 주지 않았다. 갑자기 울린 알림에 놀란 민지는 재빠르게 소리를 껐고, 알람을 확인했다. 서진은 이를 계속해서 아닌 척하며 구경하고 있었다. 연락을 확인하는 민지의 얼굴을 계속 보는데, 눈썹을 위로 올리고 미간도 찌푸리며 뭔가 고민하는 듯했다. 서진은 다시 또 궁금해졌다. 이 정도면 관심이 아닌 정도를 넘어서 오지 랖일지도 모르겠다. 역시나 넘어갈 리 없는 서진은 조심스러운 표정과 함께 살금살금 몸을 민지 쪽으로 기울였다.

"뭐해?"

옆에서 들리는 소리에 민지는 고개를 옆으로 돌렸는데 서진의 얼굴이 떡 하니 있었다. 갑자기 서진의 얼굴이 가까이 있어 눈이 커졌다. 너무 놀라 소 리 지를 뻔했지만 간신히 참은 듯했다.

"아, 놀래라."

"미안, 지금 뭐해?"

"아, 그냥 누가 문자 왔길래."

민지는 서진이 딱히 누구냐고 묻지 않았지만 자신을 빤히 바라보는 눈빛 은 무슨 일인지 궁금해하는 눈빛이었다. 뭔가 다 간파당하는 기분이 들었다.

"아, 누가 뭐 좀 부탁 있다고 연락 왔는데, 좀 부담스러워서."

"엥, 누군데?"

민지는 경계심을 띠고 말하지 않으려고 했지만, 서진의 아무것도 모른다 는 초롱초롱한 눈을 당해낼 수는 없었다. 누군지 말하는 대신 조용히 휴대폰 화면을 서진에게 보여 주었다.

뭐. 딱히 상관없겠지. 얘를 알리도 없고.

별생각 없이 민지는 서진이 화면의 문자를 다 읽을 동안 기다렸다. 다 읽었나 싶어 서진을 바라보니 서진은 민지를 바라보며 눈을 크게 떴다. 그러곤 얘? 라는 입 모양과 함께 화면을 가리켰다. 무슨 영문인지도 모른 채 민지는 고개를 끄덕이고 왜냐는 얼굴과 함께 어깨를 으쓱거렸다.

"나, 얘 알아. 나랑 같은 초등학교였어. 친하지는 않았긴 한데."

민지의 눈도 아까의 서진의 눈처럼 커졌다. 민지는 어이가 없었다. 별생각 없이 보여 줬는데 아는 애인데다가 같은 초등학교를 나온 사이라니. 서진 또한 그랬다. 그저 궁금해서 봤는데 아는 애라니. 둘은 똑같은 생각을 했다.
아, 세상 진짜 좁다.
민지가 어떻게 아냐며 소리는 내지 않은 채 입을 바쁘게 움직였다. 입 모양으로 대충 뭘 말하는지 알아들은 서진은 자신이 아는 것을 말해 주기 위해 입을 뗐다.

"아니, 걔 있잖아 나랑 초등학교 같이 다녔는데."

생각보다 말하는 소리가 크다고 느꼈는지 서진은 말끝을 흐리며 말을 멈추었다. 그러고는 자신의 노트와 샤프를 가지고 와 몸을 옆으로 돌려 자신이 할 말을 술술 적어 내려갔다. 어느 정도 기다리자 다 썼는지 노트를 민지에게 내밀었다. 노트를 받아들고 읽어보니 걔 아무한테나 다 부탁한다고, 자기와 자기 친구에게도 왔다며 들어주지 말라는 내용이었다. 서진은 민지가 당연히 무슨 이런 애가 있냐며 화를 내는 반응을 예상했는데 반대로 민지는 담담했다. 자신이 생각한 반응과는 다른 행동이 재미있기도 하고 한편으로는 못 맞쳤다는 생각에 기분이 나쁘기도 했다.

민지도 샤프를 들고 무언가를 적기 시작했다.

– 아 진짜? 내 친구의 친구인데…… 잘 거절해야겠다.

그러고는 민지는 자신의 책상 쪽으로 몸을 돌려 답장을 어떻게 할지 고민하기 시작했다. 이를 본 서진은 남을 도와주고 싶은 마음인지 오지랖인지는 모르겠지만 답장을 같이 고민했다. 민지가 고민할 동안 같이 고민한 서진은 떠올린 대답을 노트에 써 다시 민지에게 전달했고, 다시 민지에게서 답이 돌아왔다.

야자 시간이 끝날 때까지 노트 교환은 멈추지 않았다. 학교 시설 이야기, 자신의 중학교, 우리 반 이야기 등 끊임없이 다양한 주제로 바꾸어 가며 이야기를 이어 나갔다. 노트는 빽빽하게 채워졌고 야자 시간은 금방 지나가 마치는 종이 쳤다.

"아, 너무 한 게 없는데 어떡하지."

민지는 자신의 비어 있는 수학 문제집을 보며 웃었다.
"괜찮음. 다음 야자 시간이나 내일 열심히 하면 되잖아."

지나간 일에는 딱히 집착하지 않는 서진이었다. 민지는 그 말에 진짜 공감한다며 키득거렸다. 둘은 야자 시간에 얘기가 부족했는지 가방을 메고 언덕을 내려가면서까지도 재잘재잘 떠들었다. 이날은 서진을 경계하던 민지가 서진에 대해 꽤 좋은 인상을 가지고 친해지기 위해 노력한 듯 보였다.

5. 서진과 예현

예현은 중간고사 자신의 영어 성적을 보고 입이 다물어지지 않았다. 아무리 학교 사이트에 뜬 자신의 성적을 돌려보고 다시 들어가서 봐도 영어 등급 칸에 써져 있는 숫자 5는 제대로 된 것이었다. 예현은 다짐했다. 이젠 영어 학원 빨리 다녀야겠다고. 다음 시험까지 시간이 촉박했던지라, 예현은 자신이 다니던 수학 학원에 다니기로 했다. (예현이 다니는 학원은 국수사과영 모두 하는 종합학원이다.) 예현은 재빠르게 학원에 전화를 해 영어를 다니고자 한다고 전하였고, 재빠르게 테스트를 치고 다닐 준비를 마쳤다. 영어 학원을 간 첫 날, 긴장된 얼굴로 교실의 문을 열고 들어갔다. 아는 애가 한 명쯤은 있을 줄 알았는데 아예 없었다. 아, 정말 학원 조용히 열심히 다닐 수 있겠다. 좀 재미없긴 하겠지만. 예현은 그렇게 자기 스스로 합리화를 했다. 자리에 앉아 수업이 시작하기만을 기다리는데 누군가 문을 열고 들어왔다. 어딘가 익숙한 얼굴인데 도저히 어디서 봤는지는 기억이 안 났다.

"예현아, 이 학원에 너네 언니도 서진이 언니랑 같이 다녔었는데, 혹시 이 반에 있는 서진이랑 너도 친하니?"

선생님이 궁금하다는 눈빛으로 질문했다.

예현은 바로 알아챘다. 방금 들어온 개가 김서진이구나 하고. 사교성이 좋고 서글서글한 인상에 성격도 쾌활하던 예현은 '당연히 친해지겠지,'하며 "네, 당연하죠. 뭐 어느 정도 친해요."라며 능청스럽게 말했다.
서진 또한 예현이 초면이었지만, 예현과 비슷하게 사교성이 좋아 이에 맞춰 친하다며 맞장구를 쳐주었다. 그러곤 둘은 서로를 쳐다보았다. 예현은 별 생각 없이 쳐다본 것이었을지 몰라도 서진은 상대를 스캔하고 파악하는 느낌이었다.

수업을 마치고 앞서 나가는 서진을 예현이 불렀다.

"서진아, 너도 수성고야?"

평소의 예현 답지 않은 수줍은 미소와 말투였다. 이에 서진은 전혀 당황하지 않고 담담하게 맞다고 대답했다.

"그러면 넌 몇 반이야? 난 5반."

"난 8반. 밑에 층. 엥 잠깐만. 5반이면 혹시 그 엄하시다는 그 쌤?"

"아!!! 맞아"

수줍게 이야기하던 얼굴이 울상으로 바뀌었다.

"진짜 완전 정석대로 하셔서 미치겠어. 내 친구가 중학교 때 우리 담임 쌤이랑 3년 정도 봤는데, 저번 겨울방학 때 나한테 엄청 막 넌 반 되면 진짜 그냥 바른생활 예약이라면서. 대박이라면서."

"와, 3년이면 진짜 오래봤네. 근데 약간 네 친구 중학교에서 우리 학교로 온 애들 많아서 쌤이랑 친한 것 같던데."

"난 못 친해져. 걔가 으름장 놓을 때 나 앞에서 무서워봤자 얼마나 그렇겠어 했는데 진짜 그때의 나한테 가서 다시 알려주고 싶다. 정신 차리라고."

예현은 벌써 마음의 문을 열었는지 거의 몇 년은 만난 듯한 친숙함을 가지고 대화를 이어 갔다. 그리고 서진은 이 얘기를 흥미롭다는 듯이 웃으며 적절하게 반응해 주고 있었다. 둘은 버스 정류장에 도착해서도 계속 주제를 바꾸어 가며 얘기했다. 결국 서진이 타야 할 버스가 도착해서야 이야기는 끊겼다.

버스에 타려는 서진에게 예현이 손을 들며 인사했다.

"내일 너네 반 한번 찾아갈게."

서진은 오늘 처음 본 애 같지 않은 느낌에 자신에게 어이가 없기도 하고, 이 상황이 그저 웃기기만 했다.

6. 서진과 예현 그리고 민지

그 전날 버스 타기 전 서진에게 한 말이 빈말은 아니었지 점심시간 예현은 8반 앞을 기웃거리고 있었다. 미어캣마냥 반을 훑어보는 예현을 급식을 다 먹고 친구와 걸어오던 민지가 불렀고 물었다.

"니 뭐해?"

누가 협박이라도 했든 예현은 화들짝 놀라며 뒤를 돌아보았다. 다행히 재수 없어 보이는 얼굴을 한 민지가 서 있었다. 민지는 별 생각 없이 있었는데 아마 예현에게만 그렇게 느껴졌을 것이다.

"다니던 수학에서 같이 하는 영어 학원 새로 갔는데 거기 우리학교 다니는 애가 한 명 있더라. 8반이라길래 한번 놀러 와 봄."

예현의 일뿐만 아니라 주변에 관심이 없던 민지라 그저 듣고 있었는데 무언가 이상한 걸 느꼈다.

전에 다니던 수학 학원에다가 8반? 이건 딱 봐도 김서진인 것 같은데.

서진과 친해진 지 얼마 되지 않은데다 확실하지도 않았기 때문에 일단은 모르는 척했다. 그러곤 뻔뻔한 얼굴로 말했다.

"그럼 일단 반에 들어와 보셈. 밖에서 그러고 있으니깐 약간 훔쳐보는 것 같기도."

민지의 앞말에 밝아졌던 예현의 얼굴이 뒷말을 듣고는 찌푸려졌다. 입 밖으로 내지는 않았지만 예현은 항상 쟤의 저런 얼굴이랑 말투가 너무 싫다고 생각했다. 서진은 화장실에서 양치를 하고 있었다. 혓바닥까지 꼼꼼하게 닦고 서진의 시그니처 스폰지밥 양치컵을 탁탁 털며 반으로 걸어왔다. 뒷문을 여니 반의 시끄러운 소리가 서진의 귀를 울렸다. 왜 이렇게 시끄럽나 싶어 쳐다보니 칠판 앞에서 민지와 예현이 서로 너나 잘하라며 투닥거리고 있는 것이 눈에 들어왔다. 서진의 눈이 다시 반짝거렸다. 양치컵 안에 칫솔을 담아 사물함에 넣어두고는 둘이 유치하게 싸우고 있는 곳으로 슬그머니 다가갔다. 둘은 서로에게 말을 하는데 집중했는지 서진이 오는 것을 알지 못했고, 옆에 조용히 다가와 갑자기 서있는 서진을 발견하고 놀란 예현이 소리를 지름으로써 둘의 언쟁이 끝났다.

"니네 아는 사이야?"

취조하는 듯한 날카로운 눈초리로 둘을 바라보며 질문했다.

"아, 맞다. 얘도 8반이랬지. 내가 어제 말했던 그 3년 동안 우리 담임 쌤이랑 같이 수업했다던 애가 쟤야."

어제 둘이서 무슨 얘기를 했는지 알 턱이 없는 민지는 예현을 멍하니 쳐다보았다.

"아악, 대박. 완전 신기한데."

서진이 입을 동그랗게 하고는 특유의 돌고래 소리를 내었다.

"그리고 쟤랑 초등학교 때부터 알던 사이."

"와. 그러면 진짜 오래됐네."

"오래본 만큼 볼 때마다 재수 없어 미치겠어."

예현이 자신의 편이 생긴 듯한 느낌에 진심을 내뱉었다가 뭐? 하며 쏘아붙이는 민지에 쭈그러들었다.

"김예현 내일 영어 가? 내일 단어 치러 오랬잖아."

"아!! 맞다. 서진아 나 너무 단어가 치기 싫어. 가기도 싫어."

"하루 다녔으면서 벌써부터 가기 싫다는 건 대체 뭐야~"

민지의 시비조에 예현은 쟤는 왜 저러냐는 생각과 함께 이를 뿌득 갈았다. 언젠간 꼭 쟤랑 손절한다. 분위기가 험악해질 것 같음을 느꼈는지 서진은 화제를 돌렸다.

"그러면 우리 학원 가기 전에 근처 카페 갈래? 거기 새로 생겼던데."

"앞에 횡단보도 건너자마자 있는 거기?? 완전 좋아. 진짜 너 아이디어 좋다."

예현이 서진을 대견하다는 듯 바라보고 서진은 그 눈빛을 즐기고 있었다.

"헐. 거기 그 버블티 진짜 맛있다고 얼마 전에 올라왔던 데잖아. 와 나도 갈래."

평소 버블티 맛집이라고 하면 다 찾아다니는 민지였기에 민지 또한 너무 가고 싶어졌다. 예현은 민지가 버블티라면 환장하는 것을 알았기에 쟤 또 저런다면서 가자했고, 서진 또한 별 상관없다는 듯 어깨를 으쓱거렸다.

이것이 이 세 명의 첫 만남이었다.

(번외) 셋의 성격

1. 민지
- 낯을 많이 가리고 남에 대한 경계심이 높음.
- 비밀이 많음.

- 카톡 답장 하나에도 엄청 고민하는 편.
- 오래 지내 편해지면 막 대하기도 함.
- 깊고 오래가는 인간관계를 선호함.

2. 서진
- 사교성이 좋고 아무에게나 쉽게 말을 붙임
- 주변 사람들에게 관심이 많다. (오지랖이 넓다?)
- 오는 사람 안 막고 가는 사람 안 막는 편
- 사람에게 호기심이 많아 자주 관찰함.
- 관찰한 것을 바탕으로 누군가를 파악하려 함.
- 누구와도 잘 친해지지만, 깊게 친해지는 것은 일부 뿐.

3. 예현
- 서글서글한 인상으로 친구들을 대함.
- 재치 있는 말로 주변을 웃김.
- 비관적임.
- 친구들과 모이면 주도하려는 성향이 보임.

장마

정은지

작가소개

엄마의 이야기는 나를 고무시켰고,
이 이야기도 탄생할 수 있었다.

내가 고등학생이 되고 동생이 중학생이 되면서 엄마가 집에 혼자 있는 시간이 늘어났다. 엄마가 처음에는 그 시간을 집안일에 다 투자했다. 그런데 시간이 가면 갈수록 집안일을 해도 시간이 남았다. 엄마는 그래서 이 시간을 의미 있게 보내고 싶어서 자격증을 따기 시작했다. 엄마가 처음 딴 자격증은 요양 보호사 자격증이다. 요양 보호사는 사회복지사와는 좀 다른 개념이다. 우리나라가 고령화 사회가 아니라 고령 사회로 거듭나면서 요양 보호사는 필수적인 존재가 되었다.

　엄마는 그렇게 요양 보호사 일을 하러 집 근처의 어떤 할아버지 집에 출근을 했다. 할아버지는 젊었을 때 판사를 했을 정도로 총명했고 돈도 잘 벌었다. 그런데 지금은 중풍이 와서 두 다리를 쓸 수 없다. 하루 종일 침대에 누워서 천장을 바라보는 일이 전부라고 했다. 그 집의 할머니는 치매라고 했다. 그래서 자꾸 깜빡깜빡하고 뭔가 계속 엉성하다고 했다. 할머니는 탈모가 와서 엄마가 올 때마다 가발을 쓰는데 그게 너무 귀엽다고 했다.

　할아버지는 큰 아들이랑 같이 살고 있다고 했다. 그런데 큰 아들은 할아버지 돈으로 사업을 하다가 잘되지 못해서 다른 직업을 가지고 있는 듯했다. 집에는 잘 들어오지 못해서 집에는 며느리만 있는데 며느리는 할머니 할아버지에게 무관심하다.

엄마는 할머니랑 할아버지를 볼 때마다 돌아가신 우리 할머니 할아버지가 생각난다고 했다. 돌아가시기 전까지 엄마가 간병을 했기 때문에 할머니랑 할아버지가 돌아가시는 날 엄마가 처음 우는 걸 봤다. 엄마는 그때부터 노인들을 보면 다 우리 할머니 할아버지 같아서 마음 한 편이 아린다고 했다. 그래서 엄마가 출근하는 집의 할머니 할아버지를 보면 최선을 다하게 된다고 했다.

할머니랑 할아버지 집에서 음식을 해다 주고 청소를 하고 할머니랑 할아버지가 아파서 할 수 없었던 일을 계속 하고 있다. 할머니랑 할아버지는 엄마보고 일 잘한다며 칭찬을 계속 했고 할머니는 3시간만 더 있었으면 좋겠다고 엄마한테 말했다. 엄마는 그걸 듣고 3시간을 더 있기 위해서 치매교육을 받았다. 엄마는 교육을 받고 온 내용을 나한테 계속 말해 줬고 나는 거기에 흥미를 느꼈다.

엄마의 최종 꿈은 사회복지사 1급 자격증을 따서 할머니 할아버지한테 편안한 요양 시설을 차리는 것이다. 엄마는 50살이 넘었지만 꿈을 가지고 있다. 엄마의 이야기는 나를 고무시켰고 이 이야기를 탄생시킬 수 있었다.

각오

내일부터 다이어트 해야지
내일부터 공부해야지
내일부터 부모님께 효도해야지
내일부터 돈 모아야지
내일부터 플래너 써야지

시간은 기다리지 않는다
생각은 내일부터
시작은 지금부터

8월이다. 늘 이맘때쯤 장마나 태풍이 기세를 부린다. 그런데 불과 어제까지만 해도 역수같이 내리던 비가 오늘은 왜 안 올까? 뭐 안 오면 나야 좋지만. 어제까지만 해도 비가 너무 내려서 학교 갈 때 너무 힘들어서 아빠가 태워 줬었는데 오늘은 유나랑 그냥 버스를 타고 가도 될 것 같은 날씨다.

"야, 니 빨리 안 나오나. 니 쫌만 더 늦으면 그냥 버리고 간데이."
"아아, 잠시만. 엄마 나 학교 갔다 올게!"
"은지야, 우산 챙겨가레이! 오늘 태풍 온다 카더라!!"

유나랑 나는 이 동네에 유일한 학생이다. 농촌에 고령화 현상이 너무 심하다던데 우리 동네를 보고 하는 말이 아닐까 싶다. 우리 집에도 할머니가 한 분 사시는 데. 할아버지가 돌아가시고 난 후 혼자가 되어서 우리 집의 약간 수호신? 같은 느낌이다. 아침마다 마당을 쓸고, 밥을 앉히고, 엄마랑 아빠 그리고 나를 깨우고 날씨를 알려 주신다. 우리 앞집에 사는 감나무 집 할아버지는 마당에 큰 감나무를 키우시는 데 가을이 되면 홍시가 되다 못해 물러 터진

감들이 자꾸 우리 마당을 침범해서 할머니가 애를 좀 먹으신다. 또 우리 동네에는 할머니 친구 분들인 옆집에 꽃무늬 그릇, 꽃무늬 옷, 꽃무늬 모자만 고집하시는 꽃가라 할머니, 그리고 옆옆 집에 얼굴만큼 큰 안경을 끼고 생활하시는 안경할머니도 계신다. 학교를 마치고 마을회관 앞 정자에 보면 할머니 삼총사가 앉아서 수박도 잘라드시고 부채를 부치시면서 수다도 나누신다. 그 모습을 보면 뭔가 마음이 편안해진다.

유나는 내가 태어났을 때부터 알고 지낸 친구인데, 올해로 치면 18년지기인 셈이다. 유나는 착하고 눈물도 많고 겉으로는 틱틱대도 무조건 내 편이란 게 드러나는 친구이다.

"야, 무슨 생각을 그렇게 하노? 학교 다 왔다. 내려야 된다."
"아, 뭐. 그냥 생각 좀 했다. 내리자 고마."
뭐 이런 생각하다 보니까 학교에 도착했다.

"야, 정은지, 이유나!!"
문희다. 이문희, 얘네는 우리 셋 중에 제일 부자이다. 집도 시내에 있고 아버지가 공장 4개를 운영하시는 공장장님이시다. 그런데 우리랑 있을 때에는 아이스크림도 하겐다즈만 고집하던 것을 베스킨라빈스로 바꾸고 삼겹살 원래 안 먹는 에도 같이 먹어 주는 친구이다.

"야, 니네 기다리다가 지각할 뻔. 빨리 가자."

학교를 마쳤다. 아침에는 안 오던 비가 갑자기 억수같이 내린다. 아침에 엄마가 우산 챙겨 가라고 했었는데 또 까먹고 안 가져왔나 보다.

"야, 이유나 니 우산 있나?"

"있겠나."

"이문희 닌?"

"있겠나. 그런데 나 지금 아빠가 오늘 가족끼리 외식하러 간다고 데리러 온대. 오늘 먼저 간데이 빠이."

"저 끼는 맨날 지만 맛있는 거 먹네. 알았다 빠이."

"야, 정은지. 걍 아버님한테 전화하면 안……? 아버님 오늘 바다에 물 너무서 안 가신다며."

"아 그럴까?"

아빠한테 전화를 걸었다.

"아빠."

"어, 공주야. 왜"

"아니 엄마가 아침에 우산 가져가라 캤는데 모르고 안 가져와뿟다ㅜㅜ 집 어예 가지?"

"아하하하 데리러 오라고 카는기제."

"웅. 뭔가 곧 태풍 올 것 같다. 빨리 와 줘."

"알았다. 간데이."

역시 우리 아빠다. 아빠가 오려면 적어도 한 시간 사십분이니까 아빠를 기다리면서 학교 바로 코앞에 있는 pc방에 가기로 했다. 내가 제일 좋아하는 오버워치라는 게임을 하면서 아빠를 기다리기로 했다.

시간이 얼마나 흘렀는지 확인했을 때 난 내 눈을 의심했다. 벌써 세 시간이 지났다고? 그런데 아빠는 연락이 없었다.

"야, 이유나. 우리 세 시간이나 게임 조짐."

"만간에 우리 인생이 조져질 거 같은데…… 아버님 전화 오심?"

"아니. 아빠는 전화 안 왔는데?"

그런데 pc방은 술렁이고 있었다.

"뭔 일이고?"

"야. 지금 실검 1위 우리 동네 교통사고인데?"

"엥? 뭐라카노."

"야, 찐임. 빨리 봐봐."

인터넷 뉴스에는 현재 우리 동네에서 시내에 오는 길에 14중 추돌 교통사고가 나서 교통혼잡이 우려되고 많은 사람들이 다쳤을 거라 예상된다는 내용이었다. 그때 마침 아빠번호로 전화가 왔다.

"어, 아빠. 왜?"

"네 정국진 씨 가족 분 되시나요?"

"네, 맞는데요."

"지금 정국진 씨가 많이 다쳐서 응급실로 이송 중에 연락드립니다."

믿을 수가 없었다. 우리 아빠가 다쳤다고? 우선 유나와 나는 택시를 잡아서 아까 전화로 전달받은 위치로 이동했다. 응급실에 들어가니 고통으로 울부짖으며 몸부림치는 사람들이 널려 있었다. 그 사이에는 침통한 얼굴로 옆에 있는 엄마와 할머니가 있었다. 엄마와 할머니는 내 눈을 본 순간 눈물을 흘렸고, 난 아빠의 상태를 보기 위해서 응급실의 안쪽으로 더 안쪽으로 이동했다. 갑자기 이렇게 많은 사람이 다치게 되면 당연히 수술실이 꽉 차기 마련이라 대기하는 사람이 많았다. 그중 한 명이 우리 아빠일 거라고 생각도 못했지만 말이다. 아빠는 온몸에 붕대를 감은 채로 있었다.

"아빠 나 왔어. 은지."

"아, 은지 왔나. 하하하 아빠가 공주 데리러 가기로 했는데 미안타. 갑자기 뒤에 차가 받아 버리는 바람에."

"아니야. 괜얀타."

"은지야 아빠 웰케 잠이 오지. 아빠 잠 좀 깨게 물 한잔만 받아와 줄래?"

"알았다. 자지 말고 있어야 돼."

물을 가지러 가는 길에 불행한 생각은 나를 떠나갈 줄 몰랐다. 계속해서 아빠가 잠이 온다는 말을 했던 것에 집착하게 됐다. 물을 떠서 돌아오는 길에 수많은 고통받는 사람을 마주했다. 그들의 삶이 어땠건 그 순간은 상관없었다. 그들이 돈이 많던 적던 그들이 타고 있었던 차가 외제차이던 아니던 상관없었다. 그들은 그저 고통받는 하나의 인간이었다. 지나오면서 마주한 고통받는 사람들은 상처로 인해 고통받는 사람만 있는 것은 아니었다. 사랑하는 가족, 애인을 잃어서 고통받는 사람도 존재했다. 사랑하는 사람이 떠나간 자리를 울면서 지키고 있는 사람의 감정이 그때까지만 해도 공감이 가지 않았다. 물을 떠다 왔을 때 아빠를 감싸고 있던 피로 물든 붕대 대신 내 눈에 들어온 것은 아빠 이름이 적힌 침대 위에 덮인 하얗고 큰 천이었다. 그리고 침대에 엎어져 울고 있는 엄마, 그리고 주저앉아서 넋이 나간 할머니. 침통한 표정의 의사 선생님. 결국 내 두 눈에는 투명하고 큰 구슬이 맺혔고 그 구슬은 곧 아빠를 덮고 있는 하얀 바다 위에 떨어졌다.

〈-〉

내 세상에서 아빠가 사라진 지 일주일째다. 아빠가 없는 내 세상은 무너질 것만 같았는데, 생각했던 것보다 세상은 아빠 없이도 너무 잘 돌아갔다. 학교로 가는 버스에서 보는 세상은 아빠라는 사람이 존재하지 않았던 것처럼 너무 아무렇지 않았다. 그런 생각이 들 때마다 학교를 가지 않았다. 학교보다 버스 밖의 세상이 나에겐 더 편했기 때문이다. 버스 밖에 세상은 아빠가 없는 나에게 아무런 말을 하지 않았다. 하지만 학교에 간 나는 아빠가 없는 아이, 그래서 불쌍한 아이였다. 처음에는 많은 친구들이 위로를 해 주길래 그게 마냥 좋은 것 줄 알았다. 하지만 한 일주일쯤 지나고 나니, 그것은 위로가 아닌 동정이었음을 깨달았다. 수업 시간에 들어오는 선생님은 나를 불쌍한 아이라고 했다. 원래는 졸기만 해도 혼나는 내가 자고 있어도 깨우지 않았다. 필기를 하지 않아도 나를 혼내는 선생님이 없었다. 선생님들은 나를 아빠가 없는 불쌍한 아이라는 포장지를 씌우고 동정이라는 스티커로 나를 갑갑한 상자 안으로 밀어넣었다. 학교에 다니는 것이 싫증이 났고 더 이상 학교를 다녀야 할 이유를 느끼지 못했기에 아빠가 생각나는 아침에는 학교를 가지 않고 중간에 버스에 내리며 유나에겐 아프다고 전해달라고 말했다..

학교를 가지 않은 내가 하는 일은 그냥 pc방에 가서 게임에 미친 사람처럼 게임을 하는 일이었다. 그렇게라도 하지 않으면 내 정신이 나를 더 구석진 곳으로 몰아세워 결국 절벽에 홀로 서 있게 할 것 같았기 때문이다. 잠시나마 게임은 나의 우울함을 잊게 해 줬다. pc방에서 한판 게임을 하고 나오면 돈이 부족하기 때문에 아무것도 할 수 없었다. 그러면 광장에 있는 벤치에 앉아 있었다. 광장 근처에 있는 카페 와이파이에 연결해서 휴대폰을 만졌다. sns 속 사진 속에서 웃으며 행복해 보이는 사람들을 봤다. 행복함이라는 것을 느낀 지 오래된 것 같았다. 그 사람들은 끊임없는 행복에 살까 고민도 하면서 광장을 두리번거렸다. 웃으면서 지나가는 연인도 보이고 가족들끼리 외식을 하러 나온 사람들도 보였다. 그들의 입꼬리에는 행복이라는 미소가 걸려 있었다. 휴대폰 속 비친 내 얼굴의 입꼬리는 우울과 어두움이라는 추가 달려 축 처져 있을 뿐인데 말이다.

그렇게 광장에 한참 있다 보면 저녁을 먹을 시간이 된다. 그러면 문희를 부른다. 문희는 무조건 나랑 있을 때마다 밥을 사 주는 것을 알기 때문에 문희를 부르는 것 같다. 문희가 나를 특별히 여겨서 그런 것이 아니라 문희는 뭔가 밥이나 먹을 것을 자기가 사는 것이 습관화가 되어 있다. 그렇게 문희가 사 준 간단한 저녁을 먹고 문희는 문희의 아빠 차를 타고 학원으로 떠난다. 그러면 다시 혼자가 되어서 다시 광장을 돌아다닌다. 그리고 유나를 기다린다. 집에 같이 가기 위해서이다. 그렇게 하루를 보내고 집에 들어오는 것을 한 세 번 반복하고 나니, 학교를 안 다니는 것도 괜찮겠다는 생각이 나를 지배했다.

나의 정신이 이렇게 피폐해지게 된 데에는 학교의 차별도 물론 큰 영향이 있었지만, 엄마 때문도 있다. 엄마는 아빠를 그렇게 잃고 나서 넋이 나갔다. 흔히 말하면 정신을 잃은 여자가 되었다. 엄마가 하루 종일하는 일은 바다에 나가서 한없이 파도가 방파제를 때리는 모습을 지켜보는 것이었다. 엄마한테 그 이유를 물으러 갔더니 엄마가 하는 말은

"아빠가 바다에 나가서 아직 안 오니까 그렇지. 닌 드가 있어라. 여긴 너무 위험하니까 엄마가 혼자 지키고 있어야제. 집 드가서 할매 밥이나 잘 챙기라. 엄마는 아빠 오면 드갈게."

처음에는 엄마가 너무 충격을 많이 받아서 그런가 보다 생각을 했다. 그런데 점점 시간이 지날수록 엄마는 밥도 먹지 않고 그 자리를 지켰다. 그리고 잠도 자지 않았고, 집에 들어오지 않았다. 그냥 그 자리에 엄마는 묵묵히 앉아서 계속 아빠가 오기를 기다렸다. 아빠가 더 이상 돌아오지 않는다는 사실을 강하게 부정하고 있는 듯해 보였다. 처음에는 나도 엄마 밥도 챙기고 엄마 추울까 봐 담요도 가져다 주고 집에 오게 하기 위해서 많이 노력했지만, 계속해서 그 자리에 한시도 쉬지 않고 파도가 치는 모습을 보는 엄마를 보는 내

심정은 더 이상 곪아서 물러 터져 있을 만큼 곪아 있었고, 나도 제정신으로 삶을 살기엔 어렵다는 것을 깨닫게 되었다. 그래서 현실을 도피하고 싶은 마음이 너무 커졌고, 계속되는 일탈행위로 돌아왔다.

그런데 어김없이 학교를 가지 않은 날이었다. 오전 11시쯤 이장님이 엄마가 사라졌다고 동네로 오라는 연락이 왔다. 버스를 타고 엄마가 늘 앉아 있던 방파제에 가 보니, 엄마의 신발과 엄마가 덮고 있던 담요, 그리고 내가 가져다 준 죽 그릇이 놓여 있었다. 엄마는 결국 엄마를 스스로가 만든 죽음이라는 감옥에 엄마를 가둬 버리고 말았다. 예상했던 일이지만, 이는 나에게 충격 그 이상을 안겨 줬다. 며칠 간의 장례를 치르는 데 모든 친척들이 나를 보며 혀를 찼다. 그러곤 불쌍하다고 하나같이 입을 모아 말했다. 쟤는 이제 누구랑 살아야 하냐며 다들 쓸데없는 오지랖을 행세하며 나에게 화살을 던졌다. 그 화살은 나의 심장을 관통하여 내가 나 스스로를 희망도 없는 사람이라고 정의해 버리게 만들었다.

할머니는 아들을 잃은 슬픔이 채 가시지도 않았는데 며느리를 잃게 되어 적지 않게 충격을 받으신 것 같았다. 우리 동네에서 가장 일찍 일어나셔서 우리 집 앞마당을 쓰는 일을 더 이상 하지 않으셨고, 아침에 나를 깨우지도 않으셨다. 이 때문에 학교는 점점 더 나와 거리가 멀어지게 되었고, 결국 자퇴서를 받으러 학교를 가게 되었다.

학교를 가는 길은 지루했고 버스의 창 밖 세상은 내가 견디기엔 버거워 보였다. 교문에 들어서자 평소에는 말도 안 걸던 아이들이 나를 보고 괜찮냐며 수군거렸다. 지나친 관심이었다. 이제는 대꾸하기에도 지친 나머지 그냥 무시하고 교무실로 들어섰다. 교무실 문을 열자, 선생님들은 나를 놀란 눈, 걱정어린 눈, 안쓰럽다는 눈 등으로 바라봤다. 시선 하나하나에 예민하였지만 그냥 담임 선생님을 찾아갔다.

"선생님."

"어어, 그래. 은지야 고생 많제 안그래도 선생님이 집에 언제 한 번 방문하려고 했었는데."

"아니 그게 아니라 자퇴서 받으려고 왔어요."

"은지야."

그러고는 한숨을 깊게 쉬시더니

"아버지를 잃고 어머니까지 바로 잃어서 상심이 크겠지만 이건 아니지 않니? 이건 니가 너 스스로의 인생을 접는 일이야. 니가 쓴 자퇴서를 하늘에 계신 아버님께 당당하게 보여 줄 수 있니? 아무리 니 인생 니가 산다지만, 학교를 포기할 만큼 힘든 일은 아니지 않니? 이 세상에는 이것보다 더 힘든 일이 많고 넌 이것보다 더 힘든 일을 이겨 내야 할 필요가 있단다. 다시 한번 생각해 보자, 응?"

"선생님."

"어?"

나는 더 이상 말을 하지 않았다. 그저 그냥 처다보고만 있었다. 그것으로도 나의 마음을 잘 형용할 수 있다고 생각하였기 때문이었다. 선생님의 눈을 계속해서 빤히 보았다. 그러고는 그냥 뒤를 돌았다. 나에게 있어서는 최선의 방법이었는데, 정말 최선이었는데. 그 길로 학교에서 나왔다. 수많은 눈초리가 나를 봤지만 뭐 어쩌겠어. 이젠 학교도 끝이다.

학교를 나온 나는 진정한 자유의 몸이 될 것이라 확신했다. 학교라는 곳에 나를 묶어두지만 않는다면, 내가 한결 더 마음이 편해지지 않을까 생각을 했었다. 하지만 그것은 나의 큰 오산이었는데 학교를 나온 나는 그저 동네 날라리에 불과했다. 동네 할머니 할아버지는 학생이 학교를 다니지 않는다며 혀를 차거나 혹은 내가 불쌍하다며 감싸기 바빴다. 신경을 안 쓰려고 노력했는데 잘은 안 되는 것 같았다.

우리 집에 돈이 많은 것도 아니었기 때문에 학교를 안 가니까 할 일이 별로 없었다. 느지막하게 일어나서 천장을 바라보고 있다가, 늦은 아침겸 점심을 먹었다. 점심 먹은 것을 설거지하고 나면 밀린 빨래를 하고, 할머니가 더 이상 하지 않는 마당 쓸기를 하였다. 그렇게 시간을 보내면 하루가 훅훅 지나갔다.

내가 스스로 된장찌개를 끓이는 것에 익숙해졌고, 가끔 반찬이 떨어져 마을회관에 가서 남은 반찬을 얻어오는 일마저도 그냥 일상이 되어 버렸다. 차라리 이렇게 될 바에 학교에 돌아가야만 하는 것인가라는 생각이 스쳐 지나갔었지만, 학교에서의 나보다 집에서 일을 하고 있는 내가 더 의미있다고 생각을 하였다.

- 프롤로그 끝 -

할머니

할머니는 엄마가 하늘의 천사가 된 그날부터 과거의 시간만을 걷는 것만 같았다. 할머니는 더 이상 나에게 말을 걸지도 않았고 방에서 나오지도 않았다. 가끔 밥을 넣어 주면 먹기는 했는데 그것도 한두 숟가락이 전부였다. 할머니의 다리가 점점 말라가는 것이 보였다.

그런데 어느 날 새벽이었다. 옆방에서 자던 나는 부스럭 소리에 깼다. 눈을 뜨고 천장을 바라보고 있으니 곧이어 할머니의 흐느끼며 우는 소리가 들려왔다. 깜짝 놀라서 할머니 방의 문을 살짝 열어 보니 할머니가 할아버지의 유품이 담긴 박스를 열어서 하나하나 정리를 하고 계셨다.

"아이고 영감. 내가 곧 따라갈 거야. 영감…… 영감."

할머니가 마음의 병이 생겼다는 것쯤은 알 수 있었다. 계속해서 할아버지를 찾으면서 눈물을 흘리고 계셨다. 마음이 많이 아팠지만 할머니 방을 뒤로한 채 다시 잠을 청하러 갔다.

할머니의 마음

아침에 나를 깨운 것은 햇빛이 아닌 할머니의 목소리였다. 할머니의 목소리를 너무 오랜만에 들은 나머지 꿈을 꾸는 것만 같았다.

"은지야, 일나라. 아침 묵어야지."

할머니가 맞나 싶어서 눈을 깜빡거리고 볼을 꼬집어 봤다. 틀림없이 할머니가 맞긴 했다. 오랜만에 할머니의 구수한 된장찌개 냄새가 나를 밥상 앞으로 데려왔다. 오랜만에 계란말이랑 된장찌개랑 밥을 먹으니까 온몸이 풀리고 입맛이 돌았다. 밥을 한 그릇 다 비운 뒤 할머니가 이야기를 꺼냈다.

"은지야. 내가 옛날 이야기해 준 적 있나?"
"뭔 이야기?"

"할머니랑 할아버지 이야기."

"아니? 뭔데?"

"옛날에 할머니랑 할아버지랑 어떻게 결혼했는 줄 아나?"

"그것도 모르지 왜? 무슨 일 있나?"

"내가 기억을 점점 잃기 전에 니한테 이야기해 줄라고. 나중에 영영 기억을 못하게 되면 니가 나한테 이야기해 줘야 할 것 아니냐."

"뭔데?"

할머니는 물을 한모금 마시더니 이야기를 시작했다.

"옛날에 할매 동네에는 사람이 별로 안 살았그던. 그래서 동네 애들은 그냥 내가 빠삭히 알고 있었지. 그중에 니랑 유나처럼 나도 집앞에 순이라는 친구가 살고 있었다. 그래서 그 친구랑 같이 고무줄 놀이도 하고 딱지도 좀 치고 그랬었지. 나물도 캐러 가고 말이야. 그런데 이 할매가 어느 날 나물을 캐러 갔었는데 갑자기 마을이 시끄럽더라고. 순이랑 손을 잡고 밑에 마을에 내려가 보니 집안이 난리가 났어. 그때는 뭐 휴대폰이 있나 뭐가 있노. 그냥 시골은 아무것도 없었는데 전쟁이 났는지 안났는지 모르잖아. 그런데 마을도 난리가 나고 집안도 막 엎어져 있는 모습을 보면서 그때 내가 알았지. 전쟁이 났다는 것을. 안방에 들어가 보니까 엄마랑 아부지는 이미 안 계신 상태더라고. 도망을 가신 건지, 잡혀가신 건지. 그때 이후로 보지 못했다. 일단 그때의 나는 내가 거기에 계속 있다가는 뭐 어떻게 될 것 같아서 순이 손을 잡고 다시 산에 올랐다. 내가 나물을 캐러 가는 산은 엄청 깊고 사람의 발길이 드문 곳이었지. 그래서 다행이었어. 나랑 순이는 그 길에 빠삭했으니까. 그런데 이게 어쩐 일인지 날이 어둑어둑해지더구나. 그때 그 산에는 늑대도 살고 여우도 있고 지금의 산과는 많이 달랐단다. 그래서 어디 좀 가 있자 그래서 산을 넘어갔는데 작은 마을이 보였지."

"네, 그래서요?"

"그래서 일단 아무집에 들어갔다. 순이는 그냥 밖에서 자자고 했는데 나는 어디라도 일단 도움을 청해야 할 것 같아서 그냥 아무집에 문을 두드렸지. 그러더니만 한 아저씨와 한 남자아이가 나오더구나. 그 아저씨는 우리의 꼴을 보고 우선 씻으라며 그 남자아이가 입던 옷을 내어 주셨어. 순이와 나는 씻고 나온 후에 아저씨가 차려 주신 밥을 먹었지. 밥이랑 간장뿐이었는데도 그게 그렇게 맛이 있을 수가 없더구나. 밥을 먹고 나서 아저씨는 우리에게 방을 내어 주셨다. 그 방에는 아이 엄마의 흔적이 다분했었는데 아저씨는 아무 말 하지 않았고 우리도 더 이상 묻지 않았다. 그렇게 방에 들어와서 우리는 불을 끄고 천장을 바라보고 있었다. 서로 먼저 말을 걸지도 않았고 숨소리조차 크게 내지 않았다. 그렇게 잠이 들었는데 눈을 떠 보니 아저씨가 없더라. 아저씨가 어디 갔는지 보이지 않길래 온 집안을 샅샅이 뒤졌다. 그런데 부엌에서 우는 소리가 들리더라. 가 보니 아들이 부엌 아궁이 밑에 숨어 울고 있더구나. 꺼내서 보니 온몸이 잿더미에 쌓여서 까맣게 변해 있더라고. 왜 우는 거냐고 물어보니 대답을 하지 않더구나. 그래서 아들보고 우선 씻으라고 했다. 아들은 씻고 나왔고 우리는 우선 집에 있는 밥을 대충 퍼서 먹었다. 밥을 먹고는 아들이 입을 열었다. 간밤에 자고 있는데 군인들이 왔다고, 아빠는 나보고 숨어 있으라고 했다고. 그런데 군인들이 아빠를 데려갔다고. 엄마는 병으로 2년 전에 돌아가셨는데 아빠가 엄마의 추억을 가지고 있자고 방에 그대로 뒀다면서 이야기를 해 줬다. 우리는 우리끼리 살아갈 자신이 없었다. 하지만 뭐 어쩌겠노 살아가야지 안 그렇나. 그래서 우리는 어떻게 해서든지 살아가려고 온갖 노력을 다했다. 너무 배가 고파서 안될 때에는 그냥 아무풀이나 물을 넣고 고아서 풀죽을 해먹었다. 그때는 풀독이 막 온몸에 올라와 부어 있기 마련이었다. 그런데 어느 날 순이가 죽었다. 순이는 잠이 막 온다더니 죽었다. 팔 다리에 가죽만 남고 배에는 독이 올라서 부풀어 오른 상태였다.

우리는 순이를 뒷산에 묻어 주고는 내려왔다. 순이가 죽고 운이 좋으면 앞집에서 감자를 구하기도 했고 그랬는데 그러니까 여차저차 살아지긴 하더구나. 그렇게 또 버티니까 전쟁이 끝나더라. 전쟁이 끝나고 나서 그 아들이 청혼을 했다. 그래서 받아 줬지. 그래서 니네 영감이 된 거여."

"아니 청혼을 그렇게 아무렇지 않게 받아 줘요?"
"그게 왜?"
"아니 뭐 사귀지도 않고 받아 줘요?"
"뭐 사귈 필요가 있나? 이미 한집에서 오래 살았는데."
"아아 뭐 그렇긴 하네요."
할머니의 긴 이야기가 끝나고 할머니는 밥상을 정리하였다. 할아버지랑 힘든 시간을 함께 오래 하였으니 할머니는 할아버지가 얼마나 보고싶을까 생각이 들었다. 할머니는 설거지를 하고 방에 들어가 누웠다. 나도 마루에 누워서 하늘을 바라 보았다. 하늘은 맑았다. 구름이 한점도 없었고.

하늘

그 이야기를 듣고 얼마 후에 할머니는 사소한 것을 기억하지 못하기 시작했다. 처음에는 단순 건망증인 줄 알았다. 처음에는 시장에서 집에 오는 길을 잊어 버리시더니, 집 앞의 마당에서부터 안마루까지 같은 경로를 계속 반복해서 돌기 시작했다. 그리고 이젠 내 이름도 가물가물해 하는 것 같았다. 할머니의 말투는 점점 어눌해지기 시작했다. 마을사람들은 저 할망구가 미쳐간다고 했다. 나는 단순 노화인 줄 알았다. 점점 증세가 심해지자 나는 마을 이장님을 찾아갔다.

"치매다."

"에?"

"치매라카이."

마을 이장님의 말씀은 나의 억장을 무너뜨렸다. 할머니가 치매라니 믿을 수가 없었다. 치매라는 병은 점점 기억을 잃고 나중에는 아기로 변하는 질병이라고 했다.

'할머니가 치매라고……? 말도 안 돼.'

집에 곧바로 가지 않고 나는 바다에 나갔다. 방파제에 앉아 있었다. 엄마가 그랬던 것처럼. 파도가 치는 것을 계속 봤다. 하늘은 점점 붉어지고 바다는 계속 파란 것이 너무 예쁘기도 했고 마음의 평화를 가져다 주었다. 우리 집에 지금 일정한 수준의 소득도 없는데, 이를 어떻게 하면 좋을지…… 너무 너무 막막했다. 그냥 도망치고 싶었다. 하루라도 빨리 현실에서 도피하고 싶었다. 내가 지금 할 수 있는 일을 곰곰이 생각해 보았다. 우선 알바를 구하자. 알바를 구하면 달라지겠지.

알바를 구할 수 있게 도와주는 어플을 찾아서 들어가 보니 광장에 새로 생긴 고깃집에서 서빙알바를 구한다는 문구가 있었다. 바로 신청을 하고 집으로 돌아왔다.

집에 오니 할머니는 그냥 마루를 원을 그리면서 아주 천천히 걷고 있었다. 그래도 어떻게라도 살아야 하는 거겠지. 내가 포기하면 다 놓아 버리는 거겠지. 계속 나는 생각을 다잡았다.

다음 날 고깃집에서는 면접을 보러 오라는 문자가 와 있었다. 면접을 보러 고깃집에 도착하니 수염이 가득한 아저씨가 나를 반겼다. 아저씨는 나를 보고 몇 가지 질문을 했다. 집은 어디냐. 고기 좋아하나. 뭐 등등 이렇게 물어봤다. 대충 대답하니 내일부터 출근하면 된다고 하셨다. 집에 가기 전에 가게 한번 둘러보고 가라고 하셔서 가게를 둘러봤다. 부엌에 한 남자애가 있었는데 그 남자애는 눈을 마주치자마자 눈을 돌렸다. 별 대수롭게 생각하지 않고 집에 갔다.

집에 곧장 가지 않고 바다에 들렀다. 방파제에 누워서 폰을 들여다보는데 sns친구신청이 와 있었다. 김정준……? 누군지 모르겠는데 내가 다니던 고등학교 바로 옆에 있는 남자고등학교를 다니는 것 같았다. 모르는 사람이니까 일단 친구신청을 받지 않고 sns를 쭉 내려 보았다. 얼마 전까지만 해도 sns에 미쳐 살았었는데 한동안 안 보니까 애들 소식이 아주 많이 올라와 있었다. 얼마 전에 학교 축제라는 사실도 알 수 있었고 몇몇 친구들은 남자친구가 생겼다며 올라온 게시물이 보이기도 하였다. 친구를 안 만난 지도 참 오래됐다는 생각이 들었다. 뭐 내가 친구를 만날 시간이 없기도 하지만. 공부를 안 한지도 참 오래됐다는 생각이 들었다. 솔직히 공부를 못하는 편이 아니었는데 안 하다 보니까 내가 공부를 어떻게 했는지도 까먹게 되었다. 몰라 그런 건 지금 나한테 중요한 게 아니라는 생각이 들었다.

폰을 덮어두고 하늘을 보았다. 하늘에 어둠이 찾아왔다. 어둠이 찾아오니 달이 더 잘 보였다. 하늘이 달을 더 돋보이게 해 주어서 그런가. 하늘을 볼 때 아무 생각이 들지 않았다. 바람이 얼굴을 살살 간질이기에 눈을 감았다.

알바

알바를 가는 첫날이었다. 옷을 입고 알바를 하러 가니까 알바 시간에 딱 맞춰서 왔다. 앞치마를 입고 계속 서빙을 하다 보니 알바 시간은 훅훅 지나갔다. 그렇게 알바가 끝나고 집에 가려고 하는데 사장님이 오늘 첫 근무였는데 밥도 안 먹고 가냐고 밥 먹고 가라며 자리에 앉혔다. 얼떨결에 앉았는데 내 맞은편 자리에는 어제 부엌에서 봤던 남자애가 있었다.

사장님이랑 몇몇 알바생들은 건배사를 나누고 술을 마시며 고기를 구워 먹었다. 나는 고기만 먹고 술은 먹지 않았는데 거기 알바생들은 다 내 또래임에도 불구하고 술을 마시는 것 같았다. 너무 어색하고 그래서 그냥 말없이 밥만 먹었다. 그런데 어제 부엌에서 마주친 그 남자애와 나는 눈이 마주쳤고 그냥 짧게 목례를 했는데 걔가 입을 열었다.

"넌 왜 안 마셔?"
"아, 술 이런 거 안 마셔 봤어요."
"아, 그렇구나. 나도 안 마시는데."

뭐라 대꾸할 말이 없어서 그냥 피식 웃고는 다시 고기를 왕창 입에 넣고 우물거렸다. 그런데 걔가

"야. 너 왜 내 친구신청 안 받냐."
"네……?"
"어제 너 나 봤잖아."
"어어. 그렇지?"
"폰 좀 줘 봐."

그래서 나도 모르게 얼떨결에 폰을 쳤는데 그 남자애는 갑자기 김정준의 친구 신청을 받았다. 눈이 동그래져서 걔를 바라보니까 걔가 입 모양으로 '나야 나~' 거리고 있었다. 능글맞은 표정으로 웃으면서 폰을 돌려 주는데 이건 뭐지. 그냥 생소한 기분이었다. 밥을 다 먹고 가게에서 나왔는데 문 앞에서 김정준이

"너 집 어디냐 데려다 줄까?"
"나 집 여기서 멀어."
"어딘데?"
"버스 타고 한 시간 넘게 가야 되는데."
"아, 그럼. 내가 또 데려다 줘야지."
"뭐 알아서 해."

그러더니 내 뒤를 졸졸 따라왔다.

"아니 왜 따라오냐."
"시간도 늦었는데 숙녀를 혼자 집에 보낼 수 없잖아."
"뭔 숙녀야."
"일하는 거 안 힘드냐?"
"어. 안 힘든데? 왜?"
"아, 우리 아빠잖아 사장님."
"……? 어엉……?"
"놀랐지. 놀랄 거 같더라고."
"아아 그렇구나."

버스 정류장에 도착하여서

"나 이제 버스 타야 되는데 잘 가."

"엥 같이 가면 되잖아."

"아니야. 나 갈게. 안녕."

개가 무슨 말을 한 것 같았는데 듣지도 않고 나는 버스에 몸을 실었다. 뭔가 나를 보자마자 불쌍하다는 눈빛을 하지 않아서인가 호기심이 가는 것도 같기도 하다. 뭐 시골에 오래 처박혀 있다 보니 사람이 신기한 것 같기도 하고? 집에 돌아가서 자려고 누웠는데 기분 나쁘지는 않은 이 기분은 뭘까 계속 생각했다.

정준이

알바를 한다니까 할머니는 그냥 웃어보였다. 사실 내가 하는 말의 절반은 못 알아들을 것이다. 왜냐하면 나를 손녀가 아닌 엄마로 알고 있는 것 같았기 때문이다. 무슨 말 만하면 계속 헤헤 웃으면서 '엄마 배고파'만 중얼댔기 때문에 대화는 시작할 수가 없었다. 일방적인 통보 형식으로 말을 했는데 보통 간신히 방에 밥이랑 간식 좀 나두고 알바를 다녀왔다. 알바를 다녀오면 할머니는 마루에 앉아서 계속 아기처럼 찡찡 대고 있었다.

한 3개월 정도 알바를 했다. 사장님이랑 많이 가까워졌고, 사장님은 나의 사정을 알아 주시고 알바비를 조금 더 주신다고 하셨다. 다른 애들이 알면 난리나니까 우리끼리의 비밀로 하자면서 쉬쉬 했다. 사장님은 정이 많고 말도 많았다. 그래서 그런지 내가 알바를 하러 갈 때마다 아빠 생각이 들게 했다. 말투랑 행동이 우리 아빠랑 너무 닮아서 가끔 생각에 잠길 때도 있었다. 그런데 내가 그렇게 생각에 잠긴 표정이 너무 우울해 보이는가 사장님은 그럴 때마다 더더욱 아무렇지 않고 밝아 보이려 하시는 것 같았다.

김정준이랑도 친해졌다. 김정준이랑은 sns 메신저 어플을 통해서 계속 연락을 주고받았다. 물론 김정준이랑 처음 말을 했던 날 나에게 집에 잘 들어갔냐고 먼저 연락이 왔다. 학교에서 나온 이후에 연락을 아무랑도 하지 않았는데 김정준은 사장님의 아들이기도 하니까 일단 연락을 계속 하기 시작했다. 그런데 애가 사장님을 닮아서인가 말투도 웃기고 말할 때 선택하는 단어도 웃겨서 계속 연락을 했다. 또한 나의 사정을 대충 알고 있는데도 불구하고 괜찮냐 뭐 어쩌냐 이런 시덥지 않은 동정어린 말을 건네지 않은 유일한 사람이었다. 내가 나의 사정을 대충 말했을 때 김정준의 반응은 '그래? 그래서 뭐. 나랑 안 놀 거 아니잖아.' 뭐 이런 반응이었다. 신선하고 재밌어서 계속 그 아이랑 같이 있게 되었고 가까워졌다.

그런데 어느 날 새로운 알바생이 들어왔다. 이름은 이종섭으로 20대 후반이라는 남자였다. 군대에 다녀와서 뒤늦게 학교를 다니고 있고 용돈 벌이를 하기 위해서 알바를 시작한다고 했다. 사장님은 환영의 의미로 회식을 하자고 했다. 회식을 하는데 옆에서 누가 계속 쳐다보길래 힐끔 봤더니 이종섭 그 사람이 계속해서 나를 보고 있었다. 기분 탓이겠거니 하면서 밥을 먹고 있는데 정준이가 나한테 귓속말로 '야 저 사람 너 계속 쳐다보는데?'라고 속삭였다. 나도 안다는 눈치를 주고는 계속 밥을 먹었는데 이종섭이 사장님에게 물었다.

"쟤네는 고딩인가 봐요?"
"어어 한 놈은 내 아들이고 한 놈은 아들 친구여~"
"아, 그렇군요."
"아가 참한 게 며느리감으로 삼고 싶다니까 껄껄껄."

그러더니 이종섭은 씨익 웃어보였다. 뭐야 저 사람 하며 대충 넘어갔다. 회식이 끝나고 집에 가는 길이었는데 정준이가

"야, 종섭이 형 뭔가 쎄하지 않냐?"
"그니까 좀 뭔가 이상해."
"아니 저런 사람을 아빠는 뭐가 괜찮다고 계속 냅두는지 모르겠네 어우 당장 내일이라도 짜르라고 할까?"
"아 뭐래."
"너무한가? 히히"

버스정류장에 다 와서 정준이랑 헤어지고 버스를 타고 집에 가는 길이었다. 두 정거장쯤 지났을까. 익숙한 사람이 탔다. 이 버스는 완전 시골로 들어가야 하는 것이 아니면 타면 안 되는 버스인데 이종섭 그 사람이 탔다. 별 대수롭지 않게 생각하고 있었는데 그 사람이 갑자기 내 옆자리에 앉아서 말을 걸었다.

"어디 가?"
대꾸를 하는 시간도 아깝다고 생각해서 그냥 휴대폰만 만지작거렸다.
"어디 가냐니까 공주야."
"집이요."
"난 어디 가게?"

뭐 궁금하지도 않았는데 예의상 물어봐 줬다.

"어디 가는데요?"
"너 따라 가는 거지."

사실 무슨 말인지 처음에는 이해를 못하다가 깜짝 놀랐다.

"저희 집에요? 왜요?"
"음 너 이뻐서?"

진짜 왜 저러는지 모르겠다 싶어서 이어폰을 끼고 그냥 창밖을 내다봤다. 정준이가 집가는 길이냐고 sns 메신저가 왔길래 이종섭이라는 사람이 버스를 탔는데 나 집가는데 같이 갈라고 하는 것 같다고 보냈다. 그리고 이 말도 덧붙였다. 진짜 내 집까지 따라올 수 있으니까 내가 원래 내리는 정류장 말고 두 정거장 앞에서 내리겠다고. 일 생기면 말하겠다고 메신저를 보냈다. 그러고는 그 정거장에서 내리니까 이종섭은 따라 내렸다. 집에 가는 척 그 주변을 맴돌았는데

"여기 니네 집 아니지"

갑자기 뒤에서 이종섭이 입을 열었다.

"네……?"

나도 모르게 대답을 해 버리고 말았다.

"니네 집 주변 아닌 것 같아서. 계속 주변만 맴돌지 어느 한 곳으로 가지를 않네."

소름이 온몸에 돋아서 도망가려고 하는데 이종섭이 내 손목을 잡았다.

"은지야. 어디 가게."

"왜 이러세요……."

"집도 여기 아닌 거 다 아는데 어디 가게"

"오빠가 기분 좀 좋게 해줄까"

"아니요."

"아 왜……. 진짜 잠깐이면 되는데. 니가 너무 내 이상형이라서 그래."

"아. 됐어요."

하고는 손을 뿌리치려고 하는데 이 사람 손힘이 왜이렇게 좋은지 갑자기 손목을 둘다 잡았다. 이어폰은 빠져 버렸고 갑자기 갓길로 끌고 가기 시작했다.

"아니 왜 이러시는 건데요"

"아. 잠깐이면 돼. 진짜 잠깐."

하더니 갑자기 갓길 풀숲으로 들어갔다. 도대체 이럴 때에는 어떻게 해야 하는지 머리가 하얘졌다. 휴대폰을 여기서 꺼내면 죽일 것만 같아서 내가 뭘 해야 할지 감조차 오지 않았다. 내가 할 수 있는 유일한 일은 내 옷을 벗기려고 하는 그 사람을 밀어내는 일이었다. 하지만 성인 남자를 내가 혼자서 밀어내는 것은 너무나도 힘든 일이었다. 그 남자는 숨이 점점 거칠어졌고 바지 지퍼를 내렸다. 도망치려고 애를 쓰면 쓸수록 점점 더 거칠게 나를 만졌다. 도망치려고 하는데 손에 잡힌 것은 한 돌맹이였다. 돌맹이 치고는 좀 크고 바위는 아니었는데 일단 손에 잡혀서 그 사람의 관자놀이를 힘껏 쳤다. 명중을 한 건지는 모르겠는데 일단 그 사람의 힘이 순간적으로 확 풀렸길래 그 사람을 밀쳐내고 빠르게 달렸다. 그런데 다리에 힘이 풀린 걸까 내 마음대로 달려지지도 않았다. 그런데 그 남자가 어그적어그적 일어나서 나를 쫓아오는 것이 느껴졌다. 아오 왜이렇게 빠른지 진짜 냅다 달렸는데에도 너무 빨리 따라오는 것이 느껴졌다. 그런데 이종섭이 내 손목을 확 잡는 것이 느껴졌다. 나도 모르게 소리를 질렀다.

"아악. 왜 이러는 거예요."
"공주야. 한번만 딱 한번이면 돼."
"아, 이 손 놓으세요."

그런데 갑자기 이종섭은 픽 소리와 함께 쓰러졌다. 뒤에는 정준이가 숨을 헐떡이며 돌맹이를 가지고 있었다.

"야. 괜찮아?"
"어어. 어떻게 왔어?"
"니가 니네집 두 정거장 앞이라며."
"나 우리집 말한 적 없는데."
"너 알바 원서 쓸 때 거기에 집주소 적어 놨잖아. 우리 아빠가 사장님이라니까. 지금 일단 말할 시간이 없어. 이 사람 기절해 있을 동안 빨리 손발을 좀 묶어 봐."

정준이는 자기의 겉옷을 벗고는 그 사람의 손과 발을 묶기 시작했다. 그러고는 112에 신고를 했다. 경찰이 와서 데려갔는데 경찰의 말에 의하면 이종섭 그 사람이 이런 성추행으로 몇 번 경찰서에 왔었는데 그때마다 보호 관찰 조치로 끝났다고 했다. 이번에는 보호 관찰조치로 끝내지 않을 거라고 경찰들은 우리를 안심시켰다.

경찰들이 가고 나서도 손이 덜덜 떨려서 온몸을 주체할 수 없었다.

"괜찮아?"

"아니."

"왜 이렇게 떨어."

"무섭잖아."

"집까지 데려다 줄까?"

원래 같았으면 됐다고 하고 집에 혼자 갔을 테지만 오늘은 너무 무섭고 벌벌 떨려서 마지못해 고개를 끄덕였다. 보통 집에 가는 시간보다 너무 늦은 것 같아서 마음이 너무 불편했다. 혹시나 할머니가 어찌됐을까 너무 걱정하지는 않을까 걱정이 되었다. 그리고 김정준한테 할머니를 보여주기가 너무 부끄럽기도 하였다. 일단 김정준과 어색한 침묵으로 집에 가는 길을 걷고 있었다.

"이제 좀 괜찮나?"

"어어 이제는 좀 진정이 된 것 같기도 해."

"다행이다."

또다시 침묵의 길을 걸었다. 한참 걷다 보니 집에 도착을 했다. 할머니는 마루를 계속 원을 그리며 시계방향으로 아주 천천히 돌고 있었다. 김정준이 보고 놀라겠지. 차라리 놀랐으면 좋겠다는 생각으로 있었다.

"은지, 나 간데이."

"어…… 그래"

"낼 일 오나?"

"가야지"

"오케이. 내일 봐."

"어어."

생각외로 아무 반응이 없어서 놀랐다. 김정준이 가고 나서 할머니한테 바로 달려가니

"엄마 어디 갔지"만을 계속해서 중얼거리고 있었다. 눈에는 초점이 없었다. 눈물이 났다. 이 상황이 너무 힘들어서 그리고 모르는 척해 주는 김정준의 마음이 너무 고마워서? 씻고 자기 위해서 할머니 손을 잡고 방에 들어갔다. 보통 다른 방에서 자는데 오늘은 할머니의 손을 잡고 자고 싶었다. 눈을 감았다. 아빠가 보였다. 아빠가 나를 엄청나게 걱정했다. 괜찮냐고 많이 힘들지 않냐고. 잘하고 있다고 조금만 버티라고 응원했다. 보고 싶었던 아빠였는데 막상 만나니까 하고 싶었던 말보다 그냥 따뜻하게 안기고 싶었다. 깨고 싶지 않은 꿈을 꾼 것 같았다.

정준이 2

어제 너무 식겁해서 그런가 온몸이 쑤셨다. 일어나기도 싫었고 아무 것도 하기가 싫었다. 그런데 할머니가 옆에서 계속 칭얼대서 눈을 뜨고 몸을 일으키니 밖에 누가 와 있었다. 경찰이 뭐 조사하러 온 줄 알고 문을 열었더니 의외로 김정준이 와 있었다. 김정준이 밖에서 계속 기다리고 있었다.

"너 뭐하나?"
"너 기다리지. 위험해서 니 혼자 다니게 못하겠다."
"뭐라노 또."
"나 이까지 왔는데 안반갑나?"
"아침은 먹었나?"
"안 먹었지. 왜 니가 챙겨 주게?"
"아니. 밖에서 먹자."

"왜 할머니도 계신 거 아이가?"

"아아 그러니까 밖에서 먹자. 할머니는 내가 따로 챙겨 주면 되니까 우리 밖에서 먹자."

"뭐 난 상관 없는데 그래도 할머니랑 같이 먹으면 되지."

"아……."

"에이 내가 도와줄게 뭐하면 되노. 아, 아니다. 닌 씻어라. 내가 솜씨 발휘 한번 해 볼게."

김정준은 그렇게 내 등을 떠밀었다. 아 몰라 일단 씻고 나왔다. 씻는 내내 할머니가 혹시 걔한테 실수하는 건 아닐지 너무 걱정이 되었다. 아니면 걔가 도망갈까 그런 생각에 사로잡혀서 씻는 것도 마음 편하게 못씻었는데 밖에 나와 보니 할머니가 얌전히 앉아서 나를 기다리고 있었다.

"엄마, 빨리 와. 이 아저씨가 맛있는 거 엄청 했다."

진짜 상다리가 휘어질 것 같은 집밥 한 상이었다. 매일매일 아침에 일어나 알바 하고 밥 먹고 집에 오느라 할머니 밥만 챙겼지 나는 집에서 집밥을 먹은 지 오래됐었는데 오랜만에 밥다운 밥을 봐서 기분이 좋았다.

"이제 나오나. 하, 오래도 씻네. 빨리 와서 밥 무라."

"언제 다했노 이거."

"내가 우리 아빠 아들 아이가. 집에서 요리는 어느 정도 배우지."

"아, 맞나."

같이 앉았다. 걔가 할머니한테 숟가락을 챙겨 주고는 앉았다. 밥을 먹기 시작했는데 된장찌개가 그야말로 예술이었다.

"와, 니 이거 비법이 뭐냐. 왤케 맛있어."

"이거이거 우리집 며느리 한테도 안 알려 준다는 엄마비법 된장국이라서 안 된다 고마 며느리 되면 알려줄게."

"알았다."

그렇게 한참을 밥을 먹는데 걔가 할머니를 너무 잘 챙기길래 깜짝 놀랐다. 밥 한 순가락 한 순가락을 잘 챙겨 주고 입에 묻은 거 닦아 주는 것은 기본이었다.

"니 이런 거 왜 이렇게 잘해."

"뭐가?"

"할머니 밥 먹여 주고 그런 거."

"나 꿈이 이런 거 하는 건데 그럼 잘해야지."

"뭔데 꿈이?"

"사회복지사."

"부럽다, 꿈 있어서."

"니는 꿈 없나?"

꿈?이라는 단어를 오랜만에 들었다. 학교에서 계속 들어오던 말이었다. 꿈을 가지라고 진로를 정하라고. 그래야 대학 가기 편하다고 . 내 인생은 오로지 좋은 대학이 목표이었어서였을까. 꿈이 뭐였는지 생각도 안 났다. 그게 너무 부끄럽기도 하고 나 자신이 비참해지는 것 같았다. 일단 거짓말이라도 해야 할 것 같아서 대충 둘러댔다.

"나…… 도 사회복지사가 꿈이었는데"

"아, 진짜? 오, 의왼데?"

"뭐가."

"꿈이 있는 게 그리고 그게 사회복지사인 게."

"사회복지사가 뭐……. 나 원래부터 하고 싶었어."

"그래? 그럼 우리 뭐 자격증이라도 같이 따볼까?"

자격증? 그래 뭐 자격증 하나 정도 있는 거 나쁘지 않지 싶어서 냉큼 알겠다고 저질렀다. 뭐 나 꿈도 없는데 나중에 사회복지사 되면 밑져야 본전 아닌가 라는 생각이 들기도 했다. 알바를 가는 내내 걔는 사회복지사의 역할에 대해서 자세히 설명해 줬다. 저런 치매노인을 어떻게 보살피면 좋을 지에 대해서도 말이다. 그렇게 알바를 하러 도착했는데 사장님이 어제 너무 놀랐다면서 괜찮냐고 걱정을 해 주셨다. 가게 사람들 모두가 걱정했다면서 괜찮으면 다행이라고 했다. 사실 안 괜찮은 것도 맞고 아직 세상이 내가 겪기에는 많이 무섭다는 것을 이번 기회로 알았다고 말하고 싶었다. 하지만 옆에 정준이가 이 사실을 알면 걱정할까 봐 우선 조용히 하고 있었다. 그냥 말 없이 고개를 끄덕이는 것으로 대체했다. 그리고 일을 열심히 했다. 알바를 열심히 했다. 가끔 떠오르는 그 남자의 얼굴은 나를 괴롭게 했지만 일에 집중하려고 노력을 많이 했다.

일이 끝나고 집에 갈 때 김정준이 같이가자고 했다. 뭐 그러자고 했다. 김정준이랑 같이 버스 정류장으로 향하고 있었다. 그런데 앞에 낯익은 얼굴이 보였다. 유나와 문희였다. 유나와 문희랑은 학교를 그만둔 이후에 연락을 일부러 보지 않았다. 많이 걱정할 애들이라는 것을 알고 나랑 엮여서 쟤네 인생에 좋을 일이 없다고 생각했기 때문이다. 문희는 내 소식을 직접적으로 듣지는 못할 것 같다고 생각을 했었는데, 유나는 같은 동네니까 많이 주워 들었을 거라고 생각이 들었다. 그냥 모른 척 지나가 주기를 바랐다. 옆에는 김정준이 있고 다시 옛날일을 들춰가며 사과하고 관계를 발전시키고 싶지 않았기 때문이다. 그냥 이 정도 사이가 적당하다고 생각했다. 걔네와 나는 너무 다른 길을 걷고 있고 걔네 옆에 있는 나는 걔네한테 하나의 짐덩이라고 생각했으니까. 그런데 유나랑 눈이 마주쳤고 유나는 내 손목을 잡았다.

"은지야, 오랜만이다."
"어어. 오랜만이네."
"잘 지내……. 냐고 물으면 안 되겠지?"
"잘 아네. 나 가게 좀 내버려 두면 안 될까."

그런데 문희가 한마디 했다.

"니는 니 배고플 때만 연락하더니 왜 지금은 연락을 아예 안 하나?"
"아마 지금은 배가 안 고픈가 보다."

김정준이 눈치를 보고 있다는 사실쯤은 너무 쉽게 알 수 있었다. 유나랑 문희도 나한테 많이 서운했겠지. 그런데 나는 걔네가 나한테 서운한 것은 문제가 되지 않았다. 나는 살기가 너무 바쁘기 때문에 걔네가 서운한 게 나한테 엄청난 영향을 미치지는 않는다고 생각을 했다. 그런데 뭔가 얼굴을 보고 걔네의 생각을 들어보니까 마음이 너무 아팠다. 그래도 애네는 내 생각을 많이 했었구나. 눈물이 맺혔지만 꾹 참았다. 그리고 그냥 그렇게 지나쳤다. 걔네도 이제 곧 살기가 바빠지면 나한테 신경 쓸 시간도 없을 텐데. 그냥 그렇게 생각하고 말았다. 유나랑 문희가 나를 쳐다보는 것이 확실하게 느껴지긴 했다. 우린 가야 할 길이 다르다는 것을 걔네는 모르는 걸까. 부모도 없고 중졸에 나는 시작부터 너네와 다르다는 것을 모르는 것만 같았다.

버스를 탔는데 뭔가 눈물이 그냥 났던 것 같다. 정준이가 나를 쳐다보는 게 인식이 됐지만 그냥 눈물이 주르륵 흘렀다. 그래도 평생을 함께해온 친구들인데 이렇게 관계가 끝나는 것에 대해서 아쉬움이 많아 남았다. 그렇지만 어쩌겠어. 내가 곁에 있어서 걔네한테 도움이 될 것이 하나도 없어 보였다. 정준이는 집까지 데려다 준다고 하였다. 됐다고 했지만 또다시 집까지 데려다 준다고 너무 걱정된다며 집 가는 길내내 아무말 하지 않고 그냥 나를 따라왔다. 집 앞에 버스정류장에서 집까지 가는 길에 정준이한테 물었다.

"넌 왜 안 물어보냐?"
"뭐를."
"어쩌다가 이렇게 됐냐고. 뭐 어쩌다가 엄마 아빠가 돌아가셨고 할머니는 왜 저렇게 됐고 친구들은 또 왜저러는 거냐고 왜 안 물어?"
"물어야 돼?"
"그냥 왜 안 묻는 거야?"
"그런 거 물어봐서 뭐하냐. 그냥 니는 닌데. 뭐 물어본다고 해서 크게 달라질 것도 없긴 하잖아?"
"그렇긴 한데 넌 나한테 거리감 안 들어?"
"내가 거리감이 왜 들어? 그냥 니나 나나 똑같이 눈코입 달렸고 18살이고 뭐 그런데 왜 들어야 되냐."
"……."
"니는 뭔가 너무 겁을 먹은 것 같다. 내가 널 처음 봤을 때부터 느낀 건데 사람을 볼 때 뭔가 너무 겁먹은 게 티가 나. 이 사람이 나를 어떻게 생각할까부터 시작해서 뭐 다양한 생각 많이 하는 것 같더라고. 그런데 절대 그럴 필요 하나도 없다. 세상 사람들은 그렇게 깊이 생각하지 않아. 이미 그들은 그들의 삶이 다 있고 니 인생에 그다지 관심을 갖지 않는다. 물론 처음에는 신기하기도 하고 불쌍하기도 하고 뭐 다양한 생각을 많이 하겠지만 결국에 니는 정은지 그 자체인 것을. 너의 환경으로 널 판단하는 사람은 더 이상 니 사람이 아니고 넌 그 사람을 잽싸게 손절치면 되는 거고. 뭘 두려워 하노?"

"……."

그때 마침 메시지가 왔다.

'은지야 아직 번호는 안 지웠지? 나 문희야. 아까는 말이 좀 심한 거 같긴 했다. 미안 옆에 유나도 있긴 한데. 뭐 맛있는 거 먹으러 언제든지 가도 되니까 니 마음 편해지면 그때 연락줘. 난 상시대기. 항상 하는 거 알제?'

"봐라. 니가 어떤 일을 겪었든 신경 안 쓰는 친구들이 이래 많은데 니 맨날 이래 기 죽어 다닐래."

그냥 진짜 흐느껴 울었다. 김정준은 나를 그냥 따뜻하게 안아 줬다. 뭔가 세상에 편견 없이 나를 처음으로 봐 준 사람이라는 생각에 더 마음이 편해졌다. 김정준도 그런 내 마음을 알았는지 더 따스하게 안아 줬다.

집에 도착하니 할머니는 계속 마루에 앉아서 멍을 때리고 있었다. 나는 또 할머니의 엄마가 되었다. 얼마 전부터는 계속 순이를 찾는다

'순이야, 미안해. 보고싶다.' 이 말을 계속 무한 반복한다. 할머니는 마루에서 곯아떨어진 것 같았는데 잠꼬대마저 순이를 찾고 있었다. 할머니를 방에 눕히고 문자에 답장을 했다.

'문희야. 아까 내가 너무 날카로워서 미안해. 요즘은 잘 지내고 있는 것 같기도 하다. 새로운 친구도 생겼고 알바도 구했고 뭔가 니한테 계속 손빌리는 게 미안하네. 나 알바비 받으면 그걸로 맛있는 거 먹으러 가자. 나 기린 떡볶이 가서 떡볶이에 순대 먹고 싶은데 가능?'

'오케이 콜. 난 언제든지 가능'

할머니의 외출

아침에 일어나 보니 자리가 허전했다. 할머니가 화장실에 간 걸까 화장실에 가 보니 할머니가 없었다. 그렇다고 부엌에도 없었다. 어디에 잠깐 외출을 하신 걸까. 일단 어디에 잠깐 외출을 하신 거라고 생각하고 옷을 갈아입고 알바를 갈 채비를 했다. 오늘은 정준이가 사회복지사 교육 들으러 가는 날이라서 나 혼자 버스를 타고 왔다. 정준이는 걱정이 된다면서 오두방정을 떨었지만 씩씩하게 혼자 올 수 있다고 했다. 할머니 방에 밥상을 나두고 쪽지를 썼다. 알바 다녀온다고. 그러고는 알바를 하러 도착했다.

그렇게 정신없이 서빙을 하다가 시간을 보니 어느새 마감 시간이었고 오늘은 뭔가 할머니가 집에 안 계셨던 게 너무 찜찜해서 집에 일찍 가 봐야겠다고 생각을 했다. 그래서 정준이가 집에 데려다 준다고 해서 정준이랑 집에 같이 갔다. 정준이랑 집 앞 정류장에서 집까지 걸어오는 길에 이장님이 그 앞에 나무 그네를 두 개 달아 놨길래 정준이한테 누가누가 높이 올라가나 시합을 하자고 하였다.

"야 저 그네 타고 누가누가 높이 올라가는지 내기할래?"
"내기에서 이기면 뭐해 주는데?"
"소원 들어 주기 어때."
"오케이 콜."

그네를 막 타기 시작했다. 정준이랑 얼굴이 빨개질 정도로 그네를 같이 탔는데 정준이가 키도 크고 힘도 좋아서 그런가. 아주아주 높이 멀리멀리 그네를 탔다.

"야. 내가 이겼지?"
"뭐 그렇긴 하네. 뭐 소원이 뭔데 돈 드는 거 아니면 다 됨."

정준이는 그네에 앉아 있는 나를 계속 빤히 쳐다봤다.

"왜 뭐."
"넌 진짜 바보다."
"뭐가 바보야."
"넌 눈치가 왜 이렇게 없냐."
"뭐가."
"나같으면 처음부터 눈치 깠을 것 같은데 이상하네"
"엥?"
"나 처음부터 니 좋아했었는데 몰랐냐?"
"뭔 소리지 이게."
"니가 내가 이런 말 하면 미친놈이라 생각할 수도 있고 니가 지금 완전 당황스러울 수도 있는데 그리고 뭐 니가 진짜 이런 상황이 아니라는 것도 알고 그래서 더더욱 내가 해 주고 싶은데."
"뭔데 도대체."

"나 니 남자친구 하면 안 되냐?"
"어……?"
"나 진짜 니한테 완전 잘해 줄 자신 있는데."
"야. 내 주제에 무슨……."

"왜 난 니가 나한테 너무 과분해서 미치겠는데.. 나 소원권 이걸로 쓸건데 안 들어 줄거가?"

사실 어느 정도 눈치는 챘는데 실제로 들으니까 너무 당황스러웠다. 그래서 얼굴이 빨개진 채로 고개를 끄덕거렸고 정준이는 너무 좋아서 어쩔줄 몰라했다. 그리고 같이 집에 가는 내내 서로 웃기에 바빴다. 집앞에 도착해서는

"나 갈게."
"웅 잘 가."
"안 아쉬워?"
"아쉬운데……. 뭐 어떡해 그럼."
"아아 천천히 가야겠다."
"에이 빨리 들어가 안녕."
정준이를 보내고 집으로 들어온 나는 깜짝 놀랐다. 할머니가 안 계셨기 때문이다. 마루에도 안방에도 그리고 내가 오늘 아침에 놔둔 밥은 싸늘하게 식었고 말라 있었다. 할머니를 찾아야겠다는 생각에 온 동네방네를 사방팔방으로 뛰어다녔다. 그런데 할머니는 온데간데없었고 주변에 할머니들한테 물어봐도 아무도 모른다고 했다. '이장님. 그래 이장님을 찾아가자.' 마을회관으로 달려가서 이장님을 만나야겠다고 생각이 들었다

"이장님."
"어어, 공주야 이렇게 늦게 어쩐 일이고."
"이장님. 할머니가 없어졌어요."
"엥 할머니가 왜."
"할머니가 치매이신 건 알고 있었는데…… 갑자기 사라지셨어요."
"할매 어디 놀러가신 거 아이가?"

"아니. 보통 집에 오면 마루에 앉아 계시거나 안방에 누워 계시는데 오늘은 안 보이시네요. 그리고 딱히 어디 간다고 하시지도 않으셨는데……."
"집에 별다른 흔적은 없었고?"
"네 찾아보지는……. 않았는데."

"치매환자들 특징이 뭔 줄 아나. 자기들이 치매 증상이 좀 심해지는 것 같으면 자기 스스로가 집을 나가. 자기가 그 집에 짐이 된다고 생각하니까. 그러면 찾기가 힘들어 어디 가서 죽었는지 살았는지 모르니까. 할머니가 니한테 짐이 된다고 생각하셨나 보다. 지금 찾기엔 너무 늦었는데 자고 내일 아침에 찾아보는 건 어떻노."
"아…… 그래야 하나."

그런데 마침 마을회관 뉴스에서 기상예보가 흘러 나오고 있었다.

'날씨입니다. 내일 아침부터 일주일간 장마로 인한 폭우가 지속될 것으로 예상되오니……'

"은지야, 큰일났다. 내일부터 장마란다."
할머니가 집에 돌아오지 않은 날, 장마는 다가오고 있었다.

장마

아침에 눈을 떴다. 시끄러운 빗소리가 내 귀를 때렸다. 사장님한테는 어제 저녁에 못 갈 것 같다고 말씀을 드려놨고 정준이는 걱정된다고 온다는 것을 간신히 말렸다.

일단 할머니가 계셨던 방에 있는 물건을 들춰 봤다. 할머니의 일기장이랑 할머니가 끄적인 종이 조각이 몇 개 나왔다. 그리고 할머니 사진을 붙여서 포스터를 만들었다. 온 동네방네 사방에 붙여야 하니까 그런데 내 폰으로 전화가 한 통 걸려 왔다. 경찰서였다. 불길한 예감은 틀리지 않았다. 할머니가 경찰서에 있다는 소식이었다. 당장에 경찰서로 달려갔다.

할머니는 집을 나온 후에 여러 동네를 배회하셨다고 하셨다. 여러 동네를 돌아다니시면서 울기도 하셨고 비를 많이 맞기도 하셨는데 배가 너무 고프셔서 아무 가게에 들어가서 동냥을 했다고 했다. 그런데 그 가게에서 할머니의 신원을 물어보자 할머니는 입을 닫았고 그 가게에서 경찰서에 신고를 하게 되었다는 내용이었다. 할머니는 비를 너무 많이 맞아서 옷이 다 젖어 있었고 엄청 추위에 떨고 있었다. 할머니를 보자마자 눈물이 왈칵 났지만 참았다.

"할머니 어디 갔다 왔어. 찾았잖아, 엄청."
"엄마가 나 때문에 많이 힘들어 하는 것 같아서……."
"뭐가…… 나 하나도 안 힘든데……."
"아니야. 엄마 맨날 밤에 울기도 하고.. 힘들게 일하러도 가잖아.. 그리고 꿈에 순이가 계속 나와. 순이가 계속 오라는데 어떡해 그러면."
"할머니."

할머니 손을 붙잡고 울고 있었다. 그리고 곧 정준이와 사장님이 찾아와서 할머니와 나를 태우고 집에 데려다 주었다. 할머니는 집에서 따뜻한 물로 샤워를 하시고 잠에 드셨다. 나는 너무 놀란 나머지 마루에 앉아서 생각을 좀 했다. 빗소리는 내 생각을 깊게 만들었다.

아침에 일어났더니 비는 계속 오고 있었다. 할머니는 신음소리를 연신 내뱉으셨다. 할머니 방에 들어가 보니 할머니는 몸이 불덩이였고 계속해서 신음소리를 내뱉으셨다. 119를 불러 급하게 응급실에 달려갔다. 할머니는 비를 너무 많이 맞으신 나머지 폐렴에 걸리셨다고 했다. 사실 폐렴도 폐렴인데 폐에 물까지 차고 있어서 마음의 준비를 하는 게 나을 것 같다고. 21세기에 폐렴으로 사망하지 않을 것 같지만 이런 일이 종종 발생한다고 하셨다. 믿기지도 않았고 믿고 싶지도 않았다.

"할머니 왜 아픈데 말 안 했어…… 응……?"
"엄마 걱정하면 힘들잖아."
"아니. 이게 더 힘들어. 누가 이렇게 아프래. 할머니 왜 이러는 거야. 정말…… 나 너무 힘든데 왜 이래."
"미안해 엄마. 울지 마."

할머니는 차가운 손으로 내 볼을 만졌다.

"엄마. 내가 이제 짐 안 될게. 나 순이가 나 찾는다. 순이랑 아마 산에 약초캐러 갈 거 같아."
"할머니, 이러지 마."

할머니의 얇고 거친 나뭇가지 같은 손이 힘없이 바닥을 향해 떨어졌다.

"할머니, 다음생에는 내가 할머니 손녀로 태어날게."

눈에선 장맛비보다 더 굵은 눈물이 볼을 타고 흘러내렸다. 할머니는 나에게서 정말 큰 존재였다. 엄마 아빠가 일을 나갔을 때에 나를 돌봐 주는 우렁각시였다. 할머니는 장마가 시작된 지 이틀 째 되는 날, 하늘의 별이 되었다.

그렇게 장마는 나의 1년 중에 가장 최악의 기간으로 꼽히는 기간이 되었다. 장마 시즌이 되면 내 주변 사람들이 하나씩 사라져 갔으니까. 장마가 돌아온다고 하면 집에서 틀어박혀 절대로 나오지 않았다.

사실 할머니가 돌아가시고 난 후에는 집 밖은 더더욱 나가지 않았다. 알바를 가지도 않았고 빨래를 하지도 않았다. 그냥 방에 누워서 천장을 보다가 다시 잠에 드는 것을 반복하였다. 정준이가 몇 번 집에 찾아왔었다. 밥이라도 먹으라며 죽을 쒀오기도 하였고 과일도 몇 개 챙겨서 깎아 두었다. 밀린 빨래도 자기가 다하고 청소도 싹 해 주고 갔다. 가만히 누워만 있으니까 배가 고프지도 않았고 아무 생각이 들지도 않았다.

이렇게 한 몇 달을 하다가 정준이가 나한테 한마디를 던졌다. 원래 정말 아무말 안 하는데 나한테 하는 말이

"계속 이렇게 누워만 있지 말고…… 뭐라도 하자. 그냥 청소 이런 게 아니라 앉아서 밥이라도 먹고 내 눈이라도 좀 보고 그러자. 엉?"

그냥 대꾸할 힘도 없었다. 그저 누워 있었는데, 정준이가 옷을 갈아입으라고 갑자기 재촉을 하였다. 어디를 좀 가자며 이건 널 되찾을 절호의 기회라며 같이 가자고 재촉을 했다. 너무 귀찮았고 진짜 너무 오랜만의 외출이었는데 정준이가 부탁을 했으니까 심지어 원래는 말도 잘 안 걸고 할 것만 딱 하고 마는 스타일인데 이렇게까지 말하는 이유가 뭘까 싶어서 정준이를 믿고 따라간 곳은 사회복지사 교육원이었다.

정준이가 사회복지사를 꿈꾸고 있다는 것은 알고 있었다. 그런데 나는 여기 왜 온 건지 모르겠어서 정준이를 토끼 눈을 하고 쳐다보니

"여기 와서 보면 니가 얼마나 행복했던 삶인지 알 수 있어. 저번에는 뭐 사회복지사 하고 싶다며?"

라고 말하며 앞자리에 선점해서 앉았다. 학교 수업말고는 아무것도 들은 게 없어서 뭐 어떻게 해야 할지 몰랐었다. 그냥 일단 앉아서 앞에 나온 교수님이 하는 말을 경청해서 듣기 시작했다. 세상에는 나보다 안 된 사람이 많다고 생각이 들었다. 사실 내가 커서 뭐 할지도 모르는데 정준이랑 여기에 다니면서 내 꿈을 좀 찾고 위로를 받았으면 하는 바람도 있었다. 왜냐하면 거기에는 나보다 나이가 훨씬 많은 사람도 많았는데 서로서로 이야기도 너무 잘 들어 주고 대화도 잘 통하는 것 같아 보였기 때문이다. 사회복지사라는 것이 힘든 일인 것을 알지만, 그래도 정준이와 함께 한다면 해나갈 수 있을 것 같았다. 우울함의 안개가 걷히는 것 같기도 하고 장마가 지나고 가을이 성큼 온 것 같기도 하고 기분이 싱숭생숭 이상한 날이었다.

어항

민다나

작가소개

글은 사람이 읽을 때 힘을 가진다.
공들여 쓴 글인 만큼 많은 사람들이 이 글을 읽을 수 있었으면 좋겠다.

작가의 말

　무슨 말로 시작을 해야 할지 잘 모르겠다. 막상 어항이라는 글을 쓸 때는 작가의 말에 하고 싶었던 내용이 더 많았던 것 같은데, 책을 완성하고 나니 놀랄 만큼 별생각이 없어졌다. 글을 쓸 때는 힘들었다고 생색이나 내야지 싶었는데 완성되어 나온 글을 볼 때는 뿌듯하기만 하고 힘들다는 생각은 잊혀진 지 오래였다. 평소에 책을 읽는 것은 좋아하지만 내가 쓰고 싶은 글을 쓴 기억은 몇 번 없는 것 같다. 작문은 학교 과제라는 느낌이 강했던 것 때문이기도 하다. 책을 쓰고 글을 써서 생각을 표현하는 일은 일기 말고는 가깝게 느껴본 적도 없었기에 짧지 않은 분량의 글을 창작해 내라는 활동은 처음에는 생경하게 다가오기만 했다.

　그러나 내가 쓰고 싶은 글을 내가 원하는 방식으로 자유롭게 쓸 수 있었던 이번 기회를 통해서 작가라는 일의 장벽을 조금이나마 무너뜨릴 수 있게 되었다. 단순히 소비를 하던 나도 누군가가 소비를 할 수 있는 무언가를 창작해 냈다는 자부심도 들었다.

　책을 쓰는 과정에서 한서라는 주인공을 결정하는 것에도 셀 수 없을 만큼의 시행착오를 겪었다. 무겁지 않은 글을 쓰고 싶었지만, 나와 비슷한 나이의 주인공이 성장하는 모습을 그려내고 싶었기 때문이다. 까칠하면서도 주변을 세심하게 살필 줄 알고, 섬으로 이사를 간다는 말에 택배 배송비가 추가로 붙는 것을 걱정하는 평범한 고등학생 한서를 통해 우리가 잊지 말아야 할 것들을 상기시켜 주는 글을 쓰고 싶었다.

　일회성으로 읽은 후 기억에서 잊혀지는 것이 아닌 우리의 삶에서 같이 살아갈 주인공을 만들어 내고 싶었기에 주인공과 주변 인물, 주요 사건을 설정하는데 좀 더 공들인 것 같다. 한서는 과거의 일기장과 깨져 버린 풍경이라는 매체를 통해 시간을 넘나들며 마음속 어딘가에 묻어 두고 자신의 일이 아닌 것마냥 생각하던 것을 직면하고 이겨 내게 된다. 이것은 우리가 삶을 살아가는 과정에서 끊임없이 해야 할 중요한 일들 중 하나이기에 글을 쓰는 과정에서 한서에게 많은 감정을 투영했던 것 같다.

글은 사람이 읽을 때 힘을 가진다. 공들여 쓴 글인 만큼 많은 사람들이 이 글을 읽을 수 있었으면 좋겠다. 마지막으로 글을 쓰는 내내 빨리 완성하라며 쉼 없는 잔소리를 해 준 친구들에게 감사하며 작가의 말을 마친다.

인형

사랑하는 사람의 바다에 빠져죽지 않는 법을
나는 도무지 알 수가 없다

내가 사랑하던 사람들은 단 한 번도 나를
바다에서 건져 주지 않았다
그리하여 나는 사랑하는 사람의 바다에 빠져 죽지 않는 법을
도무지 알 수가 없다

그러니 나를 버리지 마세요
이번에도 나를 두고 가버린담 나는 바다에 빠져 영영 죽고 말테니

그 해 여름 눅진한 공기와 함께 와 닿던
당신의 눈빛은 나를 헐게 만들었고
그러니 나를 버리지 마세요

1. 서막

사람의 관심이 깃드는 사물에는 영혼이 머물다 간다고들 한다.

그 해 여름은 유난히도 덥고 습한, 매미 소리가 귀가 찢어져라 울리는 여름이었다. 여름의 태양이 한서를 갉아먹기라도 한 모양인지, 병원에서는 쉴 새 없이 한서를 요양 보내라 부모님을 들들 볶아대었고, 무책임한 아빠는 한서의 의견을 물어보지도 않은 채 할아버지가 계신 섬으로 보내겠노라 결정하였다.

이러나저러나 한서에게는 별 상관이 없었다. 섬은 배송비가 5000원이라는 점 말고는 썩 거슬리는 것도 없었다. 학교 다닐 때 매던 책가방에 대충 쑤셔 넣어진 옷가지들과 학생증, 지갑과 함께 한서는 항구에 던져졌다. 친구들에게 인사할 틈도 없이 순식간에 결정되고 벌어진 일이었다. 학교에서 느닷없이 불려 나와 교복을 입은 그대로 항구에 던져진 것이다. 할아버지가 사시는 섬은 큰 배로는 들어갈 수도 없는 작은 섬이었고, 한서는 대충 던져진 자신의 가방에도 제 몸을 못 가누고 흔들리는 작은 통통배에 타 바다 한가운데로 끝도 없이 들어갔다. 할아버지가 보낸 안부편지에 동봉된 편지를 보아선, 할아버지가 계신 책방은 섬에서도 저 안쪽이더랬다.

내려서 또 무언가를 타고 걸어갈 생각을 하니 영 속이 좋지 않았다. 얼마나 배를 타고 다녔는지 기억도 안 날 때 즈음, 통통배만 들어갈 수 있을 것 같은 작은 항구에 도착했다. 오징어 잡이를 하는 배 몇 대가 둥둥 떠다니는 작은 항구였다. 일부러 빈 속으로 배를 탄 보람도 없이 메스꺼운 속에 한참을 게워내다가 몸을 일으켰다. 마을에 몇 없는 버스 정류장을 찾아 길을 나서야 했다. 서두르지 않으면 날이 더 더워질 것이었다. 새로 샀던 하얀 컨버스화가 흙먼지에 누렇게 뜰 무렵, 도대체 버스가 오는지나 궁금한 작은 버스정류장이 눈에 들어왔다. 바닷가 특유의 습하고 척척한 바람과 함께 깨진 유릿조각 같은 작은 풀벌레들이 팔과 다리에 엉겨붙었다. 동그란 이마에 가만히 앉아 있는 머리카락들이 축축 처져 눈을 찔렀다. 한서는 애꿎은 머리카락을 입바람으로 후후 불었다. 무어라 변명할 여지도 없는 여름이었다. 치맛자락이 다리에 엉겨붙는 것이 짜증날 때 즈음, 탈탈거리며 베이지색과 녹색의 마을버스 하나가 도착했다. 에어컨은 제대로 굴러가는지 궁금했는데, 그도 그럴 것이 버스의 창문이 모두 열려 있었기 때문이다. 한서가 버스에 올라타자, 위아래로 한서를 훑어보던 기사 아저씨가 입을 열었다.

"너, 차 할아버님 댁 손녀지? 서울에서 요양 차 왔다던."

어쩌고저쩌고, 단박에 알아맞췄다는 사실에 놀라기도 귀찮았다. 발도 넓고 입도 가벼운 할아버지가 여기저기 이야기하고 다녔음이 불보듯 뻔했다. 심문이라도 하는 것마냥 지치지도 않고 물어보는 아저씨의 말에 굳이 대답할 필요를 느끼지 못했다.

주황색의 물고기들이 그려진 이어폰을 꺼내 귀에 쑤셔넣었다. 끊이지 않는 말들에 한숨을 푹 쉬고는 교통카드를 찍었다. 삑-청소년입니다. 이질적인 여자의 목소리와 함께 대화가 끊어졌다. 의도한 대로였다. 더 이상 이야기하고 싶지 않다는 한서의 시위였다. 버스 기사 아저씨는 들어주는 사람도 없는 이야기를 버스가 출발하고도 한참 떠들어대었다. 어릴 때부터 아팠다더니 성격이 어쩌고저쩌고. 대충 흘려들으며 버스에 올라 타 자리를 쓱 훑어보았다. 더 낫거나 나쁠 것도 없이 고만고만한 자리들이었다. 앉아간 사람들의 세월이 고스란히 묻은 의자와 버스였다. 아저씨의 말을 듣지 않으려 노래를 크게 틀었지만, 그 노력이 무색하리만치 아저씨의 목소리는 귀를 후벼파고 들어왔다. 버스 창문을 열고 턱을 괸 채로 가는 길을 둘러싸고 있는 바다를 바라보았다. 짠 바다 내음과 소금기가 얼굴에 닿았다. 핸드폰 플레이리스트 속 노래들이 모두 재생되어 멈추고, 한서의 고개가 삐끗하고 떨어질 때쯤 아저씨가 종점이라며 한서의 어깨를 툭툭 쳐 깨웠다. 종점이었다. 버스에서 내려 구겨진 지도를 펴 보았다. 버스 정류장에서 조금만 더 걸어가면 할아버지의 책방이 나올 터였다.

곧 빠질 것 같이 아슬아슬하게 귀에 걸쳐진 이어폰을 똑바로 끼고는 터벅터벅 발을 옮겼다. 빠르지도 느리지도 않은 걸음으로 한참을 걷자, 저 멀리서 나무 건물 하나가 눈에 들어왔다. 해가 떨어지려 할 무렵이었다. 도착한 할아버지네 책방은 어린 기억에 남아 있는 모양 그대로였다. 짧게 스쳐 지나가 남은 기억이었지만, 삐그덕거리고 손 때 탄 문패와 나무 건물의 외벽, 대충 만들어져 가게 이름도 잘 보이지 않는 간판도 그대로였다. 이 시골 마을에 누가 책을 사러 온다고 무식하리만치 큰 건물 역시도 그대로였다. 한서는 예전에는 이 건물에 도깨비라도 사는 줄 알았더랬다. 늘 그랬다는 듯이 투명하고 큰 책방 유리문은 활짝 열려 있었다. 나 이런 곳에 왔어, 라고 친구들에게 알려 줄 요량으로 핸드폰을 꺼내들다 떨어뜨리고 말았다. 떨어진 이어폰에 그려진 물고기들이 흙바닥에서 이리저리 뒹굴고 있었다. 떨어진 이어폰을 주워 흙먼지를 대충 털어 낸 후 고개를 든 한서의 눈에 깨진 풍경 하나가 눈에 들어왔다.

할아버지도 참 유난이지, 소리도 못 낼 풍경을 왜 달아 두셨담. 이런저런 잡생각을 하며 찬찬히 풍경을 훑어보자 처음에는 눈에 띄지 않던 것들이 들어왔다. 가령, 동그란 유리구에 생긴 깨진 금이나, 그 구에 갇혀있는 주황색 물고기 모양 도자기와 작은 종, 연 하늘빛 천과 거기 적힌 알 수도 없는 한자. 뭐 그런 것들. 한참 넋을 놓고 그 모양을 바라보던 한서의 핸드폰에 오래된 나무 책방 대신 깨진 풍경이 공간을 차지했다. 제 기능도 못하는 게 자리만 차지하고 있는 게 꼭 자기 같다고, 한서는 잠깐 생각했다. 사색에 잠기려 할 무렵 할아버지가 문을 열고 나왔다.

"한서 왔냐?"

오가는 길은 편했고? 편했겠냐는 말이 목 끝까지 차올랐다. 편했다는 대답 대신 묻고 싶은 말을 했다.

"저기 풍경은 왜 달아 두신 거예요? 썩 예쁘지도 않던데."

"밥은 먹었고?"

동문서답이었다. 제멋대로인 조손 사이다웠다. 책방으로 들어가서도 의뭉스러운 부분이 한두 가지가 아니었다. 곱게 정리되어 있어도 모자랄 오래된 책들이 이리저리 널부러져 있는가 하면 왜 저렇게 꽁꽁 싸매어져 있나 싶을 정도로 곱게 정리된 책들도 있었다. 할아버지가 원래 성격이 그런 편이라 해도 이해할 수 없었다. 의문점들을 안은 채로 짐을 얼추 정리한 후 할아버지에게 책방 일 설명을 들었다. 카운터 앞에 설명서 적혀 있고, 들어오는 책들은 어디다 어떻게 정리하는지 설명을 듣고 대충 고개를 주억거렸다.

작은 섬마을의 책방이었고, 손님이 많이 찾아올 리도 만무했다. 카운터에 서서 둘러본 책방은 생각보다 컸다. 고개를 뒤로 젖혀 한참을 올려다 보아도 책꽂이의 끝이 눈에 보이지도 않았다. 아직 설명이 이해가 가진 않았지만, 당신은 마실을 가야겠다며 책방을 나서는 할아버지의 들뜬 걸음을 멈출 자신은 없었다. 손님이 오지 않을 것이라는 한서의 예상이 맞아떨어졌다. 책방은 한 시간이 지나도, 두 시간이 지나도 사람이 오지 않았고, 그 덕에 반 백수 상태가 된 한서는 책방을 다시 쭉 훑어보았다. 시선의 끝에 닿은, 한서의 팔이 닿지 않는 책꽂이 높은 곳에 자리 잡은 작은 책 한 권이 한서의 시선을 끌었다. 빨갛고-사실 빨간색인지 적갈색인지 알 수는 없었지만- 날깃날깃하게 닳은 가죽 커버가 씌워져 있는 작고 두꺼운 책이었다. 큰 목조 사다리를 끌어왔다. 책꽂이에 걸게 생긴 사다리를 책장에 걸어 한 칸씩 위로 올라갔다. 햇빛에 쪼개지는 먼지들이 올라가는 칸이 한 칸씩 늘수록 늘어났다. 빛바랜 책들이 정렬된 모습이 마음에 들었다. 생각한 것보다는 깨끗하고 닳은 책이 한서의 손에 들어왔다. 벽돌색 커버에 도드라지게 박힌 자수 이름을 한참을 바라보다가 사다리에서 내려왔다. 삐그덕거리는 소리가 조용한 책방 벽에 부딪혀 쪼개지고, 쪼개진 것들이 방을 가득 메웠다. 사다리를 대충 정리 해 두고 책방 구석에 널부러진 담요를 주워 와 카운터에 앉았다.

2. 첫 번째 만남

표지와 책등에 뽀얗게 앉은 먼지를 후 불어 털어 낸 후 도드라진 자수를 손으로 쓸어 보았다. 세월이 지나간 가죽은 온기를 머금는다고 하던 아빠의 말이 사실이라고 증명하는 양, 오래 시간 책장에 꽂혀 있었던 것 같은 책은 미묘한 온기를 머금고 있는 듯했다. 차현희, 글씨의 높이가 맞지 않는 서툴게 새겨진 자수를 뚫어져라 바라보다가 입 밖으로 소리를 내어 말을 뱉었다.

"현희, 차현희."

옛날 이름이었다. 지금은 주위에서 잘 볼 수 없는 시간이 묻은 이름에 책 주인에 대한 궁금증이 생겼다. 책장에 자수를 박아둘 정도면 어지간히 소중하게 생각하던 책이었나 보네, 중얼거리며 책을 펼쳤다. 닫아 둔 문 밖에서 풍경 울리는 소리가 들리는 듯했다. 쟁-하니 울리는 맑고 날카로운 소리에 문에 풍경이 하나 더 걸려 있었던가, 한서는 고개를 갸우뚱했다. 어째서인지 목덜미가 싸하게 울리는 것 같아 담요를 여미고는 책을 펼쳤다. 처음부터 끝까지 팔랑거리며 훑어본 책들의 페이지마다 날짜가 적힌 양을 보아하니 일기장인 것 같았다. 1928년 1월 1일.

"1928년이면 날이 언제냐, 91년 전이네."

책이 이만큼만 바랜 게 신기할 만큼 오래된 세월이었다. 날짜 헤아리는 것을 멈추고 일기장 첫 페이지를 펴 천천히 읽어보았다. 한자와 이상한 점들이 섞인, 지금과는 다른 한글이 일기장에 고스란히 묻어 있었다. 핸드폰을 켜 한자 사전을 켜둔 후 손으로 한 글자씩 짚어가며 읽기 시작했다.

'오늘은 신년을 맞아 가족 소유 건물들에 풍경을 새롭게 걸었다. 내가 좋아하는 금붕어 모양 종이 달린 동그랗고 파란 풍경이다. 이 풍경이 올해도 우리 가족을 지켜 주었으면 좋겠다. 내년에는 내가 아닌 동생이 풍경을 걸겠지? 그 애는 동경으로 가지 않아도 되니 부럽다.'

동그랗고 파랗고 주홍색 물고기가 그려진 풍경. 번뜩 머리를 스치고 가는 생각에 한서는 담요를 팽개치고 카운터에서 일어났다. 환청인 줄 알았던 풍경 울리는 소리가 정신없이 귀를 치고 지나갔다. 쩽 하니 울리는 날카로운 소리는 밖에 바람이라도 부는가 하는 의문을 낳았다. 아니, 바람이 분다고 해도 깨진 풍경이 울릴 수는 없다. 풍경에게 느꼈던 동질감이 일순 사라졌다. 의아함을 품고 책방 입구 유리문으로 다가가자 북적이는 소리가 귀에 들려왔다. 여기가 이렇게 북적일 만한 마을이었나, 그건 아닌데? 항구에서 정류장까지, 또 정류장에서 책방까지 마을은 사람이 살지 않는 것처럼 조용했었는데, 문과 문 사이 틈으로 들려오는 소리가 시장통같이 북적이는 소음들이 낯설었다. 크고 얇은 유리문을 슬쩍 밀자 책방 가득 물밀듯 밀려오는 소음과 빛과 이상한 냄새-소를 언뜻 본 것 같아 한서가 눈살을 찌푸렸다. 내가 약을 안 먹었나? 아니 약을 너무 잘 먹어서 그런가? 자신이 제정신이라는 근거를 찾으려고 하는 미친 사람처럼 한서는 끊임없이 머리를 굴리다 문을 다시 밀어 보았다. 두 번 밀어도 바뀌지 않는 바깥 풍경에 한서는 문을 닫은 채로 주르륵, 문에 기대어 흘러내렸다. 한 번도 보지 못한 풍경들이었다. 정신없이 달려가는 사람들이며, 북적거리는 소리와 냄새, 한복과 양복의 애매한 경계에 걸친 옷들과 할아버지의 앨범에서나 볼 수 있을 것 같은 풍경과 사람들이 유리문 너머에 펼쳐져 있었다.

"내가 드디어 미쳤구나, 미쳤어."

지난 생에 대한 후회가 갑자기 밀려왔다. 아, 이럴 줄 알았으면 병원 도망도 좀 다니고 할 걸. 머리를 부여잡고 있다 볼을 꼬집어 보았다. 내가 잠을 잔건가? 발갛게 익어 부풀어 오르는 볼과 통증이 이게 꿈은 아니라는 사실을 확실하게 만들었다. 차라리 꿈이었으면 했는데, 꿈도 아니라는 사실이 몸으로와 닿자 절망감이 느껴졌다. 할아버지는 왜 나를 여기다가 두고 나간 거지? 난 이제 어쩌지. 북적이는 소리들과 함께 생각이 밀려왔다.

한참을 그러고 있다 내린 결론은 한서다운 결론이었다. 가만히 앉아 있는다고 해결될 일은 없다. 자신을 이상한 곳으로 던진 매개체 같은 일기장을 팔에 끼고 유리문을 밀어 밖으로 나왔다. 유리문에 달려 달랑거리는 풍경에 가운뎃 손가락을 세워 주곤 주변을 둘러보았다. 꺼져 있던 풍경이 달라붙어 있는 걸 보아하니 자신이 있어 본 적도 없는 과거로 돌아온 것이 분명해 보였다. 책방의 나무들이 갈라지지도 않고 매끈하게 붙어 있는 것만 보아도 2019년은 아니었다. 풍경과 책방을 한참 바라보다가 뒤돌아선 한서의 눈에 단발머리를 한 여자애가 들어왔다.

"누구야? 여긴 우리 집 사람 아니면 못 들어오는 건물인데?"

부티나는 옷을 입은 독특한 억양의 여자애였다.

무릎 밑으로 내려오는 원색의 긴 치마와 반짝거리고 윤기 나는 벨벳 소재의 셔츠와 크고 반짝이는 보석 브로치와 손목까지 올라오는 레이스 장갑이 눈을 끌었다. 한서는 그 애가 하는 말을 한 번에 알아듣지도 못했다. 이따금씩 술을 마신 엄마가 하던 억양과 비슷한 억양에 귀를 기울여서 한 번 더 듣고 나서야 아아, 나보고 이 집 사람 아닌데 왜 있냐고 물은 거야? 하고 되물어 볼 수 있었다.

"너 어디 모자라? 바보천치도 아니고 말을 못 알아듣고 그러니. 하기사, 이 겨울에 여름 양장을 입은 걸 보아하니 썩 온전해 보이지는 않는다만."

겨울? 그 말을 듣고 여자애를 다시 보자 따뜻해 보이는 모직 코트를 입고 있는 것이 눈에 들어왔고, 주위를 쓱 둘러보아도 다들 귀도리를 하건, 털 코트를 하건 옷깃을 따뜻하게 여미고 종종걸음으로 걷고 있었다. 자신의 옷차림과 상황을 깨닫고 나자 갑자기 추운 기운이 몰려왔다. 마음껏 추워할 틈도 없이 여자아이의 입에서 신랄한 욕이 따라왔다. 마음에 들지 않는 소리에 한서가 미간을 찌푸렸다. 남이었으면 무던히 무시하고 지나갔을 말이지만-버스 아저씨의 말을 무시하던 것만 봐도-이 여자애의 말을 무시하는 건 어쩐지 지는 것 같아 말꼬리를 진득히 잡고 늘어졌다.

"어디 모자라냐니, 네가 그렇게 말하니까 못 알아 듣는 거지. 그리고 나 이 집 사람 맞아. 이 건물 우리-"

한서의 말이 마무리되지 못한 채로 허공에 흩어졌다. 생각해 보면 할아버지도 이 집에 살 리가 없고, 한서가 이 집의 식구라는 것도 아무도 믿어 주지 않는 것이 당연할 터였다. 지금 여자애의 옷만 봐도 한서와 겹치는 시기는 아닌 모양이니…… 쏘아붙이는 것을 멈춘 한서를 보며 득의양양한 표정으로 여자아이가 말을 이었다.

"봐, 너 이 집 사람 아니지?"

제 말이 맞았다는 사실에 만족하는 표정이 얄미웠다. 한서가 별 대답도 않은 채 떨떠름한 표정으로 빨간 책만 꼭 붙잡고 있는 양을 보더니 줄곧 빙글빙글 웃는 표정이던 여자아이의 얼굴이 굳었다.

"네가 그걸 왜 가지고 있어? 그거 내 일기장이야. 이리 내."

한서의 손에 잡힌 일기장을 보며 여자아이가 손을 뻗었다. 양머리를 한 표정이 굳는 것이 참 볼 만했다. 굳이 남의 것을 빼앗고 있을 필요를 느끼지 못했기 때문에 한서가 일기장을 돌려 주려는 순간, 줄곧 자리를 지키던 풍경이 쟁-하는 맑은 소리를 또 내뱉었다. 돌아갈 시간이 얼마 남지 않았다. 단

한 번의 여행이었지만 본능적으로 직감한 한서는 입을 뗐다.

"다음에, 다음에 와서 돌려 줄게. 내일 여기서 다시 만나."

각본이 짜여진 마냥 내일 다시 만나자는 말이 툭 튀어나왔다.

"뭐? 그런게 어딨……"

쨍그랑, 집으로 돌아갈 시간이라는 듯 풍경이 계속해서 울렸다. 한서의 의지와는 상관 없이 몸이 뒤로 젖혀지더니 책방 문이 열리고, 훅, 누가 당기기라도 하는 것마냥 빨려 들어갔다.

책방에 주저앉혀진 채로 유리문을 구멍이라도 뚫을 기세로 바라보았지만, 그런다고 움직일 유리문이 아니었다. 멍쩌 있다가 몸을 일으켜 세웠다. 팔에 꼭 끼고 있던 일기장을 든 채로 성큼성큼 걸어가 유리문에 다시 귀를 기울여 보았지만, 아까와 같은 소란스러운 소리도, 문을 타고 넘어 들어오던 냄새도 나지 않았다. 짠 바다 내음과 습기가 낯선 풍경들이 떠난 자리를 메꾸고 있었다. 문을 살며시 밀어보자, 책방에 처음 도착할 때와 똑같은 비포장 도로와 풀벌레들, 어느새 어두워진 밤하늘 만이 눈에 들어왔다. 돌아온 것이었다. 어째서 던져진지도 모르겠는 과거에서 어떻게 돌아온지도 모르게 현재로 돌아왔다는 게 이상했다. 카운터로 성큼성큼 걸어가 널부러져 있는 담요를 주워 들고 잠시 생각을 해 봤다. 시계는 밤 11시를 가리킨 채로 똑딱똑딱 맑은 소리를 내고 있었고, 할아버지는 돌아올 생각이 없어서 보였다.

어렴풋이 남아 있는 낮의 기억을 되새겨 보니 할아버지께서는 이장네 집에서 자겠다고, 늦으면 문을 잠그고 자라는 말을 들었던 것 같기도 했다. 유리문 옆에 의자를 가져다 가 밟고 올라섰다. 발 모양이 남아 있는 것을 보아 하니 키가 작은 할아버지께서 문을 잠그실 때 거르지 않고 사용하시던 의자 인 모양이었다. 녹슨 열쇠가 뻑뻑하게 들어가고, 천천히 돌아갔다. 의자에서 내려와 문 손잡이를 두어 번 덜컹덜컹 당겨 문이 잠긴 모양을 확인했다. 의자 를 대충 구석에다 몰아두고 옆에 책을 낀 채로 책방에 연결된 집으로 들어갔 다. 깜빡깜빡 하는 조명이 확실하게 켜질 때까지 기다리다 옷장에서 이불을 꺼내 폈다. 할아버지가 구석에 던져 둔 가방에서 정확한 시간을 확인해 보려 는 요량으로 핸드폰을 찾았다.

"엥, 이거 왜 이래."

아까 떨어뜨렸을 때 깨졌나보 다ㅡ 입구에서 핸드폰을 떨어뜨렸다는 사실 이 불현듯 떠올랐다. 아니, 그건 그렇다 치고 핸드폰 시간이 이상했다. 2019 년, 1999년, 1920년, 왔다갔다 핸드폰 화면이 꺼졌다 켜졌다 하는 모양을 보 니 맛이 가도 제대로 간 모양이었다.

"약정 아직 안 끝났는데……."

3년 넘게 남은 약정이 눈앞에 아른거렸다. 서울로 돌아가 부모님께 혼날 생각을 하니 벌써 아찔했다. 이런저런 변명을 좀 생각해 보다 이불 속으로 꾸 물꾸물 기어들어가 내려둔 빨간 일기장을 다시 잡았다. 핸드폰이 제 기능을 하지 못하니, 이제 달리 할 일도 없었다. 일기장을 잡자 어디선가 바람이 불 어와 묵직한 가죽 표지가 넘어가고, 글이 빽빽한 속지가 바람에 팔락거리는 소리와 함께 노래를 불렀다. 바람이 불어올 구석은 없었다. 밤에는 찬 바닷바 람이 불어 추웠기 때문에, 창문도 닫고 방문도 닫아둔 터였다. 빨리 일기장 을 읽으라고 재촉하는 것 같은 모양이었다.

"알겠어, 읽을게. 읽으면 될 거 아니야."

읽는다는 말을 함과 동시에 팔랑거리던 책이 멈췄다. 한서가 마음에 드는 대답을 한 모양이었다. 이불 속으로 파고들어가 가죽 표지를 한 장 넘겼다.

"1928년 1월 1일, 이건 아까 읽은 부분이니까 넘어가고."

1월 2일. 정갈하게 적힌 만년필 글씨들이 한서의 입 속으로 들어갔다.

"오늘은 요우타 상이 또 찾아왔다, 혼담이 또 오가는 모양이다. 난…… 나는 동경으로 별로 가고 싶지 않다. 배를 타고 몇 시진이나 가야 하는지도 모르는데, 너무 멀다. 내가 가면 해마다 바꿔 달아 두는 풍경은 누가 달고, 아버지 셔츠 단추는 누가 달아 주지? 사실, 이것들은 내가 아니더라도 할 사람은 많은 걸 알고 있지만서도……."

텅 빈 방에 한서의 목소리가 부딪히며 깨졌다. 가고 싶지 않은 곳에 가야 하는 게 꼭 자기 같았다. 책 먼지가 목으로 들어간 건지, 목이 갈라지는 기분이 들어 가방을 뒤적거려 물병을 꺼내들었다. 서울대 병원이 정자로 인쇄되어 있는 물병이었다. 집보다 익숙한 곳이었다. 불현듯 떠오르는 병원에서의 기억들을 고개를 흔들어 쫓아내고 물병 뚜껑을 돌려 연 후 목을 축였다.

"자, 다시 읽어볼까."

첫 장에 머물러 있던 일기장을 팔락팔락 좀 더 넘겨 보았다. 제 마음에 드는 부분을 찾아 읽을 요량이었다. 빠짐없이 매일매일 기록된 일기장을 넘기다 2월 즈음에 멈췄다.

"1928년 2월 2일."

읽으려는 운을 떼자마자 잠이 물밀듯 흘러들어 왔다. 더 이상 읽지 말라는 일기장의 뜻인지, 자꾸만 무거워지는 눈꺼풀을 어찌할 수가 없어 펼쳐 들었던 일기장을 덮고 구석으로 밀어 두었다. 두껍지도 얇지도 않은 이불 속으로 몸을 웅크리고 들어가 눈을 감았다. 서울이 아닌 다른 곳에서 잠드는 첫날 밤이었고, 단 한 번도 깨지 않고 잠이 든 첫 번째 밤이었다.

이름 모를 새가 줄창 울어대며 아침이 왔다고 우렁차게 알렸다.

섬마을이면 있음직도 한 닭이 우는 소리도 아닌, 알지도 못하는 울음소리였다. 그렇다고 서울 병원에서 이따금씩 듣던 참새 우는 소리도, 직박구리 우는 소리도 아니었다. 창문을 통해 들어오는 따스하다고 해야 할지, 따갑다고 해야 할지 모르겠는 햇살에 이불 속에 접혀 있던 몸을 폈다. 기지개를 켜자 몸에서 뿌드득 하는 소리가 났다. 할아버지가 아침에는 뭘 하랬더라? 서점 앞을 쓸고 아침을 먹으라고 했었나. 이불을 정리하고 방 밖으로 나섰다. 밤새 비가 왔던 모양이었는지 서점에 습기가 고인 듯했다. 빗자루로 입구를 쓸기 전 밥을 준비하는 게 나을 것 같아 쌀을 씻으러 주방으로 들어갔다. 쌀 보관 용기에 담긴 쌀을 가득 덜어 물에 씻어 내었다. 할아버지가 아침을 드실지는 모르겠지만, 어쨌든 2인분은 해 놓아야 할 터였다.

밥솥에 씻은 쌀을 넣어 놓고는 냉장고를 열어보았다. 별다른 재료가 없어 보여 된장국이나 끓여서 김이랑 먹어야겠다싶어 장류가 보관된 통을 열어 보았다. 냉장고에 든 애호박과 두부도 꺼냈다. 나름 장을 봐 둔 모양인지, 뭐가 이것저것 많았다. 멸치 우린 물을 내고, 썬 애호박과 두부를 넣고, 된장국을 끓였다. 보글보글하는 소리가 들릴 때쯤, 문을 열어야겠다는 생각이 들었다.

의자를 딛고 올라서 잠긴 문을 열고, 밖으로 밀어 젖혔다.

이제 빗자루로 대충 밖을 쓸고 서점을 정리하면 얼추 밥이 다 되는 시간과 비슷할 것 같았다. 문을 열자 습하고 뜨겁고, 어딘가 부한 아침 공기가 밀려들어 왔다. 비 덕분에 짠 맛은 약한 것 같다고 생각했다.

문 밖에 세워져 있는 대나무 빗자루를 들었다. 밤새 온 비에도 넘어지지 않고 서 있는 꼴이 용했다. 조금 축축한 빗자루 대를 잡고 건물 문 앞에 밀려들어 온 나뭇잎과 흙먼지들을 쓸어 내었다. 한참을 아무말 없이 쓸다 보니 건물 오른쪽 샛길에서 사람 한 명이 걸어오는 게 보였다. 키가 크고 감색 하와이안 셔츠를 입은 모양이 할아버지는 아니었다. 애초에 할아버지가 이렇게 이른 시간에 일어나셔서 올 것 같지는 않았다. 성큼성큼 걸어오던 사람이 더 가까이 다가오자 이 마을에서 보지 못했던 외지인인 것 같아 고개를 갸우뚱했다.

작게 컬이 많이 들어가 있는 빨간 머리며, 화려한 하와이안 셔츠에 슬랙스는 이 섬에서 동떨어진 채 묘한 분위기를 자아내고 있었다. 하기사 어디 휴양지가 아닌 이상 분위기가 녹아들기도 힘든 옷이라고 생각했다. 한서가 뚫어져라 보는 것도 모르는지 그렇게 계속 걸어오던 사람은 책방 입구, 한서 앞에서 멈춰 섰다.

"여기가 그, 차 할아버님 댁 책방이니?"

"네, 맞는데요."

여자가 안도의 한숨을 내쉬었다.

"아, 다행이야. 나는 차 할아버님 뵈러 온 유지연인데, 혹시 할아버님 불러 줄 수 있니?"

한참을 길을 헤맨 모양인지, 여자의 뺨에 머리카락들이 꼬불꼬불하게 땀에 젖어 달라붙어 있었다.

"할아버지는 없어요. 어제 마실 간다고 하시더니 아직 안 돌아오셔서."

"아, 그러니? 그럼 안 되는데……."

곤란한 기색이 만연한 얼굴이었다.

나 당황했어요, 하는 기색이 얼굴에 묻어나는 것 같았다. 할아버지 오시면 연락하라고 할게요, 번호 적어주세요. 잡고 있던 빗자루를 입구 구석으로 밀어두고 건물로 들어갔다.

"들어오세요."

실례할게, 하는 말과 함께 여자가 들어왔다. 서점 안에 따뜻한 밥 냄새가 났다. 그러고 보니 이 사람도 밥을 안 먹었을 것 같아 예의상 한 번 물어보았다.

"아침 드셨어요? 안 드셨으면 저랑 먹어요."

어차피 할아버지도 아침에 안 오실 것 같아서요.

"아, 그래도 괜찮니? 그럼 그렇게 할게!"

거절도 안 하고 여자가 덥석 제안을 물었다.

"되게 금방 그러자 하시네요, 제가 밥에 약이라도 타면 어쩌시려고."

"오, 그럴 것 같지는 않은데?"

티키타카 대화가 이어지는 모양이 재밌었다.
갓 지어져 김이 나는 밥을 그릇에 담고 된장국을 국그릇에 담고, 김과 반찬 몇 개를 책방 안쪽 테이블에 놓았다.

"드세요."

먼저 권하고 수저를 들었다. 잘 먹겠다는 대답 후 한참을 말도 없이 달그락거리는 소리만 들렸다. 그릇이 어느 정도 비어 가자 한서가 먼저 입을 열었다. 궁금한 건 참기 싫었다.

"저희 할아버지랑 아는 사이세요?"

여자가 들고 있던 수저를 놓고 웃었다.

"그럼, 아는 사이지. 그럼 네가 차 할아버님 댁 손녀겠네."

네, 뭐. 그런 셈이죠. 한서가 대충 대답했다.

"근데 여기는 왜 오셨는데요?"

"할아버지께 받아야 할 물건이 있어서."

"우리 할아버지는 다른 사람한테 물건 빌리는 사람 아닌데."

언제부터 할아버지와 그렇게 친밀한 사이였다고, 갑자기 욱 하는 뭔가가 올라와 여자에게 말대꾸를 했다.

"그래? 누가 들으면 할아버지와 오래 같이 산 줄 알겠네. 할아버지는 오지 않으실 모양이네. 오늘은 먼저 가볼게."

여자가 어딘가 찜찜한 말을 하고는 자리에서 일어났다.

"잘 먹었어. 고마워."

뭐 하는 인간인지 싶었다. 테이블 의자가 드르륵 하고 밀리고, 한서도 일어났다.

"안녕히 가세요."

문까지 데려다 주고 싶지는 않았다. 그냥 마음에 들지 않았다. 아까 전 티키타카 이어지는 대화가 재밌다고 생각한 자신에게 짜증났다. 여자가 문 밖으로 나가는 것을 보곤 유리문을 다시 닫았다. 테이블로 성큼성큼 걸어 가 빈 그릇들을 개수대에 가져다 두고 물을 부었다. 나중에 설거지를 할 요량이었다.

"어, 저 사람 번호 안 적어 주고 갔는데."

이름이, 이름이 뭐더라. 유⋯유⋯유 어쩌고였던 것 같은데. 기억이 나질 않았다. 기억력 문제가 아니라, 뭐가 기억을 지운 것마냥, 여자의 이름과 얼굴만 도려내어져 기억나지 않았다. 무슨 이상한 향도 났었고, 같이 밥도 먹었고, 나름 티키타카 이어지는 이야기도 좀 했던 것 같은데, 아무것도 기억이 나질 않아 잠깐 멍하니 서 있다가 다시 분주히 몸을 움직이기 시작했다. 한서 자신도 썩 깨끗하다거나 그런 편은 아니었지만, 이미 먼지가 쌓여 있는 이 책방에서 한서까지 서울에서처럼 군다면 책방의 존폐 여부가 걱정되었기에 정리를 시작했다.

책방에 옅게 남아 있는 이런저런 냄새를 내보내려 창문이란 창문은 다 열었다. 미묘하게 낯선 향수 냄새가 남아 있는 것 같기도 했다. 손걸레를 들고 카운터를 한 번 쓱 훔쳐내었다. 책꽂이에 앉은 먼지들까지 닦고 싶지는 않아, 이 정도는 괜찮을 것 같은데 하는 생각으로 테이블과 카운터만 대충 닦고는 손걸레를 던져 두었다. 카운터에 앉아 다리를 까딱까딱 하며 사람 오기를 기다리다 보니 방에 두고 온 빨간 일기장이 생각이 나 자리에서 일어났다.

"일기장을 방에 뒀는 게 맞지?"

듣는 사람도 없는 혼잣말을 했다. 방으로 들어가자 구석에 곱게 놓여있는 일기장이 눈에 들어왔다. 신발을 벗고 방으로 들어가기 귀찮아 무릎으로 엉금엉금 기어 책을 주워 들고 나왔다. 카운터 의자에 몸을 던지고 담요를 들자 거짓말처럼 딸랑, 하는 문 여는 소리와 함께 할아버지가 들어오셨다.

"어, 다녀오셨어요?"

카운터에서 일어나 할아버지께 인사 드리고는 다시 앉았다.

"엉, 한서야. 별일 없었고?"

네, 별일 없었어요. 그, 손님이 찾아왔었는데요, 제가 번호를 받아 놓는다는 걸 깜빡해서요. 빨간 머리에 키 크고 머리 꼬불꼬불한. 한서가 외양 설명을 이어가자 잠시 귀를 기울여 듣던 할아버지의 얼굴에 환한 미소가 걸렸다.

"아, 지연이가 왔었구만?"

"네, 그 뭐. 돌려받아야 할 물건 있다고 그러시던데요."

할아버지가 웃는 모양을 보니 이상한 사람은 아닌 것 같았다. 잠깐이나마 의심했던 게 미안해져 머쓱하니 앞머리를 후 불었다. 한서의 촉이 빗나간 모양이었다.

"돌려받을 거? 아, 그 책."

빨간 일기장이었나? 할아버지가 책장을 쓱 훑어보았다. 빨간 일기장이라는 말에 화들짝 놀라 카운터에 두었던 일기장을 담요로 후다닥 덮어버렸다. 왜 그런지는 몰랐지만, 그래야 할 것 같았다. 화제를 좀 바꾸어 보려 운을 떼었다.

"할아버지, 아침은 드셨어요?"

"한서야, 너 혹시 빨간 책 한 권 못 봤냐?"

어제의 일이 반복되는 것 같았다. 도무지 티키타카라곤 이뤄지지 않는 조손이었다. 저는 모르겠는데요. 딸꾹질을 하며 대답했다. 그래? 그럼 왜 책이 없지. 할아버지가 흰 색인지 갈색인지 헷갈리는 머리를 긁으며 잠시 고민을 하는 듯 싶더니 책방 저 구석으로 걸어 들어갔다. 할아버지가 사라지는 모양을 본 한서는 담요에 감싼 책을 들고 슬금슬금 방으로 걸어들어가 가방에 책을 숨겨 넣었다.

"어이씨…… 깜짝 놀랐네. 이게 그렇게 중요한 책인가?"

나중에 할아버지 또 나가시면 읽어야겠다 싶어 가방 지퍼도 잘 잠가 둔 채로 방 구석으로 가방을 밀어 두었다.

"한서야, 얘, 한서야!"

할아버지가 애타게 찾는 소리가 들려 네! 하고 대답하며 방 밖으로 나갔다. 심부름을 시킬 것 같다는 불안한 예감이 들었다.

"이 책 좀 이장네 가져다 주고 와라. 좀 머니 자전거 타고."
"저는 이장네를 모르는데요."

불길한 예감은 늘 맞아떨어진다.

아, 앞으로 쭉 가다 보면 마을 슈퍼 옆! 할아버지가 책을 한서의 품에 안겨주고 문 밖으로 떠밀었다. 앞으로 쭉 가랬으니까 쭉 가면 되겠지. 네네, 하고 건성으로 대답 한 후 걸어갔다.

"할아버지, 근데 자전거는 어딨는데요?"

"아 뒤뜰!"

둘러보지도 않고 뭐 했냐며 할아버지가 역정을 내시는 소리가 들려 왔다. 아 예예~ 대답하며 뒤뜰로 가 자전거를 끌고 왔다.

누가 계속 탔던 건지, 나름 괜찮게 관리가 된 자전거였다. 자전거 앞 바구니에 갱지로 포장해 끈으로 묶어 둔 책을 던져 넣고 올라탔다. 끼익, 하는 소리가 몇 번 들리고 쌩쌩 굴러가는 바퀴가 마음에 들었다. 비가 왔어서 그런가, 공기에 달라붙은 것도 없는 것 같아 기분이 좋았다. 자전거 바퀴가 빠르게 굴러갈수록 강하게 불어오는 바람에 저절로 콧노래가 나왔다. 앞머리가 이마에 붙어 있지 않고 바람에 팔락이고 머리카락이 정신없이 흔들렸다. 한참을 앞으로 달리다 보니 갈림길이 나와 자전거를 급히 멈춰 세웠다.

"어?"

할아버지가 말할 때 들은 바로는 앞으로 쭉 가다가 슈퍼 옆이랬는데. 너무 많이 온 모양이었다. 자전거를 뒤로 돌려 다시 돌아가다 보니 초록색 큰 슈퍼 하나와 그 옆에 큰 집 하나가 보였다. 슈퍼와 큰 집. 웃기지도 않는 조합이라고 생각하며 자전거를 멈춰 세운 후 문패에 붙어 있는 초인종을 눌렀다. 할아버지네 집에 있는 것 같이 시간이 묻어 있는 나무 문패가 고즈넉하니 좋아 보였다. 초인종을 누르고 걸어 나온 남자애에게 책 보따리를 안겨 주었다.

"이거, 책방에서 나왔어."

정확한 고유명사가 아닌 책방이라는 말로 모든 것이 설명되는 것이 우스웠다. 서울이라면 상상도 못할 일이었다. 서울에서 자신이 자전거를 타고 책 배달을 하며 책방에서 나왔어. 라고 하는 모습을 생각해 보다 그 모양이 웃겨 웃음을 터뜨렸다.

"……?"

책 보따리를 받아들던 남자애가 의아한 눈으로 한서를 쳐다보며 입을 열었다.

"나 책방에서 뭐 산 거 없는데."

"그럼 너네 할아버지가 샀겠지."

대충 대답해 주고 자전거에 올라타 발을 구르려 준비를 했다. 한서가 막 자전거에 손을 올리는 순간, 남자아이가 저기, 하고 말을 걸었다.

"왜?"

잠깐 머뭇,

"그럼 네가 책방 할아버지 손녀야?"

도대체 이 할아버지는 어디까지 내 이야기를 하고 다닌 모양인지.

"응, 그거 난데."

성의 없이 대답하고 발을 굴렸다.

남자애가 무어라 말을 하긴 했는데, 굳이 대답해 주기도 귀찮아 그냥 빠르게 다리를 놀렸다. 갈림길까지 갔던 시간보다 조금 더 빨리 할아버지네 책방으로 돌아왔다.

3. 두 번째 만남

자전거를 뒤뜰에 정리하려다 다시 앞마당에다가 대충 던져 두었다. 오늘 할아버지께서 심부름시키는 것을 보니 앞으로도 종종 자전거를 타고 가야 할 것 같았다.

"할아버지, 다녀왔어요!"

한서가 유리문을 밀고 들어오는 순간, 쩽그랑, 풍경 소리가 울려 퍼졌다.

잊으래야 잊을 수 없는 그 소리에 오소소 소름이 돋아 뒤를 돌아보자 역시, 익숙한 풍경 대신 북적이는 저잣거리가 또다시 펼쳐져 있었다.

"큰일났다. 일기장 없는데."

카운터에 담요와 함께 널부러뜨려 놓은 일기장이 뇌리를 스쳤다. 유리문에 기대어 잠시 고민을 하다가 한 발짝 앞으로 걸어 나갔다. 팔과 얼굴에 와 닿는 햇살이 따가운 모양을 보아하니 여름인 것 같았다. 저번에 왔을 때는 겨울이었던 것 같은데, 잠시 고민했지만 뭐 어때 싶었다.

"어디로 가 봐야 하지."

할아버지가 심부름을 시켰던 길과 마을로 들어왔던 길 외에는 아는 길이 없었기에, 심부름을 왔던 길로 터벅터벅 걸어갔다.

어색한 양장과 한복이 섞여 돌아다니는 길에서 반팔 반바지를 입은 한서는 이목을 끌기에 충분했다. 평소에 주위에 관심을 가지지 않는 성격 탓인지, 저를 한 번씩은 스쳐 지나가는 시선들을 모르는지 앞으로 그냥 쭉 걸어갔다. 마을로 처음 들어오던 날 마냥 흙먼지가 일어나는 바닥에 코를 살짝 막았다. 습관처럼 뒤축을 구겨 신은 컨버스화는 또 더러워질 것 같았다. 그나마 초록색을 신고 와서 다행이었다. 한참을 그렇게 걸었을까? 슈퍼가 있어야 할 자리에 큰 도매상이 있는 것을 보고, 그것을 좀 더 지나가자 갈림길이 나타났다. 아까 할아버지의 심부름을 갈 때 보았던 갈림길이었다. 안으로 들어가 볼까 싶었다.

어차피 풍경이 울리면 한서는 의지와 상관없이 현재로 돌아가야 할 것이었고, 그렇다면 길을 잃는 것쯤이야 대수롭지 않았다. 왼쪽, 오른쪽, 왼쪽, 오른쪽. 코카콜라 맛있다를 몇 번 하고 나니 오른쪽으로 가야 할 것 같은 느낌이 왔다. 모 영화를 좋아하는 친구들이 한서 찌리릿도 아니고 네 감은 왜 항상 이렇게 잘 맞냐며 놀리던 그 느낌이었다. 성큼성큼 걸음을 옮겨 한참을 갈림길을 걸어 들어가자 작은 못 하나와 나무들, 그리고 못 근처 바닥에 앉아서 돌을 던지고 있는 애 하나가 눈에 들어왔다. 차현희일 것 같은 느낌에 슬금슬금 다가가 보니 혹시나는 역시나. 매섭게 돌아보는 양이 차현희임이 틀림없었다.

"뭐야? 일기장 도둑!"

앙칼진 목소리가 공간 가득 울렸다.

"너 나 기억해?"

어안이 벙벙한 눈초리로 한서가 물어보았다. 당연하지, 한겨울에 여름 양장 입고 사유지 들어오는 떨한 놈을 누가 몰라. 현희가 자리에서 일어나 치맛자락을 툭툭 털며 말했다.

"너 담날에 내 일기장 준다 하더니, 거짓말이었니? 얘가 누구 앞에서 빈말을 해. 그걸 보아 무얼 하니, 적힌 것도 없는데."

그 애가 한서 앞으로 걸어와 한서를 쓱 훑어보았다. 손에 든 일기장은 없는지 확인해 보려는 요량인 듯했다.

"오늘은 일기장 없어. 챙길 틈이 없어서."

뭐라 화내려는 모양이었던 현희는 그냥 자리에 대충 앉아서는 한서를 쳐다보았다. 옆에 앉으라는 것 같아서 한서도 자리를 보곤 주저앉았다. 다만, 진자리에는 앉고 싶지 않아 주위를 좀 둘러본 후였다.

한참의 정적이 흘렀다. 둘 다 말을 하고 싶은 눈치였지만 조용히 앉아선 애꿎은 풀만 괴롭히고 있었다. 시간이 얼마나 지났을까, 정적을 못 견디겠다는 듯 현희가 입을 열었다.

"얘, 넌 어디 사람인데?"

"서…… 아니, 경성."

서울이라고 말하려다가 여긴 지금 개화기라는 생각에 아차, 싶어 경성이
라고 말을 바꾸어 했다.

"경성? 경성에서 여까지는 어떻게 왔니? 너 그 바다에 떠밀려 왔다던 불
령선인인 건 아니니?"

눈이 동그랗게 커져서는 한서를 쳐다보는 모양을 보아하니 불령선인이 썩
좋은 말인 것 같지는 않아 일단 부정부터 하고 보았다.

"아니야, 그런 거. 그냥 요양 차 왔어."

얼추 그럴 듯한 변명을 지어내어 말해 주자 그러니? 하고 넘어가는 게 다
행이었다.

"너 근데, 저번에는 어디로 사라진 거니? 그 건물 안에는 뭐 있지도 않은
데."

대답해 주기 곤란한 질문이었다. 어…… 사실 나도 몰라. 그냥 훅 빨려 들
어가던데, 라고 할 수도 없고. 뭐라고 대답해야 할지 모르겠는 질문에 한서는
머쓱하니 입술을 뜯었다.

"얘, 왜 입술을 뜯고 그러니, 피 나려 그런다."

핏방울이 송골하니 맺힌 입술을 보던 현희가 손수건을 내밀었다. 꽃이 그

려지고 레이스가 박힌 손수건이었다. 이런 거에다 피 묻혀도 괜찮나, 잠시 머뭇하다가 손수건을 받아들고 입술을 꾹꾹 눌렀다.

"너 그러면 오늘도 갑자기 사라지니?"

그게 어, 나도 잘 모르겠는데…… 한서가 손수건 덕에 흐려지는 발음으로 대답하자 미간을 찌푸리며 집중해 듣던 현희가 대충 고개를 주억거렸다. 그래, 그래. 알았어. 하는 모양이었다.

"그럼 너는 이름이 뭔데?"

"한서. 차한서."

입으로 작게 이름을 되뇌이는 소리가 들렸다. 질문 몇 개가 핑퐁으로 왔다갔다하는 시간이었다.

그거 얼마나 앉아 있었다고 엉덩이가 저릿해 오는 것 같아 한서가 풀밭에 드러누웠다. 한서가 드러눕는 양을 보던 현희도 풀썩, 하는 소리와 함께 드러누웠다. 마지막으로 했던 이름이 뭐냐는 그 질문을 마지막으로 별다른 질문이 이어지지 않자 한서가 입을 열었다.

"너는 이름이 뭔데? 몇 살이야?"

"일기장 봤으면 알텐데, 현희야. 차현희. 올해로 열여덟."

차현희, 처연히, 비슷한 어감인 것 같은 두 단어를 입에서 굴려보았다. 부드럽게 흘러나오는 단어들이 듣기 좋았다. 열여덟이면 나랑 동갑이네.

"이 섬 너네 집 거야?"

건물이 아니라 섬의 소유를 물어보았다.

"어, 우리 집 거야. 요우타 상이,"

문장을 끝마치는 제 역할을 다하지 못한 소리들이 이리저리 흩어졌다. 요우타 상, 어디서 들어본 듯한 이름에 한서의 고개가 기울여졌다. 이후로도 질문 몇 개가 서로 오갔다. 뭐 하고 지내는지, 여기 친구는 있는지. 이런저런 별 영양가 없고 시간 죽이기 좋은 질문들이 서로서로 쌓여 갈 때쯤 한서의 귀에 쟁, 하는 풍경 소리가 울렸다. 돌아갈 시간인 모양이었다. 어느새 땅거미가 앉으려는 모양을 보아하니 생각보다 오랜 시간 동안 앉아 있었던 것 같았다.

"어, 나 이제 가 봐야 할 것 같아."

"너 그럼 언제 다시 오니?"

다시 올 수 있을지 모르겠어, 라는 말을 삼켜 누르고 웃으면서 내일, 이라고 말했다.

"너 또 나 두고 놓하나? 접때도 내일이라더니 한참 걸리더만."

"아냐, 진짜 내일 올게, 내일도 여기서 만나."

한서가 약속 한다며 손가락을 내밀었다. 쟁쟁 하면서 울리는 풍경 소리가 귀를 타고 머리까지 흔드는 것 같은 기분이었다. 현희가 손가락을 걸려는 순간, 한서가 못으로 빨려 들어갔다.

차갑고 투명한 물들이 온몸의 구멍으로 들어오는 것 같았다. 먹먹하니 차오르는 물들에 눈을 질끈 감고, 한참을 떨어지고, 떨어지고 떨어지다, 파하, 하고 숨을 내쉬었다. 항구가 있던 바다였다. 짠 맛이 자꾸만 목을 아프게 찔러 허우적대는 한서를 파도가 밀고 밀어 해변으로 보내주었다. 해변가에 널부러져 숨을 몰아쉬다가 비척거리면서 일어났다.

"망할 놈의 풍경."

차마 10원짜리 소리가 붙는 욕까지 할 엄두는 안 나 망할 놈, 까지만 하고 끝냈다. 분명히 한참은 거기 머물러 있었는데, 한서가 사는 시간은 아직도 해가 쨍하니 뜬 시간이었다. 심부름을 떠났다가 돌아온 시간에서 그리 머지 않은 듯했다.

모래사장을 걷고 걷고 또 걸어서 마을로 가는 길을 찾았다. 머릿속에 어렴풋이 남아 있는 책방으로 가는 지도를 열심히 헤집으며 길을 걸어갔다. 한참을 걸었을까, 질척하게 젖어 물기를 떨어뜨리던 무거운 옷과 머리카락이 버석버석하니 말라 소금기만 남아 있을 때쯤, 책방이 눈에 들어왔다. 마지막 남은 힘을 다해 책방으로 몸을 끌어가선, 유리문을 밀고 풀썩, 가게에 널부러졌다.

"할……아버지."

다 죽어가는 한서를 보며 할아버지는 기겁을 하곤 욕실로 한서를 데리고 갔다. 이러다가 병이라도 도지면 큰일이었다. 한 시간도 안 되는 사이에 도대체 무슨 짓을 하고 온 거냐고, 할아버지가 성질을 부렸다.

욕실에 한서를 던져 놓곤 얼른 씻으라고 뽀송한 옷과 수건을 가져다 둔 채 할아버지는 나갔다. 샤워기에 뜨거운 물을 틀어 소금기와 흙을 한참을 씻어 내었다. 바디워시로 온몸을 벅벅 닦는 것을 두어 번 하고, 샴푸로 더 이상 감으면 머리가 녹을 것 같다는 생각이 들만큼 머리를 감았다. 모래가 떨어지지 않고 몸에서 짠 바다 내음이 나지 않자 욕실에서 비척거리며 걸어 나왔다.

"할아버지, 저 좀…… 잘게요."

할아버지의 대답은 듣지 못했다. 방으로 걸어 들어가 이불 속으로 푹 파묻혀서는 깊게 잠이 들었다.

4. 긴 꿈

깊고 단잠이었다. 그 깊고 단잠 속에서 한서는 길고 이상한 꿈을 꿨다. 목구멍이 막혀 아무 말도 할 수 없는 사람이 되어선, 이 사람에게 갔다가, 저 사람에게 갔다가, 짐짝처럼 취급되는 꿈이었다. 차갑고 기분나쁜 그 꿈에서 암만 버둥거려도 깰 수가 없었다. 꿈에서 꿈을 꿨다. 꿈에서 깨는 꿈을 꿨고, 할아버지가 괜찮으냐 물어보는 말에 대답을 할 수 없었다. 목소리가 나오지 않았다. 그 사실을 알아차리자마자 할아버지가 이상한 군복을 입은 사람으로 바뀌었다가, 또 다르게 바뀌었다. 자리를 박차고 일어나 무작정 달리기 시작했다. 그렇게 한참을 돌아다녔을까, 누군가가 등을 세게 쳐 헉, 하는 소리와 함께 몸을 일으켜 세웠다. 등허리가 축축해질 만큼 흐른 땀이 기분 나빴다.

맺혔던 땀이 식으며 차가운 기운을 가져와 등에 소름이 돋았다.

"한서야, 정신이 드냐?"

할아버지가 한서의 외마디 소리에 달려와 한서의 이마에 손을 짚고, 열을 재 보았다. 열도 없었고, 환청이 들린다고 하지도 않았다. 어디 나무랄 데도 없는 정상이었다. 몸을 일으켜 세우자 핑 도는 듯한 느낌과 밀려오는 지독한 허기에 할아버지, 저 얼마나 잤어요? 하고 물어보았다. 다행히도 목소리가 나왔다. 갈라지고 거친 목소리지만 목구멍이 막힌 기분이 더 이상 느껴지지 않아 한서는 안도의 한숨을 쉬었다. 이것도 또 꿈이었으면 정말 울었을 거야.

"너 꼬박 이틀을 잤어, 이틀을. 그 새 누굴 얼마나 찾던지."

할아버지가 뭐라 말을 하는 것은 들리지도 않았다. 괜찮다고 대답해 드리곤 다시 눈을 감았다. 꿈에서 자신의 등을 쳐 준 사람이 누구인지 알고 싶기도 했고, 그냥 피곤이 몰려오기도 했기 때문이었다. 눈을 감은채 할아버지에게 괜찮으니 나가 달라고, 조금 더 자겠다고 말씀드렸다. 아프건 말건 그냥 둘 것 같았는데, 신경 써 주시는 양을 보아하니 친손녀가 맞기는 한 모양이었다.

두어 시간 정도 더 자고 일어나 멍하니 쪼개지는 햇살이 비치는 이불 위를 유영하는 먼지 나부랭이들을 바라보고 있었다. 가방 속에는 일기장이 들어 있을 것이고, 그 일기장을 읽어야 할 것이다. 이불을 걷어내곤 구석에 있는 가방을 끌어와 일기장을 펼쳐 들었다. 마지막으로 만난 게 여름 즈음이었나, 일기장의 중간쯤 되는 지점을 펼쳐선 읽었다. 다른 종이에서 잘라 붙인 것 같은 모양인 쪽이었다.

"1948년 6월 20일. 오늘은 그 애를 만났다. 어디 모자라 보이던 그 애와 이야기를 했다. 경성서 왔다더니, 하는 짓은 영 시골뜨기 같은데…… 불령 선인인가 싶었지만, 그럴 정도로 빠릿해 보이지는 않는다. 그 애가 내 일기장을 돌려 줄지 몰라 그냥 다른 종이에 적었다. 돌려받으면 붙여야지."

아, 내 이야기다. 묘하게 반가워 씩 웃고는 다음 페이지를 읽었다. 다음 페이지에도 종이가 붙어 있었다.

"1948년 6월 21일. 그 애, 내게 농을 한 것이 틀림없다. 오늘 종일 그 애를 기다렸지만 그 애가 오지 않았다. 그 덕에 아버지께 호되게 혼이 났다. 어디 있었냐고 추궁하시는 게 무서워 그냥 입을 꾹 다물고 있었다."

아차, 싶어 일기장을 덮었다. 잠에 빠져 있던 시간이 이틀이었던 것을 보아 거기는 시간이 더 흘렀을지도 모른다. 거기서 해 뜰 때부터 해 질 녘까지 있던 시간이 여기서는 채 한 시간이 안 되었던 모양이니, 그 애, 나를 한참은 기다렸을 터였다.

하필 바다로 자신을 던져 놓은 풍경이 원망스러웠고, 고작 그 정도에 호되게 몸살을 앓은 자신이 원망스러웠다. 과거로 가는 시간은 제멋대로 할 수 없음이 분명해 보였기 때문에, 한서는 고픈 배나 채워야겠다는 생각으로 방 밖으로 걸어 나갔다.

"할아버지, 저 배고파요."

평소라면 절대로 하지 않을 말과 함께였다. 카운터에 앉아 꾸벅꾸벅 조시던 할아버지가 한서가 깬 양을 보고는 죽을 준비해 주겠다고 하셨다. 책방 책꽂이에 꽂힌 책 중 하나를 잡아 책방 안쪽 테이블 의자에 길게 누웠다. "정의란 무엇인가." 제목만 봐도 재미없어 보이는 책이었다. 책을 좀 팔락거리다 보니 생각보다 흥미가 돋는 내용에 몸을 일으켜 세워 바르게 읽었다. 한참을 쓰러져 있다 바르게 앉아서 그런지, 글씨가 좀 도는 것 같기도 했다. 책을 반쯤 읽어갈 무렵 할아버지가 테이블에 죽과 참기름, 김을 내왔다. 하얀 죽에 뿌려진 참기름이 없던 허기도 돋우는 것 같아 한서가 숟가락을 들고 후 불어 죽을 떠먹기 시작했다. 죽 그릇이 반쯤 비었을까, 갑자기 떠오르는 의문에 한서가 맞은편에 앉아 있는 할아버지를 향해 질문을 던졌다.

"할아버지, 근데요. 저기 있는 풍경은 왜 깨진 걸 달아 두셨어요?"

생각해 보면 한서가 책방에 처음 들어오던 날에도 했던 말이다. 깨진 풍경이 처음 울리던 날, 한서가 제멋대로 풍경에게 느낀 동질감도 깨졌더랬다.

"어잉, 무슨 풍경?"

"그 왜, 문 앞에 달아 두신 깨진 풍경 있잖아요. 동그랗고 물고기 든."

한서가 죽을 한 숟가락 더 들며 말했다. 죽을 두어 숟가락 더 들 동안에도 할아버지는 대답을 않고 있었다. 잘 생각이 나지 않는 모양인지, 아니면 말을 해 주기 싫어 숨길 말을 생각을 하고 있는 것인지. 제 할아버지이지만 영 의뭉스러운 부분이 있다고 한서는 제 혼자 생각했다. 죽 그릇이 바닥을 보일 무렵 할아버지가 운을 뗐다.

"문에 붙은 풍경은 이 섬의 마지막 하나요베가 걸어 둔 마지막 풍경이야."

"하나요베요?"

어디서 들어본 적도 없는 일본어에 한서의 미간이 찌푸려졌다.

"그게 말이다. 일제 강점기 시대, 그러니까 개화기보다 좀 더 전쯤에 이 섬의 주인이 일본인이었거든. 그때는 그 섬 주인의 집으로 18, 19 언저리의 여자애를 신부로 내보내곤 했어. 그 신부 보고 하나요베라고 불렀었지."

그제서야 일기장에 적혀 있던 혼담 어쩌고와 낯선 일본인 이름들이 이해가 갔다.

"그치만 할아버지네 가족이 여기 주인이었다고……."

"주인은 주인이었지, 딸들을 팔아넘기고 된 주인."

자신은 이 섬에서 살지 않고 섬을 나와서 살던 차 가의 식구였고, 차 가네 마지막 하나요베가 동경으로 건너간 이후부터 차 가는 급격한 몰락을 겪었고, 남자들이 모두 떠난 탓에 산에 있던 자신이 갑자기 불려와 이곳에서 살게 되었다며 할아버지는 말을 이었다. 지독한 친일파였던 차 씨 가문 덕에 딸들이 팔려 갔고, 그들의 재산 중 남은 건 이 책방 뿐이라며 이런저런 이야기들이 이어졌다. 하나요베와 풍경이 무슨 상관인지는 설명해 주지 않는 할아버지에게 한서가 다시 질문을 던졌다.

"할아버지, 근데 마지막 풍경이란 건 무슨 말인데요?"

"너 입술에 김 묻었다."

티키타카가 또 끊겼다. 한서가 뭐라고 하려는 순간 할아버지가 말을 이으려는 모양인지 입을 열었다.

"풍경은, 하나요베들이 15살 때부터 매 해 1월 1일에 걸어 두는 것들이야. 일본으로 건너가기 전까지는 꼬박꼬박 다는 것이 관습이지. 저기 걸린 풍경은…… 그래, 1948년 즈음이었나. 마지막 하나요베가 마지막으로 단 풍경이었을 거지, 아마."

그 말을 끝으로 설명도 끝난 것인지, 할아버지가 소반에 죽 그릇과 비어 있는 밑반찬 그릇들을 담아 주방으로 걸어갔다.

"하나요베."

네 글자를 입 밖으로 내뱉어 보았다. 입 밖으로 굴러 떨어지는 글자 중 단 한 가지도 마음에 드는 모양이 없었다. 하나요베와 차현희, 지독히도 어울리지 않는 이름 두 가지였다. 차현희는 차현희였어야만 했다. 개명을 하고 일본으로 건너갔어야만 했던 그 애의 신세가 처연하기 그지 없었다. 차현희와 처연히, 차라리 이게 더 나았다.

그제서야 그 애가 왜 그리 꼬인 성격으로 사람을 바라보고 말을 하였는지 이해가 갔다. 자신이라도 가족들의 끊임없는 욕심 때문에 동경으로 팔려간다면 그런 식으로 세상을 볼 수밖에 없을 터였다. 잠시 생각을 해 보니, 자신이 영 이 마을에 대해, 현희가 살던 그 시절에 대해 아는 것이 없다는 생각이 들었다.

"할아버지, 저 여기 있는 책들은 다 읽어봐도 되는 거예요?"

주방에 있는 할아버지에게 목청을 높여 물어보았다. 그러라는 건지 말라는 건지, 웅얼웅얼 어쩌고저쩌고 하는 소리가 들려왔다.

확실하게 대답을 들은 건 아니지만, 저 좋을대로 해석해 감사합니다! 하고 크게 말했다. 책꽂이로 사다리를 가지고 가, 개화기와 일제강점기 내용이 포함된 것 같은 책들을 닥치는 대로 뽑았다. 양 팔 가득 책을 안고 사다리에서 조심조심 내려와 방으로 들어갔다. 어째서 풍경이 울렸는지는 모르겠지만, 풍경과 일기장과 그리고 차현희는 분명히 연관이 있었고, 무언가를 해결해야 할 것 같기는 했다. 아빠가 입버릇처럼 하던 말 중에, 이유 없는 부름은 없다는 말이 있었다.

"이유 없는 부름은 없다."

입 밖으로 소리 내어 말하며 제일 처음 잡힌 책장을 넘겼다. 먼지 냄새가 훅 하고 올라오는 게 기분이 뭉근해졌다.

가장 중요한 순간에 자신과 엄마를 버리고 도망갔었던 아빠가 할 말은 아니긴 하지만, 어쨌든 아빠가 했던 말 중에 한서가 제일 좋아하는 말이고, 지금 상황과도 얼추 맞는 것 같길래 몇 번 소리 내어 말하곤 책을 읽기 시작했다. 책을 마시듯이 읽었다.

눈에 박히고 머리에 박히는 글자들을 스펀지가 물 흡수하듯 빨아들이며 그 시절 작은 마을이나 섬 같은 폐쇄적 공간에서 답습되던 풍습들을 찾고, 하나요베와 비슷해 보이는 것들을 다 머리에 담았다. 그러던 와중에 나온 얇은 카탈로그에는, 익숙한 섬 이름 하나가 적혀 있었다.

"백섬"

백섬, 자신이 머물고 있는 이 섬이었다. 누가 읽으라고 놓아둔 것마냥 부자연스러운 카탈로그를 집어 한 장 펼쳐보았다. 제가 집어 들어온 기억이 없는 얇은 책자였다. 크게 정자로 적힌 현도, 라는 글씨 밑에 빨간 잉크로 찍힌 하나요베, 라는 글씨가 눈에 들어왔다. 카탈로그를 급하게 넘기다 보니 마지막 하나요베, 라는 작은 소제목 하나가 눈에 들어왔다.

자신이 두 번 보았던, 선이 고운 얼굴 사진도 실려 있었다. 흐리게 뭉게진 흑백사진 속, 기모노를 입고 가채를 올린 얼굴이 부자연스러웠다. 차현희, 무로하시 미오. 라고 적혀 있는 글자도 자신이 알고 있는 사람과는 다른 것 같아 한참을 바라보았다. 앙 다문 입술과 영 언짢아 보이는 눈이 제가 알고 있는 그 애인 게 분명하기는 했다. 마지막 하나요베, 라는 소제목 밑에는 할아버지가 해 준 것과 얼추 비슷한 설명들이 이어져 있었고, 18살 동경으로 건너간 것으로 추정이라는 짧은 말과 35살 이후 행방불명이라는 말이 책자에 적혀 있었다. 영 언짢은 기분으로 카탈로그를 덮었다. 별로 알고 싶지 않은 정보를 알아버린 기분이었다.

"뭐야……. 기분 나빠……."

방 여기저기에 널부러진 책들을 차곡차곡 모아 구석에다가 밀어두었다. 방에 걸려 있는 벽시계를 보니 새벽을 향해 가는 시곗바늘이 눈에 들어왔다. 1시, 2시, 그리고 조금 더. 하루종일 한 것이라곤 잔 것과 책 읽은 것 밖에 없는데도 불구하고 야속하게 빨리 가는 시곗바늘이 얄미웠다. 이불 속으로 파고 들어가 잠을 청했다. 이틀을 내리 자고, 일어나서도 또 잤는데도 불구하고 시간이 조금 늦었다고 잠이 물밀듯 밀려와 한서는 눈을 감았다. 내일 아침에 일어나면 마을을 돌아다녀 지리를 익혀야겠다고 생각하였다. 눈을 감고 시간이 얼마나 지났을까, 몸은 피곤하다 피곤하다 소리를 지르는데 머리가 잠들지를 않는 새벽이었다. 자꾸만 이런저런 잡생각들이 떠올라서 잠을 이룰 수가 없었다. 제가 약을 먹었는지, 먹지 않았는지부터 시작해서, 서울에 혼자 남아 있는 엄마는 무엇을 하고 있을지, 친구들은 무엇을 하고 있을지 그런 작고 보잘것없는 잡생각들이었다. 나름 미련 없이 섬으로 들어온 것이라고 생각했는데, 자꾸만 부질없는 생각들이 드는 걸 보니 두고 온 것이 생각보다 좀 많은 모양이었다.

한 번 물꼬를 튼 생각은 여물 생각도 하지 않는지 자꾸만 한서의 머릿속을 헤집어 놓아, 가뜩이나 복잡한 머리가 더 아파와 한서는 고개를 저었다.

"아, 이제 그만하자, 한서야."

다른 사람들이야 뭐, 알아서 잘 살고 있겠지. 곧 죽을 애가 시간여행 하는 것만큼 심각한 일이 어딨다고 남 걱정이냐. 아는 사람도 없는 시대에 던져져서 죽으려면 어쩌려고. 억지로 염세적인 생각을 불러왔다. 이불 속으로 좀 더 깊이, 더 깊이 파고들어 몸을 새우처럼 웅크리고 자꾸만 달아나는 잠을 꼭 붙잡은 채로 한서는 잠에 빠져들었다. 고생을 한 건 맞는 모양인지, 오랫동안 한서를 잠 못 들게 두었다는 것에 대한 사과인지.

그날의 잠은 유난히도 달았다.

5. 아니, 날더러 뭘 어쩌라고?

기다리는 사람이 있는 것도 아닌데 아침은 평소와 다를 것 없이 찾아왔다. 아침이라기에는 조금 늦은 시간이었지만, 눈을 뜨는 그 시간이 아침인 거지, 하며 한서는 이불을 정리하고 방 밖으로 나왔다. 할아버지가 계신 모양인지, 집을 가득 채우고 있는 밥 냄새가 마음에 들었다. 제 혼자 지어서 이름도 기억나지 않는 여자와 함께 먹었던 밥을 짓던 냄새와는 다른 냄새였다.

"안녕히 주무셨어요."

"잘 잤냐? 아침 먹거라. 식겠다."

늦은 아침인사가 오갔다. 정정하신 할아버지는 아침 마실을 다녀오셔도 두 번을 다녀오실 시간이었다. 식탁에 앉아 눈을 부빌 때쯤 한서의 앞에 동그랗게 눌러 담은 밥과 반찬들이 놓여졌다. 썩 입맛이 돌지 않아 반찬들 위를 배회하던 젓가락이 바삭하게 구워진 생선살을 발라 밥 위에 올린다. 입 안에서 포슬하니 흩어지는 생선살의 식감이 생각했던 것 보다 좋아 한참을 씹다 다른 찬들에도 몇 번 젓가락을 대었더니 어느새 비워진 밥공기에 한서는 흠칫 놀랐다. 서울에 있을 때에는 새모이만큼 먹기도 고달팠는데 이 정도로 먹는 걸 보니 요양이 썩 부질없지는 않구나 싶었다. 할아버지 다 드시길 기다리며 밥을 조금 더 덜어 먹다 할아버지 식사가 끝나는 것에 맞추어 젓가락을 놓고 일어났다.

"잘 먹었습니다. 설거지는 제가 할게요."

할아버지가 다 드신 그릇들과 자신의 그릇을 들고 달그락거리며 설거지를 시작했다. 몽글몽글 일어나는 거품이며 손에 와 닿는 물이 기분이 좋아 콧노래를 흥얼거리는 것을 보던 할아버지가 한서의 어깨를 툭툭 치며 말을 걸었다.

"앞으로 쭉 가면 나오는 갈림길 중 가장 큰 집 손자가 너 좀 보자 하더라."

앞으로 쭉 가면 나오는 갈길, 앞집 손자. 어느 하나 익숙하게 닿는 단어가 없었다. 그 사람이 저를 왜요? 하는 눈빛으로 할아버지를 쳐다보던 한서의 머리에 심부름 갈 적에 저를 붙잡던 소년이 떠올랐다. 하얗고 길고 까만 그 애. 걸어가기에는 좀 먼 거리였고, 날씨도 무더웠기에 한서는 주섬주섬 옷을 차려입고 뒤뜰로 가 자전거를 끌고 왔다. 그거 한 번 탔다고 자전거에 정이라도 든 모양인지, 전이었으면 그대로 앉았을 흙먼지 묻은 안장을 대충 털어 주고 자전거에 올라탔다.

"다녀오겠습니다."

어쩌고 저쩌고. 할아버지가 뭐라고 말하시는데 그건 듣지도 못하고 자전거 바퀴를 힘차게 굴렸다. 습한 바닷바람이 얼굴을 가르고 말처럼 달려간다. 바다를 가르는 게 파도인지 저인지 헷갈린다.

한참을 자전거로 움직이다 다리가 얼얼해질 무렵, 갈림길과 큰 슈퍼, 그리고 그 슈퍼와는 어울리지도 않는 것 같은 슈퍼보다 조금 더 큰 집이 눈에 들어왔다. 문에 붙은 나무 명패 위의 벨을 힘껏 눌렀다. 웨에엥, 하는 날 선 소리가 들리고, 어린 목소리가 나가요. 하고 답한다. 자전거를 담벼락에 대충 기대어 세워둔 후 문이 열리기를 기다렸다. 맞닿은 쇠들이 노래를 불렀다. 끼이익, 하는 경첩 움직이는 소리와 함께 물에 젖은 머리카락을 매만지는 눈이 빨간 남자아이 하나가 나왔다. 루비를 박아 놓은 모양인지, 햇빛에 따라 오색찬란하게 부서지는 눈을 한참 넋 놓고 보다가 한서가 입을 열었다.

"어…… 나 찾았다고 하길래."

앳되어 보이는 얼굴에 제 멋대로 말을 놓았다.

"아, 맞아. 네가 책방 할아버님 댁 손녀지? 내가 너 찾았어."

머리카락을 털던 수건을 어깨 위에 걸치며 남자아이가 문을 활짝 열었다. 할아버지 댁과는 사뭇 다른 풍경에 한서가 잠시 머뭇거리다 걸음을 옮겼다. 마당 한가운데 놓인 평상을 남자애가 툭툭 쳤다. 앉으라는 모양이었다. 평상 가장자리에 슬그머니 엉덩이를 걸쳤다. 차가운 물을 떠 온 남자아이가 물을 대뜸 한서에게 내밀었다.

"덥잖아, 마셔."

"더운 건 맞는데…… 어, 고마워."

나 아무것도 아닌 사람이 주는 거 받아먹고 안 그래. 말을 하려다 속으로 삼킨 후 잔을 받아들고 단숨에 들이켰다. 뜻 모를 호의를 의심하지 않을 만큼 둔하지는 않았지만, 속이 빤히 보이는 호의를 거절할 만큼 영악하지도 않았다. 차가운 액체가 목을 넘어가 골이 띵하니 울렸다. 별다른 말 없이 한서가 물 마시는 양을 지켜보던 남자애가 말을 고르는 시늉을 하더니 입을 열었다.

"있잖아, 그 빨간 일기장. 너도 알지?"

급하게 마시지도 않은 물이 체하는 기분이었다. 콜록, 하는 소리와 함께 밭은기침이 토해져 나왔다.

"네가 그걸 어떻게 알아?"

"어…… 그러니까, 내가 그 책인데. 아니 어……."

물을 뱉어내는 한서의 등을 툭툭 쳐 주며 남자애가 머리를 머쓱하니 긁었다. 믿을 수도 없는 말에 정신없이 기침을 뱉는 것도 멈추고 한서가 남자애를 바라보았다. 짠 바닷바람에 여러 조각으로 쪼개져 흔들리는 까만 머리카락도, 날깃하니 닳아 있던 일기장과 닮은 루비를 박은 듯한 눈빛도, 이 섬에서 잦게 보일 만한 구석은 한 군데도 없었다.

"네가 일기장이라고?"

웃기지도 않는 말이었는데 그냥 한 번 더 물어보았다. 과거로 왔다 갔다 하고 바다에서 구사일생으로 기어나오기도 하는 마당에, 일기장이 사실 사람이었다 정도는 못 믿을 것도 아니었다.

"응, 내가 일기장이야, 봐봐, 내 눈."

까무잡잡한 손가락 끝에 달린 조금 바스라진 손톱이 제 눈을 가리켰다. 영 믿을 수 없다는 듯한 한서의 눈치에 남자애가 머리를 긁더니 운을 떼었다.

"그, 밤에 책장 넘어갔던 거, 그거 내가 한 거야. 그리고 네가 가방에 넣어 뒀을 때는 엄청 엄청 무서웠고-"

뭐라 말을 더 잇는데, 한서의 귀 근처까지도 닿지 못한 말들이 허공에 부서진다.

"아니, 그래서. 그래서 나보고 어쩌라는 건데? 통성명이라도 하자고 부른 거야?"

말이 곱게 나오지 않는다. 저를 왜 알지도 못하는 곳에다가 던져 두었는지, 왜 잘 알지도 못하는 아이에게 죄책감과 책임의식을 갖도록 만들었는지 물어보고 싶은 게 산더미만치 쌓여 있지만 한서는 날 선 질문을 먼저 던졌다.

"맞는데? 굳이 그거 때문은 아니긴 한데……."

천연덕스럽게 대답하는 입이 밉다.

"통성명도 하는 김에, 너한테 부탁하고 싶은 일도 좀 있고."

"나한테? 너랑 내가 언제 봤다고."

"네가 나를 찾았잖아. 가죽이 낡깃하니 닳은 그 빨간 일기장. 그거 내가 부른 건데. 네가 내 주인을 보러 갈 때마다 듣는 풍경 소리도 내가 묶인 소리야."

소년의 설명이 기가 차는 건지, 한서는 콧방귀를 뀌었다.

"그래서, 나더러 뭘 어쩌라고? 뭐, 일기장에 묶인 원통하게 죽은 네 주인 한이라도 풀어 주리?"

속사포처럼 쏟아지는 한서의 말 뒤로 뜨악하니 저를 쳐다보는 소년이 눈에 들어온다. 설마…… 설마 진짜니. 이 불에 타서 사라질 일기장아! 한서가 비명 비슷한 소리를 내질렀다. 한서가 화를 한참 내고, 화가 끝나기를 기다리던 소년-편의상, 이제부터 일기장이라 칭하도록 하자-이 뭐라 말을 하려고 입을 열었다.

"아니…… 아니 네가 생각하는 것처럼 막 슈퍼 히어로 이런 걸 하라는 게 아니라, 그냥 그때 어떤 일이 있었는지 네가 알았으면 해서."

물론 알게 된 걸 잊지 않아도 좋아. 왜인지 모르게 차분해진 일기장을 바라보며 한서가 궁시렁거렸다.

"할 말 다 끝난 거면 일어날게, 네가 굳이 부탁하지 않아도 그곳 일은 내가 알아서 잘 기억할 거야."

그게 잊힐 일이냐. 궁시렁대다 평상을 박차고 일어났다.

"난 이만 가 볼게. 다음에는 바다에 빠뜨리지나 마."

6. 세 번째 만남

평상에서 일어나 문턱을 밟는 한서의 눈앞에 알 수도 없는 분홍 꽃잎이 이상한 향과 함께 난분분하니 정신없이 휘날린다. 이제 몇 번 왔다 갔다 했다고 짬이라도 찬 모양인지, 또냐면서 이마를 짚었다. 꽃잎이 다 사라지기 전 한서는 뒤를 돌아보았다. 부스러지는 일기장의 잔상이 보인다. 뒤를 돌아보더라도 달라질 일이 없다는 것을 알기에 한서는 성큼성큼 걸음을 옮겼다. 걸어가는 한서의 귀에 낯선 말들이 들린다. 섬에서 들릴 것 같지도 않은 발음이며, 쪼개지는 말의 도막이며 어느것 하나 한서의 귀에 올바르게 닿는 것이 없다. 주변을 둘러보니 여기저기 적혀있는 한자며 붓글씨들을 보아하니 일본에 던져진 것 같았다. 사람들의 옷을 보아하니 더욱 단단해진 확신에 한서는 정처 없이 길을 옮겼다. 앞에 머리를 틀어 올린 여자가 총총히 지나가는 모습이 보여 잰 걸음으로 걷던 한서가 여자의 어깨를 툭툭 쳤다.

"저기, 죄송한데 지금이 몇 년이에요?"

살면서 배워 본 적도 없는 일본어가 흘러나온다.

"1940년이죠, 이상한 사람이네."

뒤돌아본 여자의 모습이 어딘가 익숙해서 한참을 쳐다보던 한서가 엥, 하고 운을 띄웠다.

"혹시, 조선에서 온 차현희라고 아세요?"

한서를 쳐다보던 여자가 일기장의 뜨악한 얼굴과 비슷한 표정을 하곤 어! 하고 대답한다.

"너 개 아니니, 일기장 도둑? 얘, 너는 어쩜 변한 게 하나 없니. 그래, 일본에는 무슨 일이야?"

예전보다 피곤하고 지쳐 보이는 얼굴이다. 어울리지도 않는 일본어로 따

다다 말을 이어가는 현희의 모습에 한서의 눈살이 찌푸려졌다.

"한글로 해, 한글로. 어울리지도 않게 무슨……."

지친 얼굴과 일본어에 괜히 말이 밉게 나간다. 한서가 툴툴거리며 말하자 그 애가 웃으면서 한글로 대답했다.

"너 아주 오랜만이다, 얘. 언제니? 나 아주 어릴 적 여름인가 봄날에 본 게 마지막인 것 같은데. 그때는 나랑 갑이라 하더니, 여전히 뽀야니 늙지도 않은 게 너는 도깨비라도 되는 모양이다."

신기하다는 듯 한서를 위아래로 훑어보더니 반가워 못 견디겠다는 듯 한서의 손을 덥석 붙잡았다. 예상하지도 못한 환대에 한서의 눈이 휘둥그레졌다.

"요즘 조선 땅은 어때? 내 아주 어릴 적 뜨고 아버지도 동생도, 두고 온 천뭉텅이도 한 번도 보지를 못했어, 그래."

"다 그대로야. 너희 아버지도 그대로고, 동생도 그대로고, 네가 나한테 준 손수건도 그대로야. 어…… 일기장도."

거짓말을 한다.

"얘, 그래. 너 네 일기장도 들고 가지 않았니! 돌려준다고 하고는 한참을 오질 않아서 내 많이 기다리다 결국 혼자 일본으로 넘어왔다."

"미안해, 내가 좀 멀리 갔었거든."

거짓말을 다시 한다. 현희의 크고 동그란, 한서를 흘겨보는 눈이 밉지 않았다. 모든 게 그대로라는 말에 안도한 양 현희가 웃으며 한서의 어깨를 툭툭 쳤다.

"그래서 너는 어째 늙지도 않니?"

"안 그래도, 이제 그거 말해 줄 때도 된 것 같아서 왔거든."

한서가 머쓱하니 머리를 만지작거리다 근처에 보이는 벤치에 풀썩 앉았다. 한참을 망설이고 망설이다, 똑같은 전철이 대여섯 대는 지나갈 만큼의 시간이 지난 후에야 한서가 입을 열었다.

"그러니까, 내가 너랑 같은 나이가 사실은 아니거든? 아니 나이는 맞는데……."

너랑 같은 시대 사람이 아니야. 나는 어…… 너보다 한 100년 좀 더 넘게 뒤에 태어났거든? 한 번 물꼬가 트인 말은 멈출 생각도 않고 흘러나온다. 일기장이 불러서 온 것부터, 네 이야기를 들어볼 거라는 것도, 언제 돌아갈지도 언제 다시 올지도 모른다고 한서는 이것저것 말했다. 한참을 듣고 있던 현희는 가만히 고개를 주억거렸다. 이미 제 인생 자체가 믿기지 않는 인생인데 네 말을 부정해 뭐하냐, 하는 듯한 수긍의 끄덕임이었다.

"나는 이제 얼마의 시간이 더 비어야 널 찾을 수 있을지 몰라."

그러니까 너는 네 책방에 많은 일기장을 숨겨둬 줘. 네 일기장이 나를 부르면, 내가 너를 기억할게. 머뭇거리며 하고 싶은 말을 마친 한서가 머리를 울리는 풍경 소리에 벤치에서 일어났다.

"네가 걸어 둔 풍경이 나를 불러."

이제 내가 갈 시간인가 봐. 벤치 뒤편 숲이 울렁거리는 모양을 보아하니 이번에는 저곳으로 뛰어들면 되는 모양이었다. 잘 있어, 나를 꼭 불러 줘. 차마 입 밖으로 나오지 못하고 안에 갇혀 버린 말들은 꾹꾹 눌러담은채로 웃으며 손을 흔들었다. 현희가 손을 흔드는 것을 확인하기가 무섭게 숲이 한서를 빨아들였다. 해면체가 물을 흡수하는 것마냥 빠른 속도였다. 잠들 것 같은데, 잠들 것 같다. 그냥 잠이 들었으면, 깊고 어두운 숲의 공간으로 빠져드는 내내 밀려오는 잠에 한서는 까무룩 눈을 감고 말았다.

"헉!"

물에 빠져 한참을 고생했던, 꼭 그날과 같이 깊은 잠에서 깨어났다. 어둑하니 깔린 땅그림자와 바람에 따라 흔들리는 마녀의 손 같은 나뭇가지 자욱들이 땅에 앉는 모양을 보아하니 시간이 꽤 늦은 것 같았다. 할아버지가 걱정하시겠네. 엉덩이와 머리카락에 붙은 풀들을 툭툭 털어내었다. 서울에서는 생각도 못할 여름밤의 차고 짠 습기가 넉넉히 묻은 바람이 머리카락과 몸 곳곳에 엉겨 붙는다. 언제부터 있었던 건지도 모를 빨간 일기장을 잡아들고는 숲을 빠져나갔다. 빠르게 움직여야지 길을 잃을 위험 없이 책방으로 도착할 수 있을 터였다. 부스럭거리는 소리가 귀를 간지럽혀 머리를 흔들어 쫓아내었다. 귀에 나뭇잎이라도 들어간 모양인지, 한참 뭔가를 털어내었다.

끈이 풀린 컨버스화를 묶고 물 맺힌 풀을 밟으며 몸을 일으켜 세웠다. 두어 번 오간 길이지만 훤히 보이는 책방으로 돌아가는 길에 망설임이 없었다. 낮에는 부옇게 일어나던 흙먼지들이 온종일 바다의 습기를 머금은 탓인지,

조금 질게 닿는 것 같기도 했다. 컨버스 밑창에 뭉근하니 이겨진 진흙이 달라붙는 게 느껴졌다. 길의 반쯤 거슬러 왔을 무렵, 이장네 집 문 앞에 세워두었던 자전거가 문득 떠올랐다. 밤새 이슬을 먹으면 녹이 슬 것 같기도 한데, 이 밤에 자전거까지 끌고 갈 엄두는 나지 않아 한서는 그냥 쭉 걸었다. 자신이 일기장이라 하던 소년에게 받은 부탁부터, 알지도 못하는 새 던져진 숲. 낮의 일이 아득히 먼 것만 같아 고개를 두어 번 더 젓고 걸음을 옮겼다.

달이 조금 더 기울 즈음, 책방 입구에 걸린 등불이 눈에 들어왔다. 깨진 풍경에 닿은 빛이 흐드러져 책방 앞 흙길을 수놓고 있는 모양을 가만히 서서 보다, 살금살금 걸음을 옮겼다. 할아버지가 깨지 않았으면 하는 심정이었다. 낮에는 귀가 찢어져라 울리던 풍경이 새벽에는 쥐 죽은 듯 고요했다. 크고 차가운 유리문을 슬쩍 밀며 안으로 들어갔다. 할아버지가 문을 잠그지 않으신 모양이었다. 책방 안으로 들어와 옆에 있는 플라스틱 의자를 끌어와 문을 잠가 열리지 않는지를 두어 번 확인했다. 방으로 걸어 들어가 가방 속에 일기장을 넣고 이불 속으로 꿈지럭거리며 기어들어갔다.

"아, 맞다. 핸드폰."

방금 일기장을 넣었던 가방을 뒤적거려 핸드폰을 꺼냈다. 1938년, 1969년, 1950년, 2002년. 여전히 오락가락 하는 시계였다. 그나마 읽을 수 있는 숫자 몇 개를 제외하고는 눈이 아프게 휙휙 바뀌는 핸드폰 화면에 전원을 끄고 다시 가방 깊숙이 밀어넣었다. 혹시라도 고쳐질까 싶었는데, 영 아닌 모양이었다. 가방을 구석에다 던져 두고 이불 속으로 몸을 웅크린 채 잠이 들었다. 바다에 빠졌던 날보다 더 복잡한 마음이 드는 밤이었다.

7. 우리가 손 끝으로 흘리워 보낸 것들

새벽이었다. 하늘에 구멍이라도 난 것마냥, 땅의 모든 것을 쓸어 버리려는 것마냥 비가 쏟아지고, 쏟아지는 비 사이로 찌르르 찌르르, 비를 맞아 그런지 평소보다 구슬퍼 보이는 풀벌레 소리가 들리는 새벽이었다. 몸은 피곤한데 제멋대로 떠진 눈과 정신에 짜증내기도 잠시, 한서가 눈을 끔벅였다. 이렇게 이른 시간에 일어나 본 적이 없는데, 저절로 몸이 일으켜 세워지는 걸 보니 누가 부르기라도 하는 모양이었다. 방 밖으로 나가자, 텅 빈 책방과, 텅 빈 책들 사이에서 흘러나오는 한기에, 소름이 오소소 돋았다.

옷걸이에 걸려 있는 카디건을 입고 눈을 부비며 슬리퍼를 신었다. 무슨 이상한 여자와 밥을 먹었던 그 테이블에, 책이 한가득 쌓여 있었다. 부드럽게 닳은 가죽 표지에 차현희 석 자가 박힌 얇은 노트들을 손으로 쓸어보았다. 차현희가 사는 시간과 제가 사는 시간은 다르게 흐르고 있을 터이니, 빨간 일기장을 돌려받지 못한 그 애가 다른 노트에다가 일기를 이어 갔을 것이다. 가죽 표지를 넘기자 책 먼지가 피어오른다. 주인을 찾지 못한 일기장은 오래된 책방 한 구석에서 먼지를 만들어 내고 있었다. 빨간 일기장도 다 읽지 못한 상태에서 다른 일기장을 건드리기도 뭐해, 가만히 손으로 쓸고, 또 쓸어보았다. 천장 끝까지 이어진 원목 책장들 중 마음에 드는 책등을 고르느라 눈을 굴렸다. 초록색 책과 파란색 책, 그리고 빨간색과 갈색 다양한 책들. 주인을 찾지 못한 채 오래오래 자리를 지키고 있는 게 안쓰러워 눈에 닿는 대로 책을 뽑았다. 테이블 깊숙이 등을 기대고 잡힌 책들을 읽었다. 발 위치를 옮기면 바닥에서는 삐그덕 소리가 나고, 책에서는 사부작 하는 소리가 났으며, 창밖에는 푸른 빛으로 해가 떠오르고 있었다. 한참을 책을 읽다 까무룩 잠이 든 모양인지, 눈을 뜨자 햇빛 사이를 유영하는 먼지들이 눈에 들어왔다. 벽에 걸린 시계가 9시라며 뻐꾹 거리며 울어대었다.

"저걸 부숴 버리던가 해야지."

소파에서 몸을 일으키자 팔락, 하고 쪽지 한 장이 떨어졌다. 할아버지가 남긴 모양이었다. 한서야 할아버지는 오늘 안 들어오니 어쩌고저쩌고. 여기 와서 한 일이라곤 책 읽기 밖에 없는데, 난독증이라도 생긴 건지 아니면 그 냥 쪽지 읽기가 싫었던 건지. 눈에 들어오는 문장이라곤 오늘 안 들어온다 밖에 없었다. 소파에서 일어나 담요를 대충 던져 두고 뽑아 두었던 책들을 정 리했다. 할아버지도 안 계시고, 책방에 손님이 찾아올 리도 만무하다. 이장 네 문 앞에 세워 두웠던 자전거나 가지러 가야겠다 싶어 걸어 나갔다. 어제 는 이 길을 어떻게 걸어 왔는지, 자전거를 찾아 가는 길이 생각보다 길었다. 차갑던 바람이 햇빛에 달궈져 열기를 머금을 때쯤 어느덧 익숙해진 갈림길이 눈에 들어왔다.

이장네 문 앞에서 아무리 눈을 데굴데굴 굴려 보아도, 삐걱 소리가 날 것 같이 생긴 한서의 자전거는 눈에 들어오지 않는다. 철문 옆에 달린 나무 명 패 위 벨을 다시 한번 눌러 본다. 에엥, 하는 소리가 고요한 아침을 가르고, 어제와 똑같이 일기장이-,

"누구요?"

철문을 연 사람은 익숙한 남자애가 아닌 조금 구겨진 캡 모자를 쓴 할아 버지가 문을 열고 나왔다.

"혹시 문 앞에 세워진 자전거 하나 못 보셨어요?"

"아, 그 자전거! 바닷가 새벽이슬에 녹슬 것 같아 집 창고 안에 넣어 두었지. 보아하니 네가 차 할아버님 댁 손주구나."

고개를 주억거리며 안으로 들어와 창고로 가라 하서 한서가 고개를 꾸벅,
숙이고 집 안으로 들어갔다. 나무로 된 창고 문으로 나무가 머금은 습기와
특유의 향이 올라온다. 두 손으로 조금 힘주어 문을 밀었다. 철문이 삐거덕거
리는 소리보다 조금 더 부드러운 삐걱임이 귀에 들어왔다.

"실례하겠습니다."

작게 인사하고 창고를 둘러보았다. 구석에 잘 놓아진 자전거를 보고 안도
의 한숨을 내쉬며 잠금장치를 끌러 들고 나왔다.

"게 있지?"

"네, 감사합니다."

짧은 인사가 오가고, 갑자기 무언가가 생각난 한서가 이장에게 말을 흘
렸다.

"할아버지, 여기 근데 할아버지 손자라던 눈 빨간 그 애는 어디 갔어요?"

"애? 나는 그런 거 없어. 이 집에도 혼자 사는걸."

"아…… 네."

딸린 애가 없다는 말에 의뭉스럽게 할아버지를 바라보던 한서가 자전거

를 끌고 걸음을 옮겼다.

"나는 그런 애 본 적이 없는데, 도깨비에라도 홀린 모양이지."

문 밖을 나서는 한서의 귀에 문장이 부딪혀 부서진다. 차라리 도깨비라면 이러지도 않았을걸요. 뒤엣말을 설기떡 누르는 것마냥 꾹 눌러 담고는 그냥 고개만 까닥 했다.

어두운 밤 길쓸별(*혜성)처럼 빛나던 그 애의 빨간 눈동자를 기억한다.

할아버지에게 여쭤 보아야겠다는 심산으로 무던하니 발걸음을 옮겼다. 자전거를 끌며 흙먼지 뽀얗게 올라오는 길을 걷다 안 되겠다 싶어 자전거에 올라탔다. 수상한 것 투성이인 마을이었다. 할아버지만 알고 있는 그 화려한 여자도, 이장네에 있었지만 이장은 존재를 알지 못하는 소년도, 자꾸만 자신을 어디론가 부르는 시간의 흐름도 어느 것 하나 마음에 드는 것이 없었다.

자전거 바퀴를 한참 굴리다 보니 다리가 뻐근하니 저려 왔다. 떠 있던 해가 기울어 가, 땅에서 습한 기운과 열기가 올라오는 시간이었다. 축축하니 젖은 흙이 자전거 바퀴에 엉겨 붙는다. 어제 제 신발에 엉겨 붙던 것과 같은 모양새에 자신이 자전거인지, 자전거가 자신인지 모르겠다고 생각했다. 누가 다녀간 모양인지 유리문이 열려 있는 책방을 바라보았다. 분명히 잠그고 나왔는데, 문을 두어 번 당겨서 확인해 본 기억도 있는데, 열려 있는 문이 의아하기 그지없었다. 자전거를 책방 문 근처에 기대어 세워 둔 후 문이 열린 책방 안으로 들어갔다. 오지 않는다 하시던 할아버지가, 이름도 기어가지 않는 이상한 그 여자와 같이 앉아 있었다.

"다녀왔습니다."

또 일기장을 찾으러 온 모양이었다. 암만 찾으러 와도 돌려 줄 생각도 없는데 뭐 저리 뻔질나게 책방을 드나드는지, 미간이 곱지 않게 찌푸려졌다. "다녀왔습니다." 아까보다 좀 더 크고 또렷한 목소리로 인사를 했다. 훤히 열려 있는 책방 문을 닫고 할아버지와 이상한 여자가 앉은 테이블로 다가갔다. 인사를 받아 주지 않는 걸 보아하니 둘이서 뭔가 심각한 이야기라도 하는 모양이었다. 드문드문 일기장, 빨간색, 어쩌고저쩌고 하는 단어들이 들려왔다.

"한서야, 너 진짜 일기장 한 권 못 봤니?"

여자와 이야기를 잇던 할아버지가 한서에게 대뜸 물어보았다. 다 안다고 말하는 것마냥 저를 바라보는 여자의 눈길이 마음에 들지 않아, 한서는 되려 힘주어 도리질을 하였다.

"저 요즘 계속 바쁘게 다닌 거 아시잖아요. 할아버지, 근데 이장님 댁 손자는 몇 살이에요?"

"이장? 이장 댁에 손자가 어딨어. 그 양반 혼자 사는데!"

"아니…… 할아버지가 저번에 저보고 이장네 손자가 저 찾는다고……."

제 말을 극구 부정하는 할아버지 때문에 한서가 고개를 갸웃 했다. 한서와 할아버지의 대화를 유심히 듣는 듯했던 여자의 눈이 일순 반짝, 하고 빛나는 것 같아 한서의 등을 타고 섬찟하니 기분 나쁜 한기가 흘렀다.

"할아버님, 저랑 한서랑 이야기 좀 해도 될까요?"

"그럼, 못할 것도 없지."

할아버지가 고개를 끄덕이며 자리에서 일어나셨다. 마실 나가실 때 입으시는 겉옷을 보시는 모습이 오래 나가실 것 같아 한서가 끄응, 하고 앓는 소리를 내었다.

"한서야, 다녀오마. 밥은 지연이랑 둘이 챙겨먹고."

대충 고개를 끄덕이고 할아버지가 자리를 비운 의자에 풀썩 앉았다. 한서와 의자가 닿아, 의자에서 먼지가 피어올랐다. 햇빛을 머금은 채로 흩날리는 먼지들이 그날, 난분분 휘날리던 꽃잎 같다고 한서가 상념에 빠져 있을 때쯤 지연이 입을 열었다.

"나 사실 다 알고 있는데."

무엇을 알고 있는지도 말하지 않았지만, 그 짧은 문장에 한서는 상념에서 빠져나와 여자를 바라보았다.

"뭘 알아요?"

"네가 일기장을 만난거랑, 일기장이 너를 부르는 거랑, 그리고 네가 날 좋아하지 않는다는 것 정도?"

큐빅 덩어리가 붙은 손톱으로 곱슬한 머리를 꼬던 지연이 큐빅에 걸려버린 머리카락을 끊어내며 대답했다. 너 정도쯤이야, 하는 것 같은 말투가 영 고까워, 한서가 미간을 찌푸렸다.

"저는 빨간 일기장 같은 거 모르는데요."

말하고 나서야 아차, 싶었다. 여자가 말하지 않은 것까지 제가 말 해 버 렸다.

"거짓말 하면 안 돼. 얼른 시간을 마무리지어야 네가 금붕어 신세에서 벗 어날 수 있단다."

지연이 자리에서 일어나 한서의 가슴께에 손가락을 갖다대며 쿡쿡 찌르 고는 말했다.

"만간에 다시 찾아올게. 다음에 돌아갈 때는 내 물건을 찾아갈 수 있었으 면 좋겠네. 너도 알겠지만, 거짓말하는 아이에게 줄 선물 같은 건 없잖니."

순간 욱, 하고 차오르는 짜증에 지연의 손을 탁, 쳐내고는 자리에서 일어 났다.

"할 말 더 없으면 전 방으로 갈게요. 알아서 가세요."

지연이 빙글빙글 웃으며 손을 흔든다. 저 재수 없는 인간, 길 가다가 넘어 져라. 자전거 체인 풀려라. 흰 셔츠에 떡볶이 국물 다 쏟고 교통카드 충전하 고 다음날 잃어 버리고 이어폰 줄 꼬인 거 풀다가 망가뜨려라. 속으로 갖은 저주란 저주는 다 퍼부으며 방 안에 콕, 틀어박혔다. 바닥에 앉아 뚱하니 문 을 쳐다보는데, 제자리를 곧게 지키고 서 있어야 할 문이 일렁이는 것 같아

힘주어 눈을 부볐다. 언제 그랬냐는 양 꼿꼿이 선 문을 슬쩍 밀어 보았더니, 어느새 달라진 공기의 느낌에 한서는 또야, 하고 미간을 짚었다. 방 문 밖으로 성큼성큼 걸어 나가는 한서의 뒤에, 지연이 마음에 든다는 듯 미소를 지으며 서 있었다.

8. 달랠 길 없는

문 밖으로 성큼성큼 걸어 나온 한서의 눈에 들어오는 풍경들은 또다시 일본이었다. 다만 바로 전 방문보다는 추워져, 다들 옷깃을 여미고 총총히 발걸음을 옮기는, 그런 일본의 풍경에 한서도 어느새 입혀져 있는 털옷을 여몄다. 이제는 현희가 어디에 있더라도 찾을 수 있을 것 같은 느낌에, 한서는 망설임 없이 걸음을 옮겼다. 한서의 발길이 닿는 대로 땅에서는 흙먼지가 피어오른다. 그렇게 정처 없이 한참을 걸었을까, 한서와 현희가 두 번째, 어쩌면 세 번째일지도 모르는 만남을 가졌었던 연못과 똑 닮은 연못과 벤치가 눈에 들어왔다. 벤치에 앉아 있는 할머니의 뒷모습이 현희인 것만 같아, 할머니 옆 빈 자리 벤치에 걸터앉았다.

"현희야?"

한서가 저를 멀거니 응시하는 삶에 지친 눈동자를 똑바로 바라보며 물어보았다.

"……"

저를 가만히 바라보는 눈이 텅 비어 보여 한서는 고개를 기울였다. 아닌가, 내가 착각한 건가? 한참 한서를 바라보던 눈이 반짝, 하고 빛났다.

"너, 한서냐?"

으스러진 홍시 같은 말들이 흘러나온다. 고개를 주억거렸다.

"너, 이번에는, 아주 많이 늦었구나."

말을 잇기 힘들어 보이는 모습에 한서는 별다른 대답을 하지 못하고 고개를 끄덕였다.

"마지막으로 보았던 때와 똑같네. 그때보다 더 보기 좋은 것 같기도 하다."

너는, 너는 왜 이렇게 늙었어. 내가 오지 못하는 동안 얼마만큼의 시간이 흘렀어?

"너를 아주아주 오래 기다렸어. 이제는 다시 조선 땅으로 돌아갈 때가 온 것 같다. 내 방이 그리워. 달아두던 풍경과 동무들과 동생과 함께 나가던 동네 구경…… 우물에서 퍼 온 차가운 물에 띄워 두던 잘 영근 과실……."

현희가 고요히 눈을 감았다. 눈가에 패인 깊은 주름들이 짐작할 수도 없을 것 같은 오랜 시간들은 짐작하도록 만들기에, 한서도 따라 눈을 감았다.

"내 일기장의 나머지는 네가 채워다오, 한서야. 내 길고 외로운 시간들을 네가 알아 주었으면 좋겠어."

자글자글하게 주름잡힌 손이 반지 두어 개가 끼워진 작고 뽀얀 손 위를 덮는다. 반지가 부끄러워 한서는 잡힌 손을 꼼지락거리고는 고개를 끄덕였다. 금방 돌아가야 할 것 같았다. 자꾸만 머리가 아파오고 이상한 목소리가 들리는 꼴을 보아하니 금방이라도 풍경 소리가 울릴 모양이다. 꼭꼭 네 이야기를 기억하겠노라 약속하고는 한서가 자리에서 일어났다. 머리를 가르는 듯한 풍경 소리에 한서는 연못의 파동을 바라보았다.

"물에 빠지기 싫대도……."

돌아가려면 별다른 방책도 없지만, 이 물에 빠졌다가는 감기에 걸리기 십상일 것 같아 한서는 머리를 짚었다. 유난히 얼음장같이 차가운 이곳의 물이기에, 감기에 걸리면 한참 고생을 한다는 걸 저번 바다 이후로는 머리에 박아놓고 있었기에, 영 꺼려지는 것이었다.

"안녕, 내일 만나자."

"안녕, 내일 만나."

기약 없는 내일을 서로 약속하며 웅덩이 속으로 뛰어들었다. 뽀그르르, 기포가 눈에 들어오고 차가운 물들이 옷과 살을 가르고 들어가, 저 깊은 어딘가로 자꾸자꾸 끌어간다.

9. 나는 그를 꽃으로 기억한다.

"파하!"

한참 떨어지다 숨을 토해낸 곳은 동네에 있는 작은 연못가였다. 바다에도 던져져 봤는데, 이 정도쯤이야. 개구리밥이 잔뜩 낀 연못을 한참 허우적대며 물에서 빠져나와 책방으로 걸어갔다. 척척하게 젖은 옷자락들이 팔에 감기고, 다리에 감기는 걸 무시하며 걸어가다 이장네에 일기장이 있을지 궁금해졌다. 손등에 붙어 말라가는 개구리밥을 툭 쳐서 떨어뜨리곤, 책방으로 가던 발걸음의 경유지로 이장네를 골랐다. 그새 조금 더 낡은 것 같은 철문 옆 벨을 꾹 누르자, 눈이 빨간 그 소년이 걸어 나왔다. 자박자박, 물에 젖은 흙과 맨발이 만들어 내는 소리가 철문 너머에서 들린다.

"어, 한서다. 무슨 물에 빠진 개처럼 있네. 현희 만나고 온 모양이지?"

소년이 문을 열고 한서의 손목을 잡아끌었다. 이야기를 들려달라고 보채는 아이와 같은 모양새였다.

"아, 잠시만……."

한서는 소년에게 힘없이 늘어진 강아지마냥 끌려갔다. 평상에 도착해서야 소년은 한서의 손목을 겨우 놓아 주었다. 의지할 곳을 잃은 손목은 다시 축 늘어져 다리 옆에서 흔들린다.

"자, 이제 얘기해 줘."

뻔뻔하게 평상에 앉아 한서가 입을 떼는 것을 기다리는 소년을 한서는 건조한 눈빛으로 빤히 바라보다 소년의 앞에 따라 앉았다. 소년은 한서를 한 번 더 보챘다.

"어서 들려 줘. 기다리다 목 빠질 뻔했다고."

소년은 반짝이는 눈으로 한서를 뚫어져라 쳐다봤다.

"현희가 많이 변해 있었어."

"어떻게?"

"내가 기억하던 현희보다 훨씬 더 늙어 있었어. 물론 나도 그 애도 서로가 기억하지 못하는 서로의 시간을 살았지만, 그 애가 많이 힘들어 보여서 슬펐어. 그런데도 내가 현희에게 해 줄 수 있는 건 아무것도 없어. 현희가 안 아팠으면 좋겠는데 그런 모습을 보니까 마음이 불편하더라."

한서는 고개를 떨궜다. 소년에게는 이제 한서의 머리 꼭대기만 보일 뿐이었으나 어쩐지 그런 한서의 모습이 너무나도 안쓰러웠다.

"네가 기억하는 현희는 어떤데?"

"내가 기억하던 현희는 성격이 더러웠고, 시끄럽고……. 불쌍한 애였어."

"불쌍해?"

"응. 불쌍해. 친구가 나밖에 없는 것 같았거든. 그리고……."

"그리고?"

"현희는 아무도 없는 곳으로 혼자 갔잖아. 나는 그게 얼마나 무서운지 잘 알고 있는 걸."

나도 여기 혼자 던져졌으니까. 속엣말을 삼켰다. 한서가 무덤덤하니 말을 잇다가 일기장을(일기장인지 사람인지 슬슬 헷갈리기 시작했다) 빤히 바라보았다.

"나는 현희를 기억해야 해. 현희 같은 사람들도 기억해야 하고."

"네가 묶여 있는 이상 너는 아무도 기억할 수 없어."

한서야, 누군가를 기억한다는 건 자신의 소중한 무언가를 지우고 그 자리에 그 사람을 채우는 것과 같아서, 네가 병에 갇혀 있는 동안에 너는 그 누구도 기억할 수 없을 거야. 일기장이 보기 드물게 차분한 말투로 말을 이었다.

"그치만 난 남한테 이렇게 관심을 가진 적이 처음인걸."

그리고 난생 처음 관심 가진 사람이 죽은 사람이라니, 어렵잖아……. 한서가 농담조로 가볍게 이야기하곤 다시 평상에서 일어났다.

책방으로 돌아가 정리를 하고, 깨끗한 일기장에다가 이때까지의 이야기를 옮겨 담을 심산이었다. 평소처럼 제 옆에 찬물 한 잔을 떠다두었기에 마시고는 잔을 탁, 소리 나게 내려 두었다. 일기장에게 인사를 하고 녹슨 문을 밀다 아, 하고 일기장을 쳐다보았다.

"너, 사람들 머리에다가 장난치지 마. 우리 할아버지도 그렇고, 이장님도 그렇고."

일기장이 어깨를 으쓱이고는 한서에게 손을 흔들었다. 한서 뜻대로 해 줄 생각이 없어 보였다. 그러거나 말거나 별 상관없다는 듯, 한서는 고개를 절레 절레 저으며 문을 밀고 나섰다.

한참을 할아버지네 책방을 향해 걸었다. 신발 밑창이 해진 모양이었다. 발 밑으로 이겨지는 흙의 촉감이 느껴져 발을 들어보자, 아니나 다를까. 올 때까 지만 해도 밀가루마냥 뽀얗던 컨버스화의 밑창이 날긋해지다 못해 해져, 그 사이로 흙이 들어오고 있었다.

"이건 뭐, 소비자 농락으로 고소 못하나."

좀 험하게 신기는 했지만, 몇 번 신지도 않은 컨버스화였다. 해져 버린 틈 으로 슬금슬금 들어오는 흙들이 기분 나빠, 컨버스화와 양말을 벗어 손에 들었다. 발 밑으로 흙들이 소리를 지른다. 성큼성큼 걸음을 옮기다 보니 어느 새 책방 앞이었다. 책방 입구에 컨버스화를 내려두고는 어서 오세요 발판에 발을 두어 번 굴렀다. 이미 여럿의 방문으로 닳은 발판이었지만, 안 구르는 것보다는 나을 것 같았다. 슥슥 문대고는 욕실로 곧장 걸어 들어가 발을 씻 었다. 차가운 눈물과 뭉근하니 일어나는 거품이 발 사이를 가르고 흘러, 바 다로 나아간다. 두꺼운 수건 하나를 꺼내 발을 닦고, 욕실 옆 빨래바구니에 던져 두었다. 방으로 걸어 들어가 가방을 뒤적였다. 노트가 있는지 한참을 뒤 적였지만, 가방 안에는 기록의 수단이 될 만한 것은 아무것도 없었다. 끄응, 앓는 소리를 내곤 방에서 나왔다. 마을을 돌아다녀 문구점이라도 찾아보아 야 할 것 같았다. 카운터에 있는 번호로 할아버지에게 전화를 걸었다. 뚜르르 뚜르르, 풀벌레 우는 소리 같은 연결음이 한참 울리다 철컥, 하는 소리와 함께 끊겼다.

"예, 전데요."

할아버지다운 인사였다.

"할아버지, 저 한선데요. 혹시 근처에 문구점 있어요?"

"문구점? 문구점……. 네가 온 버스 정류장 근처에 있을 성 싶다. 뭐 필요하나?"

"아, 개인적으로 필요한 게 좀 있어서요. 감사합니다."

어야, 하는 대답을 듣고 전화를 끊었다. 카운터에 걸린 책방 이름이 적힌 에코백을 들고 문 밖으로 나섰다. 큰 유리문이 부드러운 소리를 내며 밀린다. 곰 인형이 달린 열쇠로 문을 잘 잠그고 버스 정류장이 있는 방향으로 타박타박 걸음을 옮겼다. 컨버스화를 버린 탓에 어쩔 수 없이 신은 한 치수 큰 슬리퍼가 자꾸만 발목에 걸리려고 했다.

10. 아득하고 멀고 따스한 너를

한참을 걸었다. 땅 밑에서 뿌옇게 일어난 흙먼지들이 발목까지 올라오는 흰 양말을 물들였을 때쯤이었다.

"별다방"

별다방? 별다방 하면 그거 아닌가, 스타벅……. 스몰토크 같은 생각을 하며 문구점 안으로 들어갔다. 먼지 내음이 훅 풍기는 문구점의 매대는 이상하리만치 텅 비어 있었다.

"계세요?"

아무도 없는 것 같은 문구점에는 양심 계산대, 라고 적힌 하얗고 큰 유리병과 한서에게 딱 맞을 것 같은 옅은 개나리 색 노트 한 권뿐이었다. 하여튼 평범한 거라곤 없는 동네지. 한서가 고개를 절레절레 저으며 생각하고는 노트를 집어 들어 뒤에 적힌 가격표를 보았다.

"부가 기억과 4000원을 함께 넣어 주세요."

무슨 말인지 모르겠다. 뒤에 적힌 가격표를 뚫어져라 쳐다보다 메모지에 대충 미련이 남고, 그리운 기억 몇 가지를 적고 4000원을 찾아 집어넣었다. 하얀 유리병이 웅, 하고 빛난 것 같아 저게 뭐람, 하며 눈을 힘주어 비볐다. 언제 그랬냐는 냥 4000원이라는 가격만 남은 노트를 이상하게 쳐다보고는 문을 밀고 나갔다.

왔던 길을 돌아가는 것은 모르는 길을 찾아가는 것보다는 훨씬 나았다. 슬리퍼를 끌고 그 자욱을 따라 흙먼지를 만들어 내며 책방으로 돌아갔다. 문을 꼭 잠그고 왔다는 걸 증명하는 양 늘 활짝 열려 있던 문이 여물게 닫혀 있는 것을 확인하며 책방으로 걸어 들어갔다. 카운터에 앉아 노트를 감싼 비닐을 벗겨 쓰레기통에 던져 넣고는 카운터 책상에 앉아, 빨간 일기장과 노트를 펴 두었다. 일기장의 내용들을 노란 노트에 하나하나 옮겨 적었다.

"뭘 기억할 때는 쓰는 게 제일이니까."

간단한 주전부리가 담긴 바구니를 옆에 두고 와삭, 하는 소리를 내며, 종이에 앉는 가루들을 털어내며 열심히 손을 놀렸다. 며칠을 죽은 것 같이 글만 썼다. 마침내 빨간 일기장과 드문드문 숨어 있던 현희의 일기들을 모두 베껴 쓴 한서가 일기장을 찾으러 길을 나섰다. 양 팔에 필사한 책들을 한아름

안고는 성큼성큼 걸어가는 한서의 앞에 일기장이 나타났다. 개구쟁이 같은 미소가 유달리 기분이 좋아 보였다.

"한서야, 너 약속을 지켰구나."
"아직, 나는 마음에 빈 자리가 있는 것 같지는 않지만, 기억은 해야 할 것 같아서."
"네가 이 생각을 했다는 게 네 마음에 빈 자리가 생긴 거지."

이 마을에 처음 올 때만 했어도 너는 아마 이런 일은 절대 하지 않겠다고 생각했을걸. 해 보니 어때? 나쁘지 않지? 여전히 수다스러운 일기장이 말을 이었다. 한서는 가만히 고개를 주억거렸다. 생각해 보면 성품이 많이 유해진 것 같기도 했다.

"나는 이제 현희와 같은 잊혀진 사람들을 기억할 수 있게 됐어. 내가 뭘 더 하면 될까?"

나를 풀어 줘, 한서야. 네가 할 수 있는 방법들을 생각해 봐. 알 수도 없는 아리송한 말만 남기고는 일기장이 어디론가 훅, 사라졌다. 춤을 추는 나뭇잎들과 흙먼지 사이로 열심히 필사한 일기장 표지들이 잠깐 흩날리다 말았다. 아무래도 일기장들은 나뭇잎이 될 수는 없는 모양이었다. 무엇을 해야 이 모든 일들이 끝이 날지, 고민을 하며 책방으로 걸어갔다. 묵직하니 팔에 안겨 있는 일기장들의 무게를 잊을 때 즈음, 한서의 머릿속에 단어 하나가 스쳐 지나갔다.

"아, 풍경."

처음 만남 때, 제가 풍경에 묶여 있던 일기장의 목소리가 머리 가운데를 어슬렁어슬렁 지나갔다. 일기장을 안은 팔에 좀 더 힘을 주며 발을 빠르게 놀려 책방에 도착하자마자, 입구 바로 앞에 일기장 더미를 내려두었다.

고르게 정리되어 있는 땅 끝을 바라보다 풍경에 단단하고 크기가 있는 돌 하나를 주워 던진다. 쨍그랑, 큰 소리가 나며 차마 가벼운 마음으로 셀 수도 없는 시간만큼 제자리를 지키던 풍경이 박살났다. 참으로 오랜만에 제 스스로 내 보는, 처음이자 마지막인 풍경의 소리일 터였다. 제법 큰 소리에 할아버지가 달려 나와 한서를 쳐다보았다.

"에잉……. 쯧, 바람에 돌이 날아 온 모양이구나. 다치지는 않았니?"

대답을 하기 싫었다.

"할아버지, 저기 도자기 물고기가 떨어졌어요."

그 말을 듣곤 할아버지가 한서가 가리킨 방향으로 걸어가셨다. 차갑고 센 바람에 날리어 햇빛과 산란하는 깨진 풍경 조각들을 가만히 바라보았다. 반짝이며 빛나는 수백, 수 천 개의 조각들이 그 애와 그 애 같은 사람들의 이야기인 것만 같아 한서는 조용히 손을 모아 조각들이 아주 멀리, 다시는 이곳에 올 수 없을 만큼 멀리, 머얼리 가기를 기도했다. 유리병에 갇혀 있던 한서가, 유리병에 갇혀 있던 그 애가 바람을 타고 산산히 부서져, 태양빛이 되었다.

일곱 번째 와글와글

우리의 라일락

김주영

작가소개

나는 이제 고등학교 2학년을 앞두고 있는 17살 학생이다.
평소 책 읽는 걸 좋아해서 하루에 한 번은
꼭 학교도서관을 가 사서 선생님께는 도서관 단골손님으로 통한다.

작가의 말

이 책을 쓰기 시작하면서 주제를 정하는 것부터 많은 어려움이 있었다. 주제를 고민하던 도중 학창시절을 보내온 사람들이라면 누구나 맞닥뜨렸을 친구관계의 문제에 대한 이야기가 생각났다. 그렇게 나는 주제를 친구관계로 정했다.

"그 나이에 친구관계가 뭐라고 그렇게 고민이니", "그 정도의 인간관계로 스트레스 받으면 나중에 사회 생황을 어떻게 할려고 그러니." 어른들은 아이들을 향해 이렇게 말한다. 물론 이러한 어른들의 말이 틀린 것은 아니지만 그런 생각들이 이 이야기를 읽으면서 조금이라도 변화되면 좋겠다.

쓰다가 막힐 때도 있었고 어려울 때도 있었지만 그때마다 내가 겪었던 친구관계들로부터 도움을 받을 수 있었다. 이야기를 쓰면서 이제까지 아무렇지 않은 것처럼 가지고 살아왔던 나의 지난 친구관계에 대해 돌아볼 수 있는 시간이 되었다.

쓰는 과정에서 도움을 준 친구에게 고맙다고 전하고 싶고 이런 기회를 주신 선생님께 감사하다.

〔민유림〕

"나 너랑 더 이상 친구하기 힘들 것 같아. 미안⋯⋯."

"그냥 우리 서로 성격이 안 맞는 것 같아. 잘 지내. 안녕."

"p.s. 너는 앞으로 어떤 일을 겪어도 잘 헤쳐 나갈 거야. 네가 가는 길이 행복한 길이길 바래."

내가 하영이의 편지에 마지막으로 남긴 말이었다.

전부터 성격 차이를 느끼고 있었기에 나는 내가 이렇게 나오게 될 줄 대충 예상하고 있었다. 그렇지만 나조차도 내가 성격 차이라는 말 한마디로 이 관계를 마무리지을 줄 몰랐었다. 이렇게까지 급하고 빠르게 관계를 정리하고 싶지 않았다. 하지만 어쩌다 보니 이렇게 끝나 버렸다.

〔김하영〕

"나 너랑 더 이상 친구하기 힘들 것 같아. 미안⋯⋯."

"그냥 우리 서로 성격이 안 맞는 것 같아. 잘 지내. 안녕."

"p.s. 너는 앞으로 어떤 일을 겪어도 잘 헤쳐 나갈 거야. 네가 가는 길이 행복한 길이길 바래."

유림이가 나에게 준 마지막 편지에 쓰여 있던 말이었다.

내가 가장 집중했었고, 내가 살아가면서 형성된 관계 중에 가장 괜찮다고 생각했던 관계는 이렇게 하루아침에 끝이 났다. 유림이와 함께 지냈던 시간이 길었기에 나는 단순한 성격 차이로 인해 멀어질 줄은 꿈에도 몰랐다. 그동안 우리는 잘 지내 왔기에 나는 유림이와 나 사이에 성격 차이가 존재하는지 조차 이전에는 몰랐다.

〔민유림〕

하영을 처음 만났던 건 4년 전이었다. 아니 사실은 초등학생 때부터 가까워지기 시작했다. 초등학생 때부터 혼자 다닌 적이 많았었고 많은 따돌림과 안 좋은 소문에 자주 휩싸이게 되었다. 홀로 힘들어한 적이 많이 있었지만, 시간이 지날수록 점점 무감각해졌다. 나도 모르는 사이 나 스스로 괜찮다고 생각하는 날이 많아졌다.

그렇게 힘든 시간을 보내고 있을 때 하영이는 내게 다가와 주었다. 힘들었던 시간 속에서 특별히 더 힘들다고 느낄 때마다 항상 내 옆에 있어 주며 위로해 주는 친구였다. 생일날에는 이전에는 받아 본 적 없는 긴 편지와 진심 어린 말들을 받아들 수 있었고, 언제나 너는 이 세상에서 소중한 사람이라는 그런 말들이 적혀 있었다. 자신과 있을 때가 아닌 다른 곳에 있을 때 상처를 받고 다니기도 한다는 걸 알았던 건지 하영은 나에게 더 많이 신경 쓰는 것 같았다.

〔김하영〕

유림이를 처음 만났던 건 4년 전이었다. 아니 사실은 초등학생때부터 가까운 사이였다. 혼자 다녔던 적이 많았었던 유림은 쉽게 따돌림을 당하거나 안 좋은 소문에 자주 휩싸여 마음고생이 이만저만이 아니었었다.

그렇게 힘든 세월을 지냈던 유림을 보면서 나는 그만큼 더 함께 있어 주고 위해 주고 싶다는 생각을 했고, 실제로도 그만큼 함께 있었고 도와주었다. 생일마다 선물을 주고 편지를 쓰면서 항상 거기에는 위로의 말을 덧붙였다. 겉으로는 괜찮은 것처럼 힘들지 않은 것처럼 하고 다녔기에 더 신경이 쓰였었다. 다른 곳에서 상처를 많이 받는 만큼 나와 있을 때는 아프지 않았으면 했었다.

〔민유림〕

초등학교에 들어가면서부터 있었던 따돌림은 중학교에 가서도 여전히 지속되었다. 홀수로 다니는 무리로 학교 행사에 참여해 경주에 놀러가면서 그 싸움은 시작되었다. 가는 차 안에서 함께 하영이와 함께 앉기로 했었지만 친구가 그 자리에 앉아 버린 것을 시작으로 하영이와의 관계를 놓고 나와 다른 친구가 싸웠다. 실제로 그 친구가 우리 반 앞에 찾아와 복도에서 말싸움을 하는 날이 생기기도 했다. 그렇게 일어나 버린 싸움은 나와 하영이를 2년 동안 따라다녔다. 그 싸움을 해결하는 과정에서 하영은 나를 위해 다른 관계를 포기하려 했고 나는 그 관계가 하영에게 매우 중요한 관계라는 사실을 알고 있었다.

"너한테 그 관계는 무엇보다 중요한 거잖아. 나는 괜찮으니까 그냥 나를 포기하고 너는 그 친구와 행복하고 즐겁게 보내."

"아니야, 괜찮아. 너랑 있는 게 난 더 즐겁고 행복해. 너 때문에 그 관계 포기하려는 게 아니니까 너무 힘들어하지 마."

그렇게 하영은 이런 말을 하며 다른 친구들과 이어 갈 수 있는 관계를 끝내 포기했다. 관계를 정리하며 하영이 받은 상처가 나에게도 느껴졌지만, 당시 나도 힘든 상황을 견뎌 내고 있었기에 하영에게 위로해 주지 못하고 그렇게 지나갔다.

〔김하영〕

초등학교에 들어가면서부터 있었던 따돌림은 중학교에 가서도 여전히 있었다. 홀수로 다니는 무리로 학교 행사에 참여해 다른 지역에 놀러가기 시작하면서 그 싸움은 시작되었다. 나를 가운데에 두고 유림이와 다른 친구가 말싸움을 하기도 했고, 실제로 그 친구가 유림이의 반 앞에 찾아와 복도에서 이야기를 하는 날이 생기기도 했다. 그렇게 일어나 버린 싸움은 유림이와 나를 2년 동안 따라다녔다. 그 싸움을 해결하는 과정에서 나는 그 친구와의 관계를 포기해야 했었지만 나는 크게 신경 쓰지 않았다. 나에게는 유림이가 더 중요했다.

"너한테 그 관계는 무엇보다 중요한 거잖아. 나는 괜찮으니까 그냥 나를 포기하고 너는 그 친구와 행복하고 즐겁게 보내."

그런 내 모습을 보고 유림이는 말했었다. 나는 그런 유림이에게 이렇게 대답했다.

"아니야, 괜찮아. 너랑 있는 게 난 더 즐겁고 행복해. 너 때문에 그 관계 포기하려는 게 아니니까 너무 힘들어하지 마"

그렇게 나는 유림이와의 관계가 어떤 것보다 중요했었기에 다른 관계를 포기했다. 관계를 정리하면서 그 친구로부터 받은 상처도 없지 않아 있었지만 당시에 나는 그냥 괜찮다는 마음으로 모든 일을 넘어갈려고 했다.

〔민유림〕

학년이 올라가면서 반이 자연스럽게 바뀌었고 나는 새로운 반을 만나 새로운 무리에 들어가게 되었다. 그 무리는 반에서 남학생을 제외하고 여학생들로 구성된 2개의 큰 무리에 속하지 못한 남은 아이들이 얼떨결에 모이게 된 나를 포함한 총 4명의 무리였다. 함께 지내면서 다른 무리의 아이들 몇 명이 우리 무리로 들어오기도 했고, 친해지고 멀어지는 일들이 생겼다.

그렇게 무리의 변동이 생기면서 나는 무리 안의 한 명의 친구와 다투고 스스로 무리를 나와 버렸다. 무리에는 다양한 아이들이 있었지만 그중에는 정말 순수해 보이는 친구가 한 명 있었다. 언제나 내 이름을 부르며 나를 따라오고, 그림을 그려달라 하며 나를 찾아왔다. 화장하는 법을 잘 몰라 체육대회나 축제 때는 화장을 부탁했다. 항상 나를 따라다닐 만큼 평소에 나를 좋아했었나 라는 생각을 해 봤지만 별다른 생각이 떠오르지 않아 그냥 그런가 보다 하고 넘겼다.

중간고사를 한 달 정도 남기고 나는 평소처럼 등교를 했고, 일과를 보내면서 간만에 찾아온 평화로운 시간을 만끽하고 있었다. 그렇게 시간이 흐르다 자습시간이 되었다. 아직 시험을 치기에는 시간이 있었기에 아이들은 삼삼오오 모여 저마다 다른 주제로 이야기를 했다. 나는 무리에서 나왔기도 하고, 시험이 한 달 정도 남은 상황이라 공부를 하고 있었다.

"야, 근데 있잖아. 우리 반에 걔 이름 뭐였지?"
"그 혼자 다니는 걔?"
"응."
"민유림인가 그럴걸? 나도 정확히는 몰라."
"어쨌든 걔 요즘 이상한 소문 돌던데."
"뭔데, 뭔데."
"무슨 소문?"

공부를 하고 있는데 그때 갑자기 내 이름이 어디선가 들려왔다. 나는 순간적으로 고개를 들었다. 나 말고는 아무도 못 들은 것 같았다. 그냥 스스로 내 이름에 반사적으로 보인 반응인 것 같았다. 그러면서 동시에 소문이란 단어가 들렸다. 내 머릿속에는 들은 단어들로 불안한 생각이 스멀스멀 나오기 시작했다. '소문? 무슨 소문이지? 또 나랑 관련한 소문이 생겼나? 뭐지?' 그렇게 생각이 끊임없이 이어졌다. 조금 더 듣고 있으니 소문의 내용이 들려왔다.

아직도 그 아이들은 내가 듣고 있는지 모르는 것 같았다. 모르는 눈치이기에 그냥 조용히 귀를 기울였다. 들어 보아하니 어떤 애가 퍼트린 뒷담인 것 같았다. 나는 저런 소문들이 또 어디에서 시작되었는지 알 수 없어 당황했다. '이제 이런 소문들은 끝난 게 아니었나?' 또 어디에서 시작된 거지.' 소문이라는 말을 듣고 잠잠했던 불안한 마음들과 복잡한 생각들이 다시 시작되었다.

"걔 머리 스타일 이상하지 않아?

걔 말하는 것도 좀 별로고, 자기 잘난 줄 아는 것 같다니까. 머리 자주 안 감는다고 하던데. 진짜 왜 그러냐."

들어 보아하니 대충 이런 이야기였다. 순간적으로 화가 났다. '저런 근거 없는 소문은 대체 또 어디서부터 시작된 거야?' 이런 생각이 들면서 내 발은 나도 모르는 사이에 하영을 향해 가고 있었다. 무의식 중에 난 이런 상황에서 하영이 가장 먼저 떠올랐나 보다.

〔김하영〕

중학교의 마지막 학년으로 올라가면서 난 학기 초부터 민서라는 나의 초등학교 친구와 함께 다니게 되었다. 민서와 나는 초등학교 때 같은 반을 한 적이 있어 나름 친하다고 할 수 있었다. 하지만 중학교 1학년, 2학년까지 거의 만난 적이 없었고 만난다고 해도 복도에서 지나가다 마주치면 인사하는 정도, 토요일 방과 후를 할 때 잠깐 보는 정도 그뿐이었다. 물론 중학교 3학년 때도 민서와 같은 반이 된 것은 아니었다. 심지어 반이 위치하고 있는 층도 달랐다. 서로 만나기 위해서는 둘 중 한명이 내려가거나, 올라가야 했다.

그렇기에 나는 학기 초부터 민서와 같이 다니게 된 이유는 몰랐다. 그냥 한때 친했었기에 2년이 지나 다시 다가왔을 때도 그냥 그런가 보다 했었다. 민서는 겉으로 보여지는 모습은 워낙 순수하고 해맑아서 정말 아무것도 모르는 아이 같은 친구였다. 그런 모습으로 항상 누군가와 함께 있는 걸 좋아해서 그럴 수 있다고 느꼈는지도 모른다. 어쨌든 나는 중학교 3학년 학기 초부터 민서와 함께 다니게 되었다.

민서와 함께 등하교를 하며 함께 학교생활을 하던 어느 날 나는 학교 일상이 끝나고 집에 가는 길에 민서로부터 한 아이의 뒷담을 들었다.

"하영아, 있잖아. 우리 반에 민유림이라는 애가 있는데 걔 완전 별로야."
"으응?"
"싫어하는 이유는 딱히 없는데 그냥 싫어. 굳이 하자면 걔 좀 이상한 것 같아. 들어보니 초딩때부터 따돌림 당했다던데 따돌림 당한 거면 당할만한 이유가 있었던 것 아냐?"
"……"

이런 말을 하는 민서는 내가 유림이와 친한 관계라는 걸 모르는 것 같은 눈치였다. 민서가 모르는 것 같고 타이밍이 타이밍이다 보니 나는 내가 유림이와 친하다는 걸 굳이 이야기하지 않았다. 나는 민서의 저 말이 끝나고 나서 다른 주제로 말을 돌렸다. 그리고 우리는 그 이야기를 하다 헤어졌다.

문제는 다음 날부터였다. 나를 만난 민서는 만나자마자 유림이의 뒷담을 시작했다.

"민유림 걔 머리 스타일 이상하지 않아? 말하는 것도 좀 별로고, 자기 잘난 줄 아는 것 같다니까 머리도 자주 안 감는다던데……. 진짜 왜 그러냐. 완전 더러워."

아침부터 이런 뒷담을 듣고 있자니 솔직히 기분이 별로였다. 거기다 뒷담의 대상이 나와 가장 친한 친구라니. 정말 마음이 복잡해졌다. 이 말을 유림이에게 말해야 하는지 하지 말아야 하는지에 대한 내적 갈등도 생겼다,

내 머릿속은 크게 2가지의 서로 다른 생각으로 나뉘어져 서로 토론을 하고 있는 것 같았다. '그래도 명색이 절친인데 그런 거 이야기해 줄 수 있는 거 아니야?'

'뒷담이면 좋은 말도 아닌데 그걸 전하는 건 아닌 거 같아.'

복잡한 생각을 간추리자면 대충 이 정도의 의견 대립이 일어났다. 정말 보는 관점에 따라 2개의 생각이 다 맞는 말이 될 수 있어서 나는 엄청나게 많이 생각해야 했다. 하지만 후자인 두 번째 생각처럼 전해야 한다면 그 말이 뒷담이기에 나는 선뜻 이야기하지 못하겠다는 생각이 들었고 만약 한다고 해도 어떤 말로 해야 할지 모르겠어서 일단은 이야기하지 않기로 했다.

유림이에게 이야기하지 않고 들어보기로 한 나는 민서가 나에게 뒷담을 할 때마다 일단은 막거나 따지지 않고 들었다. 그렇게 한 번, 두 번 뒷담을 듣기 시작한 나는 하루하루가 모여 한 달이 되었고 한 달, 한 달이 모여 반년이 되었다. 민서는 내가 자신에게 하나밖에 없는 친구인 마냥 나를 볼 때마다 유림이의 뒷담을 했다. 뒷담의 소재는 유림이의 머리끝부터 발끝까지였다.

뒷담을 듣다 보니 한 가지 생각이 떠올랐고, 나는 민서에게 물어봤다.

"민서야, 혹시 네가 하는 이야기들 다른 데 가서도 한 적 있어?"

"으음, 따로 찾아가서 한 적은 없구 반에서 친한 친구들이랑 한 번 한 적은 있어."

"그렇구나."

"왜?"

"그냥 궁금해서."

민서로부터 이런 말을 듣고 나니 어쩌면 유림이가 들었을 수도 있을 거라는 생각이 들었다.

민서로부터 유림이의 뒷담을 들은 지 반년이 다 되어갈 때쯤 나는 민서에게 지쳐갔다. 하루가 멀다하고 뒷담을 하는 민서였기에 내가 아닌 다른 사람이였어도 지쳤을 거라고 나는 생각한다. 뒷담이였기 때문에 어딘가에 털어놓을 수 없었기 때문에 나는 '저 말을 듣는 사람이 다른 사람이 아니라 나여서 다행이다'라는 생각으로 나를 다독이며 하루하루 버텨 갔다. 나는 반년 전 내가 내렸던 결정을 반년이 지난 후까지 이어 갔다.

〔민유림〕

하영을 만나고 나서 나는 하영에게 묻기 시작했다. 너도 내 뒷담을 들었냐고, 내 소문이 떠도는 걸 알고 있냐고 말하기 시작했다. 하영은 처음 들어본다는 이야기인 것처럼 나를 바라보고 있었다. 하지만 하영의 흔들리는 눈동자에 나는 왠지 하영이 알고 있는 것 같다는 느낌이 들었다. 나는 하영을 끊임없이 설득시켜 내 뒷담에 대한 내용의 일부를 알아냈다. 하영의 표정에서 하면 안 될 말을 한 것 같다는 표정이 느껴졌지만 나는 애써 그 표정을 모른 척했다.

〔김하영〕

내 자신이 이제는 한계라고 생각하며 더는 듣지 못하겠다는 결론을 지어가는 어느 날 유림이가 나를 찾아왔다. 어디서 들은 건지 모르겠지만 유림이는 나를 보자마자 "너도 내 뒷담을 들었어? 내 소문이 떠도는 걸 알고 있어?"와 같은 많은 질문을 던졌다. 나는 유림이를 향해 나는 모르겠다는 표정을 지어 보였지만 내가 보인 표정이 어설펐는지 금방 유림이에게 걸리고 말았다. 유림이는 내가 알고 있다고 확신한 것 같았다. 유림이는 나에게 내가 그걸 말해 주어야 하는 이유를 다양하게 말하며 끊임없이 설득했고, 나는 그런 유림이의 등쌀에 못 이겨 들은 것 중의 일부를 유림이에게 이야기해 주었다.

유림이에게 내가 들은 것 중의 일부를 이야기하면서도 내 머릿속에는 '이런 걸 이렇게 이야기해도 괜찮을까', '친구가 이 이야기를 듣고도 과연 나를 이해해줄까'라는 생각들이 끊임없이 맴돌았다. 유림이의 끈질긴 설득으로 인해 해 버린 몇 마디의 말이었지만 하면 안 될 말을 한 것처럼 마음이 무거웠고 생각이 복잡했다.

〔민유림〕
뒷담을 듣고 며칠 후, 나는 또다시 내 이야기를 하고 있는 친구들을 발견했다. 이번에 발견한 친구는 저번에 이야기했던 그 친구인지 자세히는 모르겠지만. 지금 내 이야기를 하고 있는 친구가 내 뒷담의 시작점이었다.

민서는 내가 무리를 나오기 전에 가깝게 지내던 친구였다. 나를 따라다니고, 나에게 그림을 부탁하고, 준비물을 비롯한 학용품을 빌려 주고, 교과서가 없을 땐 교과서도 나눠 보고 했던 친구였다. 정말 순수하다고 느꼈던 친구여서 그동안 걔가 그랬을 거라고는 생각도 해 보지 못했었다. 그 순수함에 이런 말을 할 수 있나 싶을 정도로 했던 뒷담들은 나에게 충격 그 자체였다. 내가 이전까지는 알지 못하던 모습이었다. 내가 알던 모습과는 너무 달라 내가 본 민서의 모습은 나에게 한편의 두려움, 실망, 불안함 등으로 다가왔다. 내가 이전까지 잘못 알고 있었나 라는 생각을 들게 했다.

〔김하영〕
유림이도 나의 친한 친구지만, 민서도 나의 친구이기에 나는 끝없이 고민했다. 이때까지만 해도 나는 민서에게 약간의 희망과 믿음을 가지고 있었기에 그 고민에 대한 해결책을 마련하기 더 어려웠다. 나는 과연 그 둘 사이에서 누구를 위해야 할지, 누구를 먼저 생각해야 할지, 내가 과연 둘 사이의 중립을 지킬 수 있을지 생각이 꼬리에 꼬리를 물고 늘어졌고, 끝도 없이 생각해야 했다. 내가 과연 어떤 생각을 해야 잘하는 것일지조차 알 수 없어 머릿속이 너무 복잡했다.

정말 여러 가지로 다양하게 생각을 해 보다 문득 나에게 누군가의 뒷담을 한 사람은 어딘가에 가서도 내 이야기를 할지도 모른다는 생각이 들었다. 그러면서 동시에 불안감과 두려움이 함께 몰려왔던 것 같다. 나는 이런 불안한 마음 속에 유림이를 선택했다. 내가 유림이를 선택하면서 나는 민서와 점점 함께 등하교 하는 날이 줄어들었고, 더 이상 만나려고도 하지 않았다. 지나가다 마주치는 것조차 싫어서 일부러 민서의 반이 있는 밑에 층에는 내려가지 않았다. 민서를 만날 때마다 느껴지는 어색한 기분이 싫었다. 나는 그렇게 민서와의 거리를 두기 시작했다.

〔민유림〕

반에서 자신이 한 뒷담이 다른 아이들의 귀에 들어갔다는 사실을 알게 된 민서는 왠지 더 이상 반에서 뒷담을 하지 않을 것 같았다. 그렇다면 가장 많이 함께 다니는 친구에게만 이 이야기를 하겠지. 이제까지 본 민서의 성격상 민서는 왠지 그럴 것 같았다. 나는 하영에게 미안하긴 했지만 나를 위해 민서와 가장 친한 하영에게 부탁할 수밖에 없었다.

"한동안 함께 잘 다녔었잖아. 네가 아니면 내 뒷담이 어디로 퍼질지 모르겠어. 느낌으로 봤을 땐 아마 지금 같은 시점에서 등하교를 함께 하는 친구가 생기면 걔한테만 이 이야기를 할 것 같은데 그 친구가 혹시 네가 될 수는 없을까? 그래도 네가 듣는다면 좀 안심이 될 것 같은데. 정말 미안해. 네가 싫어할 걸 알면서도 이런 부탁을 할 수밖에 없어서."

하영은 불편해 보였지만 기꺼이 해 주겠다고 했다. 나를 위해 희생하는 것이 느껴졌고 미안한 마음이 있었지만 그렇다고 안 해도 된다고 차마 말할 수 없었다. 그런 말을 하기에 지금 내 앞에 닥친 어려움이 너무 컸다.

〔김하영〕

"한동안 함께 잘 다녔었잖아. 네가 아니면 내 뒷담이 어디로 퍼질지 모르겠어. 느낌으로 봤을 땐 아마 지금 같은 시점에서 등하교를 함께 하는 친구가 생기면 걔한테만 이 이야기를 할 것 같은데 그 친구가 혹시 네가 될 수는 없을까? 그래도 네가 듣는다면 좀 안심이 될 것 같은데. 정말 미안해. 네가 싫어할 걸 알면서도 이런 부탁을 할 수밖에 없어서."

어느 날 유림이가 나에게 찾아와 말했다. 유림이는 내가 일부러 민서와 거리를 두고 있다는 걸 알고 있었다. 하지만 이날은 나에게 찾아와 이런 말을 했다. 나는 차마 그런 유림의 부탁을 거절할 수 없어 알았다고 대답했다. 스스로 이미 한계치에 다다랐음을 알면서도 그런 부탁에 거절하지 못하고 알겠다고 대답한 내가 한심하게 느껴졌다.

나는 유림의 부탁을 받은 그날 민서에게 문자를 넣었다.
"민서야, 오늘 시간되면 나랑 같이 집에 갈래? 오랜만에 생각나고 해서. 답장 기다릴께."
"그래! 안 그래도 요즘 하영이랑 가고 싶었는데 나랑 통했네! 이따 마치고 우리반 앞으로 민서 데리러 와 줘!"
문자를 넣고 얼마 지나지 않아 민서에게 연락이 왔다.

〔민유림〕

그리고 그날부터 하영은 민서와 다시 함께 다니는 것 같았다. 우리 반 앞에서 하영을 마주치는 날은 하영이 민서를 데리러 오는 날이었다. 그렇게 하영은 민서와 함께 등하교를 해 주면서 민서로부터 나의 뒷담을 들어 주었다.

〔김하영〕

나는 학교 수업이 끝난 후 민서를 데리러 민서 반 앞에 갔고 그런 나를 보자마자 민서는 반갑게 인사했다. "어 하영이다! 하영아 안녕!!!" 온 복도가 울리도록 나에게 인사를 하는 민서에게 나는 그냥 미소를 지어 보였다. 교실 창으로 유림이가 나를 지켜보는 게 느껴졌다.

그후 나는 날마다 학교 수업이 끝난 후 민서를 데리러 가게 되었고 민서는 그때마다 같은 반응으로 나를 반겨 주었다. 민서가 나를 반겨 줄 때마다 주변에 있는 아이들이 나와 민서를 번갈아 보는 게 부담스럽고 부끄러웠다.

하교길에서 민서는 나에게 어김없이 유림이의 뒷담을 하기 시작했다. 머리부터 발끝까지 뒷담의 소재로 삼아 반년 동안 했는데도 아직 할 말이 남은 모양이었다. 정말 한편으로는 대단하다는 생각이 들었고, 한편으로는 그만 듣고 싶다는 생각을 했다. 할 이야기가 더 남았나 싶을 때쯤 민서는 아무렇지 않게 유림의 부모님을 언급했다. 아무리 천진난만하게 뒷담을 해도 최소한의 상식과 최소한의 선은 가지고 뒷담을 하는 줄 알았다. 그렇게 믿었던 내가 잘못이었다.

민서가 유림이의 부모님을 언급하면서까지 뒷담을 하는 모습을 보고 나는 충격에 빠져 한동안 말을 잇지 못했다. 그리고 내가 들은 이 말을 어떻게 해야 할지에 대한 고민에 빠졌다. 전처럼 내 머릿속은 이 말을 유림이에게 해야 하는지 하지 말아야 하는지에 대해 '그래도 명색이 절친인데 이야기해 줄 수 있는 거 아니야?', '뒷담이면 좋은 말도 아닌데 그걸 전하는 건 아닌 것 같아.'라는 두 가지의 큰 고민에 다시 빠졌다.

이번에는 첫 번째 생각대로 해야 한다는 결정이 섰다. 그래서 나는 민서가 나에게 한 이 이야기를 유림이에게 말하기로 결심했다. 뒷담이라고 전하는 걸 피하기에는 상황은 너무 커지고 있었고, 내가 입을 다물기에는 민서의 뒷담은 도가 지나치다는 느낌을 자꾸만 가지게 했다.

"유림아, 실은 오늘 점심시간때쯤 도서관에서 민서가 너 뒷담을 했는데."
"응, 근데?"
여기까지 들은 유림이는 늘 있었던 일이었다는 듯이 별 반응이 없었다. 하지만 뒷말을 듣는 순간 유림이의 반응은 달라졌다.
"내가 이걸 어떻게 해야 하나 고민을 해 봤는데 이건 너한테 말하는 게 나을 것 같아서."
"뭔데 그래?"
"민서가 한 뒷담에서 너희 부모님이 언급됐어."
"……."

〔민유림〕

민서가 하는 뒷담이 도가 지나치기 시작하자 하영은 어쩔 수 없이 나에게 그 뒷담을 말했다. 혼자만 듣고 있기에는 선을 많이 넘은 뒷담이었다고 생각한 모양이었다. 하영은 덧붙여 민서가 그런 친구였는지 전혀 몰랐다고 했다. 하긴 뒷담을 들어보니 하영이 그렇게 말할 만했다.

민서가 한 뒷담에는 나의 부모님까지 언급되고 있었고 그 말을 들은 나는 충격에 빠져 한동안 말을 잇지 못했다. 뒷담을 하고 이상한 소문을 퍼트려도 그렇게까지 선을 모르고 할 줄은 몰랐다. 옛 친구로서 그 정도로 할 줄은 몰랐다. 아니, 최소한의 상식으로 자신이 지켜야 할 선은 알고 있을 거라고 믿었다. 그리고 나의 그 믿음이 한순간에 잘못되었음을 알았다.

〔김하영〕

유림이는 한동안 말이 없었다. 내가 민서로부터 이 말을 듣고 난 직후와 별반 다를 게 없는 반응이었다. 아마 이 반응은 이와 같은 상황에서 나와 유림이를 제외한 다른 사람도 충분히 보일 수 있는 반응일 것이다. 보통의 상식이 있는 사람들은 자신이 아무리 남의 험담을 한다 해도 그 사람의 가족까지 건들지는 않으니까 말이다.

유림이의 반응으로 봤을 때 유림이 역시 민서에게 일말의 믿음을 가지고 있었고 나와 마찬가지로 그 믿음은 이번 일로 산산조각이 난 것 같았다.

〔민유림〕

"하영아, 혹시 방학 전날 민서한테 음악실 있는 4층 복도 끝에서 만나자고 말해 줄 수 있을까? 내가 보자고 한다는 말은 빼고. 그럼 분명 안 올 거 같아서."

"갑자기? 무슨 일로? 뒷담 때문에 그러는 거야?"

"응."

"알았어, 문자로 전해 놓을게."

언제부턴가 내가 말하면 한치의 반응이 없는 민서였기에 나는 하영을 통해 방학식 전날 민서와의 약속을 잡아달라고 했다.

〔김하영〕

한동안 말이 없던 유림이 드디어 입을 열어 나에게 한 첫 마디이다

"하영아, 혹시 방학 전날 민서한테 음악실 있고, 미술실 있는 4층 복도 끝에서 만나자고 말해 줄 수 있을까? 내가 보자고 한다는 말은 빼고. 그럼 분명 안 올 거 같아서."

"갑자기? 무슨 일로? 뒷담 때문에 그러는 거야?"

"응."

"알았어. 문자로 전해 놓을게."

유림이는 자신이 말하면 반응이 없는 민서를 보며 나에게 민서와의 약속을 잡아달라고 했다.

만나서 이야기하기가 불편해서 나는 민서에게 문자를 넣었다.

"민서야, 너 방학식 전날 학교 마치고 시간 돼?""응."

"그럼 나랑 잠깐 이야기 좀 할 수 있을까?"

"왜?"

"할 말 있어서."

"알았어."

나는 유림이의 부탁대로 민서와 방학식 전날 약속을 잡았다.

〔민유림〕

그리고 그렇게 방학식 전날 우리는 학교가 끝나고 4층 복도 끝에서 만났다. 그 자리에는 나와 하영이 그리고 민서가 모였다. 분위기는 묘하게 이상했다. 나는 정색을 하고 민서를 바라봤지만 민서는 그런 나를 해맑게 바라보고 있었다. 생각이 없는 건지, 분위기 파악이 안 되는 건지, 순수한건지, 알수 없

었다. 보통은 그 상황에서 그런 표정을 보이지는 않는 게 일반적인데 민서는 지나치게 해맑아서 당황스러웠다.

어이없는 속마음을 감추고 나는 정색을 하며 말을 시작했다.
"너 내 머리 스타일이 이상하다고 말하고 다녔더라. 그러는 넌 얼마나 머리 스타일을 예쁘게 하고 다니는데. 아, 그리고 내가 말하는 거 별로 라며. 내가 잘난 체한다고 그랬다면서 너나 나나 별반 차이가 없을 텐데 그러는 넌 얼마나 잘났는데."
내가 여기까지 따졌을 때였다.
"나 그런 말한 적 없는데 너 정말 어이없다."
"나 아직 다 말 안 했어. 너 우리 부모님도 언급했잖아. 네가 뭔데 우리 부모님에 대해서 이야기하고 다니는데 아무리 기분나쁘고 내가 싫었어도 차라리 내 선에서 끝내. 상식적으로 부모님을 건드는건 아니잖……."
"아아아아 몰라 안 들을 거야. 혼자 실컷 이야기해 흥!"
"?!?!"

〔김하영〕
그리고 그렇게 방학식 전날이 되었다. 우리는 학교가 끝나고 4층 복도 끝에서 만났다. 그 자리에는 나와 유림이 그리고 민서가 모였다. 분위기는 묘하게 이상했고 어색했다. 유림이는 평소 나를 보던 표정과 다르게 정색을 하고 민서를 바라봤지만 민서는 그런 유림이를 해맑게 바라보고 있었다. 생각이 없고 분위기 파악이 안 되는 건지, 순수한 건지, 알수 없었다. 보통은 그 상황에서 그런 표정을 보이지는 않는 게 일반적인데 민서는 지나치게 해맑았다.

유림이가 정색을 하며 말을 시작했다.
"내 머리 스타일이 이상하다고 말하고 다녔더라. 그러는 넌 얼마나 머리 스타일을 예쁘게 하고 다니는데. 아, 그리고 내가 말하는 거 별로 라며. 내가 잘난 체한다고 그랬다면서 너나 나나 별반 차이가 없을 텐데 그러는 넌 얼마나 잘났는데."

내가 여기까지 따졌을 때였다.

"나 그런 말한 적 없는데 너 정말 어이없다."

"나 아직 다 말 안 했어. 너 우리 부모님도 언급했잖아. 네가 뭔데 우리 부모님에 대해서 이야기하고 다니는데 아무리 기분나쁘고 내가 싫었어도 차라리 내 선에서 끝내. 상식적으로 부모님을 건드는 건 아니잖……."

"아아아아 몰라 안 들을 거야. 혼자 실컷 이야기해 흥!"

"?!?!"

〔민유림〕

이런 상황에서 "아아아아 몰라 안 들을 거야. 혼자 실컷 이야기해 흥!" 이런 말을 남기고 가 버린다는 것 자체를 생각해 보지 않아 나는 순간 당황했다. 정말 보통의 상식적인 사람이 할 행동은 아닌 것 같았다. 옆을 보니 나만 당황한 건 아닌 것 같았다. 옆에 있던 하영이도 당황스럽고 어이없다는 표정으로 뛰어가는 민서를 바라보고 있었다.

〔김하영〕

"아아아아 몰라 안 들을 거야. 혼자 실컷 이야기해 흥!" 유림이의 말을 듣던 민서가 보인 반응이었다. 민서는 우리에게 이 말을 남기고 가 버렸다. 보통 이런 상황에서 저런 반응을 보이지는 않는데 라는 생각을 하며 나는 당황했다. 당황한 모습으로 옆을 보자 유림이도 나와 같은 표정을 하고 있었다. 나만 당황하고 어이없는 건 아닌 것 같았다. 그렇게 민서가 가 버리는 바람에 유림이는 하려고 했던 말을 다하지 못한 체 가야 했었다.

〔민유림〕

이 일이 있고 난 후 하영은 민서와 연락한 적이 없다고 했다. 해 볼 생각을 하지 않았다고 했었고, 민서로부터 연락이 온 적도 없었다고 했다. 정말 민서와의 일도 이렇게 끝날 줄은 몰랐다. 할 말이 많이 있었지만 민서의 마지막 말에 당황하여 다른 어떤 말도 하지 못했다. 따질 말도 많이 있었고, 화내고 싶은 마음도 컸었지만 아무것도 하지 못할 만큼 나는 당황했었다.

〔김하영〕

이 일이 있고 난 후 나는 민서와 연락한 적이 없다. 해 볼 생각을 하지 않았을 뿐만 아니라 먼저 연락이 오지 않았다. 나는 민서와의 관계가 이렇게 끝날 줄은 몰랐다. 민서가 나에게 유림이의 뒷담을 할 때 이 일에 대해서, 나중에 한번 이야기를 해야겠다고 생각은 했지만 이런 식일 거라고는 생각해 본 적이 없었다.

〔민유림〕

그렇게 나는 졸업을 하고 고등학생이 되었다. 아마 이때부터 하영에게 연락하는 횟수가 줄어든 것 같다. 나를 위해 너무 많은 관계를 포기했었기에 나는 차마 연락하기에 미안했다. 내가 연락을 하기에 지금의 나의 상황은 너무나 염치없는 것 같았다. 반면 하영으로부터 이틀에 한 번 정도 연락이 왔다. 나는 그 연락이 너무 부담스러웠고, 내가 여기서 정리하지 않으면 훗날 내가 하영이에게 더 힘든 일을 감당하게 할지도 모른다고 생각했다.

〔김하영〕

그렇게 나는 중학교를 졸업했다. 졸업식 때 나는 유림이와 사진을 찍었다. 우리가 함께 다녔었던 장소들을 돌아다니며 당시의 모습을 회상하기도 했다. 그때까지만 해도 우리는 마냥 좋은 사이였고 그 관계에 문제가 있다고 생각해 본 적이 없는 나는 앞으로 다가올 일들을 모르고 있었다.

그렇게 나는 졸업을 하고 고등학생이 되었다. 아마 이때부터였을 거다. 유림이가 나에게 연락을 하는 횟수가 줄어든 것이. 나는 유림이의 연락을 몇날 며칠 기다렸다. 이틀에서 사흘 정도는 연락이 안 왔던 적도 있었기에 나는 그런 것인가 싶어 굳이 따로 연락하지 않았다. 하지만 그 이상이 지나도 유림이로부터 연락은 오지 않았다. 나는 더 이상 기다릴 수 없어 유림이에게 먼저 연락을 했다.

"요즘 어떻게 지내?"
내가 유림이에게 보낸 첫 마디였다.
저 질문에 대한 답은 그 다음 날 아침에 일어나 보니 도착해 있었다. 새벽에 보낸 모양이었다.

〔민유림〕
"저기, 하영아 미안한데 내가 연락하는 걸 그닥 좋아하지 않아서. 전부터 혼자 보낸 시간이 많아서 생각 정리를 할 때는 혼자 있는 시간이 필요해서 당분간 연락 안 하면 좋겠어."
나는 당장의 나의 힘듦만을 생각하고 하영에게 이렇게 말해 버렸다. 나보다 더 힘든 건 하영일 거라는 생각을 했었으면서 나는 끝내 이 말을 해 버렸다. 아마 하영은 이 말로 더 상처받지 않았을까?

그 후 나는 아침에 눈을 떠 밤에 잠들기 전까지 하영과 나의 관계에 대해 끊임없이 고민했다. '내가 여기서 그만 멈추는 것이 하영에게 도움 되는 일이겠지?', '나와 계속 친구를 하면 분명 하영이만 더 힘들어질 거야. 그냥 내가 여기서 멈춰야겠어.' 난 이 생각을 하면서 내가 이렇게 나왔을 때 하영이 더 아파하고 힘들어할 거라고 짐작했다. 하지만 내가 하영이와의 관계를 이어 나갔을 때 하영이 받을 상처보다는 적을 것 같다고 생각했다.

〔김하영〕
"저기, 하영아 미안한데 내가 연락하는 걸 그닥 좋아하지 않아서. 전부터 혼자 보낸 시간이 많아서 생각 정리를 할 때는 혼자 있는 시간이 필요해서 당분간 연락 안 하면 좋겠어."
반가운 마음으로 들어간 카톡에서 나를 맞이하는 건 유림이의 이 말이었다.

나는 잠시 '이 말이 어떤 의미일지', '나에게 이 말을 이렇게 갑자기 하는 건지'에 대한 생각을 했다. '그냥 단순히 혼자만의 시간을 가지면서 자신의 상처를 치유하기 위해서'인지 '내가 싫어져서'인지 두 가지의 생각이 떠올랐다. 나는 오랜시간 끝에 전자인 것으로 결론을 내렸다.

〔민유림〕
하영과 나는 관계를 정리하기 일주일 전쯤 전화를 했다.

"하영아, 내가 생각을 해 봤는데 그때 우리 어떤 일이 생겨도 싸우지 말고 말로, 대화로 해결하자고 그랬었잖아. 그래서 말인데 우리 관계 여기서 정리하는 게 어떨까?"
"왜? 난 우리 사이가 좋았다고 생각했는데. 다시 한번 생각해 볼 수는 없어?"
"미안, 우리 성격이 안 맞는 것 같아. 너한테 줄 게 있어서 그러는데 우리 다음 주 금요일 날 학교 끝나고 잠깐 만날까?"
"응, 알았어."

〔김하영〕

그 후 며칠 뒤 유림이로부터 전화가 왔다.

"하영아, 내가 생각을 해 봤는데 그때 우리 어떤 일이 생겨도 싸우지 말고
말로, 대화로 해결하자고 그랬었잖아. 그래서 말인데 우리 관계 여기서 정
리하는 게 어떨까?"
"왜? 난 우리 사이가 좋았다고 생각했는데. 다시 한번 생각해 볼 수는 없
어?"
"미안, 우리 성격이 안 맞는 것 같아. 너한테 줄 게 있어서 그러는데 우리
다음 주 금요일 날 학교 끝나고 잠깐 만날까?"
"응, 알았어."

〔민유림〕

우리가 만나기로 한 날 나는 아무 말 없이 하영에게 편지 한 장을 내밀
었다.

"하영아 혹시 너는 나한테 서운했던 거 없어? 내가 했던 행동 중에 싫었
던 점이 있다거나."
"나는 없는데."
"정말 없어?"
"응."

하영은 분명 나에게 서운했던 것이 있었을 테지만 끝까지 없다고 이야기
했다. 어차피 끝나가는 관계인데 하영은 왜 나에게 서운한 것이 없다고 말했
을까? 내가 다시 하영이와 이야기를 할 수 있다면 나는 이 말을 꼭 물어보고
싶다. 내가 그렇게 못 되게 굴었는데 정말 나에게 속상하고 서운한 것이 없었

냐고. 이 말을 들은 하영이는 나에게 뭐라 답해 줄까?

〔김하영〕

우리가 만나기로 한 날 나는 유림이는 아무 말 없이 나에게 편지 한 장을 내밀었다. 그리고 나에게 물었다.

"하영아 혹시 너는 나한테 서운했던 거 없어? 내가 했던 행동 중에 싫었던 점이 있다거나."
"나는 없는데."
"정말 없어?"
"응."
"그래."

나는 분명 유림이에게 서운한 것이 있었다. 하지만 말하지 않았다. 어차피 거의 다 끝난 관계인데 나는 왜 없다고 했을까? 서운한 것이 없다고 대답하고 나니 문득 그런 생각이 들었다. 마지막까지 유림이가 상처 받는 게 그렇게 싫었니? 나는 스스로에게 질문을 던졌다. 어떠한 명확한 답도 내 자신에게 들을 수 없었다.

〔민유림〕

그렇게 우리의 관계는 끝이 났다. 내가 성격이 안 맞는 것 같다고 말했었기에 우리 관계의 끝남은 성격 차이가 이유가 되어 남겨졌을 것이다. 나는 하영에게 한 장 정도의 편지를 써서 주었다. 내가 하영에게 편지를 준 날은 라일락 향기가 나던 어느 날이었다.

나는 라일락 꽃을 보면 하영을 떠올린다. 한때 행복했었고, 덕분에 즐거웠었는데 나로 인해 괜히 하영이 더 상처를 입지는 않았을까 생각을 해 본다. 라일락이 피어날 때쯤 하영은 나를 생각할까? 나는 라일락을 볼때마다 그 생각을 한다.

〔김하영〕

우리 관계의 끝남은 성격 차이가 이유가 되어 남겨졌다. 나도 아직은 그것 말고 이유를 알지 못한다. 유림이는 마지막 날 나에게 준 편지에 '우리의 관계가 끝나는 것은 단순한 성격 차이로 인한 것이다'라는 말을 하며 그동안 함께 있어 주고 위로해 주어서 고마웠다고 했다. 그리고 항상 가는 길이 좋은 길이길 바란다고 말했다. 편지를 주고받으며 짧게 나눈 그 인사는 라일락 향기가 나던 어느 날이었다.

나는 아직도 라일락 꽃을 보면 유림이 생각난다. 괜찮다고 하고 무뎌졌다고는 하지만 여전히 나는 괜찮지 않은 것 같다고 느낀다. 라일락이 피어나는 계절, 마지막 편지를 주고받았던 그 장소, 내 핸드폰 속에 있는 유림이와 함께 찍은 사진, 복도를 지나가다 만나는 유림이를 보면 한때 우리가 친했었던 그때 생각을 한다. 아무것도 몰랐던 그때가 좋았는데, 그냥 이유 없이 해맑았고, 이유 없이 서로를 대했던 그때가 좋았는데 라는 생각에 잠기곤 한다.

여 덟 번째 와글와글

꿈의 기록, 16년

문선령

작가소개

문선령 작가

작가의 말

　이렇게 글을 쓸 기회가 올 줄 몰라 걱정이 많았지만 주변 친구들과 가족들의 응원과 격려 속에 잘 마무리할 수 있었습니다. 글을 쓰면서 지난날 내가 꿈에 대해 어떻게 생각하고 있었는지, 내가 나를 얼마나 알고 있었는지 다시 한번 더 알 수 있었습니다. 처음 글을 쓸 때처럼 설레고 즐거웠던 시간을 보낼 수 있었고, 작가가 되기 위한 한걸음을 나아갔다고 생각합니다.

　글을 쓸 수 있도록 기회를 주신 선생님과 옆에서 계속 응원해 준 친구들과 가족들에게 감사를 표합니다.

생각의 시작

어린이나 학생, 어른들도 마음속에 이루고 싶은 꿈이 하나쯤은 있을 것이라 생각한다. 나 또한 '작가'라는 꿈을 가지고 있는데 이렇게 마음으로 원하는 꿈을 찾은 건 이번이 처음이었다. 그래서 이 꿈이라는 것을 더 소중히 여기고 꼭 이루기 위해 노력하고자 다짐하게 된 것도 이번이 처음이다.

나는 짧다면 짧은, 길다면 긴 17년이라는 시간 동안 수많은 꿈을 꾸었다. 어려서부터 맞벌이를 하는 부모님을 보며 일이라는 것에, 직업이라는 것에 일찍이 관심을 가지게 되었기 때문이다. 지금보다 더 어릴 적, 아직은 어린이집에 다니던 때의 나는 세상에 존재하는 수많은 직업보다 내가 좋아하는 것이나 흥미, 장래희망에 더 관심이 많았다. 때문에 나의 가장 가까운 사람 중 나를 가장 잘 아는 사람, 즉 부모님에게 나와 관련된 질문을 많이 하면서 나의 흥미나 나에게 어울리는 직업들에 대해 이야기를 많이 들어보고 싶어 했었다.

"엄마! 엄마는 내가 어떤 사람이 됐으면 좋겠어?"
"마는 우리 딸이 하고 싶은 거라면 뭐든 상관없어."
"음. 내가 하고 싶은 게 뭘까?"
"아직은 시간이 많으니까 천천히 생각해도 된단다."
"그치만 친구들은 벌써 꿈이 있는걸?"

"나중에 학생이 되고 어른이 되면서 꿈이 바뀔 수도 있지. 지금은 건강하게 뛰어놀기만 해도 돼."

"아빠! 아빠는 내가 어떤 사람이 됐으면 좋겠어?"
"지금은 열심히 놀아. 나중에 학교 들어가면 생길 거야."

"할머니! 할머니는 내가 어떤 사람이 됐으면 좋겠어요?"
"우리 손녀가 공부 열심히 해서 돈 많이 벌고 큰 걱정 없이 행복하게 살았으면 이 할미는 소원이 없겠구나."

이렇게 어릴 적엔 내가 어떤 사람이 되었으면 좋겠냐라는 질문에 항상 비슷한 대답만이 돌아왔다. 어리기 때문에 아직은 깊게 생각할 필요가 없다, 지금은 열심히 놀기만 하면 된다, 꿈은 나중에 자연스럽게 생길 것이다, 하는 말들이 나에게 정말 지금은 놀아도 되는구나! 하는 생각을 가지게 해 주었다. 그래서 정말 열심히 놀았던 것 같다.

우리 집은 할아버지 할머니와 같이 사는, 즉 한 집에 3대가 사는 대가족이었다. 부모님은 할아버지와 할머니에게 우리를 맡기고 맞벌이를 하셨다. 그래서 대화가 많지 않았던 우리 집에서 나는 맞벌이 집은 원래 이런가 보다 생각했다. 그래도 엄마가 일하러 가지 않는 날엔 엄마랑 같이 있고 싶은 마음에 엄마한테 달려가 이렇게 묻고는 했었다.

"엄마는 왜 우리보다 일을 더 챙기는 거야? 우리보다 일이 더 좋은 거야?"

그러면 항상 엄마는 나를 꼭 안아 무릎에 앉히고서 말을 했다. 이때 내가 몸을 살짝 흔들면 머리를 계속 쓰다듬어 주셨다.

"엄마는 우리 가족이 항상 먼저야. 일을 많이 한다고 해서 엄마가 우리 딸을 덜 사랑한다는 건 절대절대 아니지. 엄마는 가족끼리 많은 시간을 못 보내기 때문에 우리 딸이 하고 싶어 하는 거, 사고 싶어 하는 거 최대한 해 주려고 노력하고 있잖아. 안 그래?"
"맞아!"

사실 나는 엄마가 우리 가족을 많이 사랑하고 있다는 건 이미 알고 있었다. 그저 엄마에게 안겨서 쓰다듬을 받는 게 좋아서 어린 마음에 계속 이런 질문을 했었던 거 같다.

나는 부끄럼도 많고 낯가림도 심해서 가족들과 친한 친구를 제외하고는 다른 사람들과 잘 어울리지 못하는 성격이었다. 그럼에도 내가 일찍 어린이집에 들어가는 바람에 그곳 선생님들께 유독 사랑을 많이 받았던 기억이 난다. 부모님이 맞벌이를 하시기 때문에 다른 아이들보다 더 늦게 나를 데리러 오는 엄마를 기다리느라 매일 어린이집에 마지막으로 남아 선생님들과 함께 엄마가 오길 기다렸다. 때문에 다른 아이들보다 선생님과 지내는 시간이 훨씬 더 많았고 그 덕분에 나는 선생님들과 더 친해질 수 있었다.

내가 7살이 되면서부터 선생님들은 내가 장래에 무엇이 될 것인가에 대해 이야기를 자주 나누셨다. 그냥 내가 관심 있어 하는 것을 맞추는 심심풀이 같은 놀이였다. 선생님들끼리 먼저 말을 주고받으면서 나에게 어울리는 직업이나 관심 분야 등을 말하고 마지막에 내가 그 선택지 중에서 고르는 것이었는데, 이 놀이의 가장 큰 문제는 내가 선생님들이 말하는 관심 분야를 제대로 다 이해하지 못해서 단순히 마음에 끌리는 것만을 선택한다는 거였다.

선생님들의 각각의 선택지 중 한 가지만을 골라야 하는 것, 또 그 선택이 불러오는 결과가 나를 항상 곤란하고 부담스럽게 만들었던 기억이 난다. 수차례 했었던 이 놀이 중 여전히 내 기억에 또렷이 남아 있는 게 있다.

"애가 똑똑하고 어른스러운 면이 있잖아요. 나중에 공무원 하면 잘 어울릴 거 같지 않아요?"
"공무원도 공무원이지만 교사나 대학 교수도 잘 어울릴 거 같은데?"
'공무원? 그게 뭐지?'
어릴 적 공무원이 뭔지 몰랐던 그때의 나는 그저 한 선생님에게 안긴 채 계속 이야기를 들었다. 한 손에는 다른 선생님이 주신 간식과 다른 한 손에는 또 다른 선생님이 주신 요구르트를 쥔 채.

"교사는 너무 일이 힘들잖아. 그리고 공부 쪽보다는 디자인! 이런 쪽으로도 괜찮을 거 같지 않아?"
"에이 돈 많이 못 벌어요. 공무원이 가장 안정적이고 잘 어울린다니까요."
"아이 참, 교사라니까 그러네."
"글쎄 디자인이래두."
"또 이렇게 의견이 나뉘었는데 그럼 그냥 이번에도 한 번 물어볼까요?"

결국 선생님들의 입에서 물어보자, 라는 말이 나왔다. 나는 이럴 때마다 어떤 대답을 해야 할지 속으로 엄청 고민했다. 저번에도 한 번 이랬던 적이 있었는데 그때 선택을 받은 선생님이 "내 말 맞죠? 이쪽에 더 관심이 있다니까! 우리 반 아인데 제가 이 정도를 모를까 봐요?" 하며 다른 선생님들의 맞추겠다는 의지에 더 불을 지폈다. 솔직히 이땐 우리 반 선생님이어서 마음에 든다고 했던 거뿐이었는데…… 그렇게 당황스러움과 동시에 다시 어떤 선택지를 고를 것인가에 대한 깊은 생각에 잠겨 있던 그때 엄마가 와서 나를 구해 주었던 기억이 난다.

한번은 언니가 어린이집에서 유치원으로 옮겼던 일이 있어 나에게도 유치원으로 옮기지 않겠느냐고 엄마가 물어왔었다. 그러나 새로운 환경에 적응하기도 싫었고 날 사랑해 주던 선생님들과도 헤어지기 싫어서 어린이집에 끝까지 남기로 했었다. 늦게까지 남아 엄마를 기다리는 건 힘들었지만 선생님들과 함께 보내는 시간이 나름 재밌고 즐거웠었다고 속으로 생각했던 거 같다. 그렇게 늘 지금까지 같이 지내던 친구들과 어린이집 마당 놀이터에서 뛰어놀며 크게 아픈 적 없이 행복하게 유년 시절을 보냈다. 비록 내가 무엇에 관심이 있고 어떤 것을 좋아하는지에 대한 답을 찾지는 못했지만 그것보다도 더 선생님과 친구들과 함께 지내며 얻은 추억이 나의 유년 시절을 더욱 알차고 빛나게 만들어 준 것이라 생각한다.

방황의 시작

초등학교에 입학할 나이가 되면서 나는 꿈에 대해 더 큰 상상을 하고 생각을 하려 노력했다. 그러나 본래 내성적이었던 내가 초등학교에 입학하는 건 설레면서도 근심 걱정 다 드는 일이었다. 때문에 설레는 마음과 걱정되는 마음속 꿈을 생각할 여유가 없었다.

8살이었던 나에겐 초등학교 생활은 세상에서 가장 어렵고 힘든 일로 느껴졌다. 입학식 당일 살면서 그렇게 많은 사람을 본 건 아마 그때가 처음일 것이라 생각했다. 아직까지도 입학식 때 6학년 선배가 신입생들을 업어 주던 것이 잊혀지지 않는다.

1학년 때는 큰 사건사고 없이 조용히 지나갔다. 친구들과도 원만한 사이를 유지했고 친구들 사이에선 조용한 아이로 불리며 초등학교 생활에 천천히 적응을 해 나갔다.

"엄마, 엄마는 직업이 뭐야?"
"엄마는 사람들 도우는 일 하고 있지."
"사람들 도우는 일? 그래서 그 일 이름이 뭐야?"

초등학생 시절 부모님의 직업을 적어 오라는 칸을 적을 때마다 엄마한테 물었던 말이었다. 늘 엄마의 직업 칸에는 사회복지사나 의사가 쓰였고, 아빠의 직업 칸에는 회사원이나 자영업자가 적혔다. 이제 막 초등학생이 된 나는 아무리 직업을 말해 주고 설명해 준다 한들 제대로 이해하지 못했고, 내가 관심이 가지 않는 이상 더 생각하지도 않았던 것 같다. 지금 생각해 보면 왜 부모님의 직업이 자주 바뀌었을까 의문이 들긴 하지만 어릴 적의 나는 어지간히 내가 원하는 것만 보고 듣고 행동한 것 같다.

초등학교 3학년 때까지 꿈이 정말 많이 바뀌었다. 누구나 쉽게 알고 있는 의사, 화가, 교사 등등 그냥 막 떠오르는 대로 다 관심을 가졌던 거 같다. 그러나 이때도 여전히 달라진 건 없었다. 아직은 어린 나이였고 열심히 공부를 하거나 꿈을 생각하는 것보단 친구들과 어울리며 놀러 다니는 게 훨씬 더 재밌게 느껴졌다. 그러나 4학년이 되던 해, 우리 가족은 지금 살고 있는 곳으로 이사를 가게 되었다. 워낙 이사를 많이 했던 터라 이번에도 그냥 주변 어딘가로 이사 가는구나 하고 생각했던 것과는 달리, 이번 이사는 지난번들의 이사와 많이 달랐다. 훨씬 더 먼 곳으로, 그동안 알고 지냈던 사람들과 헤어져야만 했던 그런 큰 이사였다.

"엄마, 이번엔 어디로 가는 거야?"

"어? 너희들이 좀 더 공부하기 편한 곳으로."

"어디 조용한 곳으로 가는가 보구나! 난 좋아!"

처음엔 단순히 어디 조용한 곳으로 이사를 가는구나 했다. 그래서 이사 간다고 신이 나 얼른 이사 갈 날짜가 오기를 기다렸다. 그러나 곧 그게 아님을 알게 되고는 한순간에 이 이사가 정말 싫어졌다. 이때 내 친구가 있었다면 아마 나에게 "넌 정말 변덕이 심해!"라고 말했을 것이다.

우리가 편하게 공부를 하기 위해 이사를 간다는 것을 그때의 나는 받아들이지 못했다. 그냥 여기서 지금까지 쭉 같이 알고 지낸 친구들과 함께 여전히 같이 공부하고 같이 졸업해서 같은 중학교에 가고 싶었다. 그러나 나의 바람과는 달리 이사 가는 날은 너무나 빨리 다가왔다. 처음에 이사 간다고 좋아라 했던 나의 모습이 미워졌다.

"나 전학 안 갈래. 계속 여기 학교 다닐래애!"

"처음엔 좋다고 그랬잖아? 갑자기 왜?"

"그땐 전학 가는 줄 몰랐지. 친구들하고 다 헤어지고 전학을 가야 한다니……"

"가서 친구들 많이 사귀면 되잖아. 우리 딸이면 친구들 쉽게 사귈 수 있을 거야."

"치이……"

벌써 좋다고 말해 버렸고, 엄마가 저렇게까지 말하니 더 이상 가기 싫다고 떼를 쓰지 못하게 되었다. 결국 그렇게 남은 친구들과 제대로 된 인사조차 하지 못한 채, 이사를 가게 되었다.

이사가 대충 끝나고 학교 전학도 대충 마무리가 되었다. 나는 이번 이사가 정말 마음에 들지 않았다. 공부를 더 편하게 하고 싶다는 생각을 가진 적도 없었고, 큰 언니는 여전히 다니던 학교에 남았는데 나는 친구들과 헤어져 새로운 학교로 전학을 가야만 했기 때문이다. 또다시 새로운 환경에 적응하는 것도 정말 싫었다.

"오늘 전학 온 새로운 친구예요. 다들 사이좋게 지내고 전학생 잘 도와주도록 해요."

선생님이 나를 대신해서 간단한 소개를 끝마쳤다. 아직도 그때 앉았던 자리가 기억이 난다. 2분단 2째 줄의 왼쪽자리. 가뜩이나 전학 온 것도 싫은데 자리 또한 마음에 들지 않았다. 하필이면 내가 제일 싫어하는 중간 자리였다.

친구를 사귀는 데엔 큰 어려움이 없었다. 앞에 앉아 있던 친구가 전학 온 나에게 학교를 소개시켜 주는 일을 맡게 되었고, 그 친구 덕분에 지금 나와 가장 친한 친구와 인연을 맺을 수 있게 되었다. 반 친구들과는 금세 친해져 새로운 학교에 적응하는 데 큰 어려움 없이 학교생활을 다시 이어 갔다. 학교 바로 옆의 수학 학원과 영어 학원도 다니기 시작했다. 그러나 이곳 학원은 나와는 엄청 맞지 않았다. 때문에 학원을 빠지는 날이 잦아졌고, 지금 나와 가장 친한 친구와 늘 놀기만 했다. 이번 학교는 예전 학교와 비교도 안 되게 공부 수준이 높았기 때문에 처음 친 시험에서 나는 지금까지 본 시험 중 가장 낮은 점수를 받았다. 선생님께서 나에게 시험지를 주며 하셨던 말씀이 아직도 기억난다.

"이번 시험이 좀 많이 어려웠나 보구나."
"하하…… 네."
"다음 기말고사는 잘 칠 수 있을 거야."

점수가 20점이나 떨어졌다. 이때는 내가 아직 이곳 공부 방식에 익숙해지지 않아서 그렇다고, 조금만 더 열심히 하면 점수가 오를 것이라고 생각했다. 그러나 기말고사 때도 똑같이 점수는 오르지 않았다. 이때부터 난 공부는 아닌가 보다 하며 학교가 끝나면 친구 집으로 가 놀기 바빴다. 공부는 완전 손에서 놓아 버렸다. 아직은 놀아도 된다고, 지금은 뛰어놀 나이라고 스스로 생각하며 더더욱 공부보다 놀기에 집중했다. 그렇게 성적은 바닥을 향해 달렸다.

4학년 때부터 용돈을 받으면서 사고 싶은 것들을 마음대로 살 수 있게 되자 자본주의에 눈을 뜨게 되었다. 그 전까지는 엄마가 사 주는 대로만 받아왔었는데 용돈을 받음으로써 내가 원하는 것들을 하나둘 사들일 수 있자 소비하는 것에 재미를 붙였다. 이것저것 당장에 필요가 없는 것들도 그냥 마음에 든다는 이유 하나만으로 엄청나게 사들였던 거 같다. 특히 이때 필통을 엄청나게 샀었던 게 기억나는데 일주일에 한 번 꼴로 필통을 바꾸었던 거 같다. 엄마가 주의를 주었지만 제대로 말을 듣지 않았다. 그렇게 4학년을 보냈다.

5학년 때는 친구의 추천으로 전과목 학원을 다녔지만 이 또한 오래가지 못했다. 그래도 잠깐 학원을 다녀서 그런지 성적은 아주 조금 오르긴 했지만 또 학원이 나에게 맞지 않아 금방 끊어 버렸다.

이사를 가기 전의 나는 학원을 꾸준히 많이 다녔었다. 학원을 3군데나 다녔는데 학교를 마치면 바로 입시학원으로 가 국어, 수학, 영어를 배우고 학원이 끝나면 피아노 학원을 가서 피아노와 미술을 배웠다. 피아노 학원을 나오면 꽤 늦은 시간이었는데 이땐 태권도를 배우러 갔다. 이렇게 내가 초등학교 3학년 때까지 학원을 꽤 많이 다녔었다. 지금도 내가 3학년 땐 영어로 회화가 가능했다는 것을 잊지 못하고 있다. 그때 영어라도 조금만 더 열심히 했다면 지금 이렇게 힘들지는 않았을 텐데, 하며 계속 후회를 했다. 뭐 후회해 봤자 무슨 소용이겠냐만. 이 생각을 할 때마다 학원에 쏟아부은 돈이 아까워졌다. 그래서 이번 학원을 끊고서 다시는 학원에 다니지 않겠다고 다짐했다. 그리고 휴대폰이 바뀌고 집 컴퓨터가 더 좋은 것으로 바뀌게 되면서 게임에 푹 빠져 버렸다.

성적은 바닥을 향해 끝없이 추락했고 휴대폰과 게임만 찾는 날들만이 반복되었다. 당연히 꿈은 없었다. 그냥 지금까지 생각했었던, '엄마가 사회복지사니까 나도 사회복지사나 해야지.'라는 가벼운 마음으로만 지냈었다. 그 후 6학년 때까지 쭉 상태는 나아지지 않았고 친구관계, 사춘기 등등으로 공부에 신경 쓰지도 않은 채, 초등학교 생활은 그렇게 끝이 났다. 그렇게 여전히 내 확고한 꿈도 모른 채 다자녀 우선을 받아 언니가 다니는 중학교로 진학했다.

끝과 새로운 시작

중학교 1학년이 되어서도 나아지는 것은 없었다. 내가 원하는 꿈과 나에게 맞는 직업을 찾으려 하지도 않았다. 때문에 1학년이 되고 얼마 지나지 않아 자기소개서를 적을 때, 특기와 흥미를 적는 것에 엄청 짜증을 부렸다. 특기랑 흥미가 뭐라고 이렇게까지 내 머리를 아프게 만들 줄은 몰랐다. 그냥 간단한 특기나 흥미 정도는 찾아 놓는 건데, 하며 후회만 하고는 단 한 번도 제대로 생각하는 시간을 가지지 않았다. 결국 반복되는 짜증을 가족들에게 풀어댔다.

"엄마 이런 거 왜 적는 거야? 특기나 흥미가 없을 수도 있잖아? 그런 거 없는 애들은 이걸 뭘 어떻게 적으라는 거지?"

"선생님들도 그런 걸 알아야 네가 어떤 쪽으로 관심이 있는지를 알지. 불만 그만하고 얼른 적기나 해!"

"아아 몰라아 짜증나아. 이딴 게 뭐라고 사람 스트레스 쌓이게."

"아이 참, 별거로 스트레스 쌓인다, 없으면 그냥 아무거나 적어."

"에휴. 아무거나가 젤 어려운 거라구. 엄마, 엄마는 내가 뭘 잘하는 거 같아?"

"그건 스스로가 더 잘 알지 않겠니?"

"스스로도 모르니까 엄마한테 물어보는 거잖아."

그렇게 제대로 된 답도 듣지 못한 채, 남들 다 있는 흔하디 흔한 특기와 흥미를 겨우겨우 생각해 내어 한 가지씩만 적어서 냈다. 직업 칸에는 여전히 사회복지사가 쓰였다.

중학교 1학년 때도 공부는 나 몰라라 하며 여전히 노는 것에만 집중했다. 학교 수업시간에는 그래도 집중을 하긴 했지만 도통 이해를 할 수 없었고, 간이 그렇게 크지 않아 수업시간에 살짝씩 조는 경우는 있어도 대놓고 엎드려 잠을 자지는 않았다. 성격도 여전히 내성적이며 조용했고, 자신감도 낮아 발표나 모둠장 같은 것을 계속 피하며 절대 하지 않았다. 상처도 잘 받는 편에 자신감이 워낙 낮았기에 항상 학년 초, 맨 앞자리에 앉는 것도 싫었고 선생님이 발표를 지목해서 시키는 것도 엄청 싫어했다. 그냥 학교가 가기 싫었던 적도 있었다.

"엄마 나 학교 오늘만 쉬면 안 돼?"

개근을 중요시 여기던 엄마는 절대 학교 빠지는 것을 허락하지 않으셨다. 때문에 학교 가기 싫다는 말을 입 밖으로 꺼낼 때마다 크게 혼나곤 했다. 그래서 정말 학교가 가기 싫었던 날은 고작 교육복지실에서 시간을 보내던 게 다였다.

그래도 중 1땐 그나마 공부를 해 보려 노력은 했었다. 방과 후 수업을 들으면서 영어를 보충해 보려 해 봤고, 드림클래스라는 것에도 들어가 영어와 수학을 배웠다. 방과 후는 꾸역꾸역 나갔지만 드림클래스는 중간에 한 번 포기하고 2학기 때 다시 들어갔었다. 이때는 공부보단 휴대폰이 더 좋았다. 유튜브나 모바일 게임 등 휴대폰 하나로 주말 내내 시간을 보냈던 적도 있었다.

그러다 갑자기 악기에 관심을 가지게 되었다. 피아노를 배웠지만 피아노를 안 친 지 너무 오래되어 손도 굳었고, 피아노보다는 바이올린에 더 흥미가 생겼기에 친구가 다니던 피아노, 바이올린 학원에 약 2달 동안 다니면서 기본적인 것들만 배웠다. 2달 정도만 다니고 나서 나머지는 독학으로 바이올린을 연습했다. 중학교 1학년 2학기는 자유학기제라는 것을 했기 때문에 시험을 따로 보지 않았다. 때문에 학생들이 좀 더 꿈을 찾기 위해 많은 활동을 할수는 있었지만 시험을 대신하는 수행평가가 많아져 그것은 그것대로 불만이 있었다. 그래도 자유학기제 악기 연주반을 하면서 바이올린 실력이 조금씩은 늘었던 거 같다.

중학교 1학년 때는 나도 내 마음이 이해가 안 되던 시기였다. 공부를 하고자 생각을 하면서도 공부가 하기 싫어 매일 이 핑계 저 핑계를 대며 공부하는 것을 피해 왔다. 그러면서도 마음속에는 인정받고 싶다는 열망이 있었다. 그런데 몸이 따라 주지 않았다. 공부를 못하는 나에게도 공부를 잘하고 싶다는 마음이 있다는 것을 중학교 1학년이 다 끝날 때가 되어서야 알게 된 것이다. 그리고 이맘 때쯤, 엄마의 영향으로 여군 쪽에 관심을 가지게 되었다.

"집에서 하는 짓이랑 밖에서 하는 짓이 다르긴 해도 엄마가 볼 때 넌 군인이 딱이야."

처음엔 정말 싫었다. 스스로도 군인과 어울리지 않다는 것을 알고 있었다. 그러나 엄마의 계속된 설득과 군인에 관련된 이야기를 계속 듣다보니 어느새 군인도 나름 괜찮구나 하는 생각을 가지게 되었다. 그렇게 2학년 때의 자기소개서에서는 내가 원하는 직업에 '여군 장교'라는 네 글자를 써 넣었다.

중학교 2학년이 되어서부터는 드디어 정신을 차리고 공부를 하기 시작했다. 처음 공부를 시작하게 된 것은 지금까지 너무 놀았다는 생각이 들면서부터였다. 엄마는 나에게 공부를 강요하지 않았기에 엄마의 잔소리로 인한 공부를 하기 싫다는 마음은 애초부터 없었다. 그저 스스로가 공부하고자 하는 의지가 없었고, 더 놀고 싶다는 마음에 공부보다 노는 것을 스스로 선택한 것이었다. 1학년이 끝날 때부터 게임과 휴대폰에 관심이 없어지기 시작했고, 처음으로 공부를 해 볼까 하는 생각을 했었다. 단지 심심해서 라는 이유가 공부를 시작하게 된 계기의 절반 이상을 차지할 것이다. 나는 인정받고 싶어서 공부를 한 것도 맞다. 그러나 제대로 공부를 하기 전엔 공부를 하면서 인정을 받는 것보다 내가 하고 싶은 것들을 하면서 얻는 편안함과 만족감이 더 좋았기에 아마 공부의 중요성을 알면서도 스스로가 마음을 주체하지 못하고 계속해서 내가 원하는 것들만 했었던 거 같다. 때문에 지금도 누군가에게 인정을 받기 위해 공부를 하는 것보다 내 스스로가 재밌다고 느끼는 공부를 하기 위해 노력하고 있다.

학원을 다니지 않고 스스로 공부하는 것에는 큰 어려움도 많았고 포기하고 싶다는 생각도 수없이 많이 들었었다. 그러나 학생들의 학구열에 관심이 대단하신 담임 선생님과 방과 후 수업 드림클래스의 영향 덕분에 조금씩 오르는 성적으로 선생님들과 가족들, 주변 친구들의 응원에 더더욱 공부에 집중할 수 있었다. 그리고 나의 성적 향상과 진로 선택에 큰 도움을 주었던 것은 언니의 영향으로 도서부원을 하게 되면서 책에 관심을 가지기 시작한 것이다.

도서부원 일이 마냥 쉬운 것은 아니었지만 책을 정리하면서, 도서관에서 여러 일을 하면서 다양한 책들을 접해 볼 수 있었다. 때문에 내가 읽어 보고 싶다는 마음이 든 책을 미리 빼놓고 나중에 그 책을 빌려 읽어 보곤 했다.

"선생님, 이 책은 저랑 안 맞는 거 같아요. 너무 재미가 없는 거 같아요."
"아직은 너희 나이대가 읽기엔 어렵긴 하지. 그럼 이런 책들을 읽어 보는 건 어때?"

사서 선생님과 친해짐으로써 나에게 맞는 책들을 더 많이 추천받을 수 있게 되었다. 그리고 한 권, 한 권 시간이 오래 걸리긴 해도 끝까지 책을 다 읽었었다. 읽다 보니 책 읽는 것에 재미가 붙여졌다. 책을 읽으면서 가장 재미있었던 부분은 책에는 각양각색의 이야기들이 담겨져 있다는 것이었다. 이렇게 많은 책들이 다 다른 이야기를 담고 있다는 게 신기하기도 했고 그 이야기들 하나하나가 다 재미있었다. 물론 재미없는 것들도 더러 있었지만. 한번은 사서 선생님과 책과 관련된 이야기를 나누다가 왜 책을 읽는가에 대한 주제가 나왔다.

"선생님, 선생님은 왜 사람들이 책을 읽는 거 같아요? 책을 싫어하는 사람들도 많은데 책을 좋아하는 사람들은 왜 책을 좋아하는 걸까요?"
"책을 읽으면서 지식을 얻는 것에 재미를 붙이는 사람이 있는가 하면, 책을 읽으면서 자신이 경험해 보지 못한 것들을 경험해 볼 수 있는 것에 재미를 붙이는 사람도 있지. 이 재미를 계속 느끼기 위해 책을 읽는 것이 아닐까? 그리고 책을 싫어하는 사람들은 단순히 책이라서 싫어하는 사람도 있을 수 있겠지만 아직 책의 참맛을 모르기 때문이 아닐까 싶어. 선생님 생각은 말야."

"책의 참맛이요?"

"아까 말했듯이 책을 읽으면서 얻는 지식이나 경험으로 오는 재미를 말하는 거야. 사람들은 모든 것을 경험하기엔 그 한계가 있기 마련이지. 책은 그 한계를 유일하게 깨 주는 매개체라고나 할까."

"음. 말이 너무 어려워요."

"중2 정도면 이 정도는 이해를 해야지."

"앗, 뭐 그 정도야 충분히 이해할 수 있죠!"

사서 선생님과의 대화는 나에게 있어 좀 더 생각을 깊게 할 수 있도록 만들어 주었다.

2학년 1학기가 다 지나가고 여름 방학을 앞두고 있을 무렵, 나는 기말고사 성적이 중간고사보다 훨씬 더 많이 상승했고, 반에서 다독상까지 받게 되었다. 다독상을 받은 건 이번이 처음이라 정말 설레기도 했고 상장을 받음으로써 더더욱 책을 읽고 책에 재미를 붙인 것에 뿌듯함을 느꼈다.

여름 방학에는 드림클래스 수업을 듣기 위해 학교에 일주일 동안 나왔고, 남은 날들은 집에서만 공부를 했었다. 그렇게 2학기 때에도 열심히 방과 후 수업을 들으며 학교 수업을 따라갔고, 책도 꾸준히 읽었다. 2학기 중간고사와 기말고사도 쭉 성적이 올랐고 반에서도 또 가장 책을 많이 읽었다. 1년 동안 정말 열심히 공부한 끝에 나는 중하위권에서 중상위권으로 오를 수 있었다. 겨울방학에는 거의 매일 도서관으로 향했다. 도서관에서 책을 읽거나 공부도 하면서 방학을 보냈다.

"오늘도 또 도서관 가니?"

"응."

"방학인데 좀 쉬지 그러니."

"방학이라 애들 없을 때 가는 거야."

"너무 열심히 하는 거 아니야?"

"이 정도는 열심히라 하기 뭣하지."

"가끔씩은 집에서 좀 쉬어. 추운데 감기 걸릴라."

"알았어, 알았어. 걱정마."

겨울 방학 동안 학교에 나가면서 책을 읽다 보니 나도 글을 써 보고 싶다는 생각을 가지게 되었다. 이땐 단순히 글을 써 보고 싶다는 생각밖에 들지 않았기에 내가 작가를 꿈꾸게 될 줄을 정말 상상조차 하지 못했다. 나는 문장력도 별로였고 글을 그렇게 잘 쓴다고도 생각하지 않았을 뿐더러 재밌는 이야길 쓸 수 없을 것이라 생각했기 때문이다. 지금 생각해보면 그때는 그저 글을 쓰는 것에 자신감이 없었던 거 같다. 그렇게 글을 써 보고 싶다는 생각만 가진 채 2학년 겨울 방학이 끝나고 3학년이 찾아왔다.

3학년 1학기에는 도서부 부장으로 상담 선생님이 사서 일까지 하셔서 도서관의 잡다한 일들은 대부분 내가 맡아서 했다. 그래서 도서관에 있는 시간이 점점 더 많아졌고, 책을 읽는 시간도 자연스럽게 많아졌다. 그렇게 3학년 2학기 될 때쯤, 나는 작가라는 꿈을 가지게 되었다. 초등학교에 들어가면서부터 수많은 방황 끝에 찾게 된 꿈이었다. 내가 작가가 된 모습을 상상하면 마음 한구석이 항상 뜨거워졌다.

작가라는 꿈을 가지고 난 뒤, 가장 먼저 글쓰기 연습을 하기 위해 독후감을 썼었다. 많지는 않았지만 1학기 동안 읽은 책들 대부분으로 독후감을 썼다. 그리고 독후감을 쓰면서 국어 선생님과도 사이가 좋아졌다.

"이번에 예산이 좀 내려와서 선생님이 문학 쪽으로 관심이 많은 학생들을 모아 문학기행을 가보려고 하는데 혹시 해 볼 생각 있니?"
"문학기행이요?"
"그래, 너희들끼리 계획한 일정대로 다니면서 문학적 소양을 쌓는 거지."
"좋아요! 해 볼래요."

그렇게 2학기가 되면서부터 작가라는 꿈을 이루기 위해 더 열심히 노력했었다. 자율동아리를 만들어 문학기행을 다녀오기도 했고, 독후감 대회에 나가 대상을 받기도 했었다. 특히 대회에 나가 상을 받았을 때는 그동안 노력해 온 것들에 대한 보상을 받는 느낌이 들었다. 그래서 더 노력할 수 있었다.

중학교에서의 3학년 생활은 생각보다 빠르게 지나갔다. 2학기 중간고사, 기말고사가 끝나면서 원서 쓰기가 시작되었다. 때문에 고등학교에 대한 생각을 안 할 수가 없게 되었다.

"엄마 나 고등학교 어디 가지?"
"네가 원하는데 가."
"저번에는 언니가 다니는 고등학교로 가라며."
"네가 뭐 엄마 말을 다 듣기는 하니?"
"참고는 한다, 뭐."
"그러면 그냥 언니가 다니는 고등학교로 가. 그게 편해."
"엄마가 편한 거잖아. 언니는 지 학교 오지 말라카던데."

"아이 참, 그냥 원하는 대로 적어. 나중에 엄마 탓 하지 말고."
"내가 언제 엄마 탓을 했다구."

원서 쓰기가 끝나고 졸업까지 자습 아니면 영화를 보는 시간이 대부분이었다. 나는 그 시간에 고등학교 예습보다 책을 더 읽었었다. 그렇게 겨울 방학이 오기까지 책만 읽었다. 그리고 결국 고등학교는 언니가 다니는 고등학교로 배정받았다.

졸업식 때는 독서 부문으로 상을 받게 되었는데, 저번 언니의 졸업식을 보면서 나도 단상 위에 올라가 대표 상장을 받고 싶다고 생각했었다. 그래서 대표 상장을 받을 때 정말 바라는 꿈이 있고 노력한다면 그 바람을 이룰 수 있다는 것을 경험하게 되었다. 운이 따랐을 수도 있겠지만 노력한 만큼 원하는 결과가 나왔기에 중학교의 생활은 만족스러운 결과로 끝이 났다. 원하는 꿈도 찾았을 뿐더러 공부에도 어느 정도 재미를 붙여 2년 동안 힘들었던 부분도 많았지만 즐겁게 공부를 할 수 있었다.

꿈을 마무리하다

고등학교에 올라오면서부터 힘들었던 일들이 가득했지만 벌써 고등학교 1년의 시간이 지났다. 지난 1년을 보내면서 올해는 너무 빠르게 지나갔다는 생각만이 남았다. 나는 아직도 작가라는 꿈을 꾸고 있고 꿈을 위해 여전히 노력하고 있다. 가족들도 나의 꿈을 응원해 주면서 내가 포기하지 않도록, 더 힘을 낼 수 있도록 도움을 주고 있다.

요즘은 가끔씩 엄마와 주말마다 한 시간씩은 대화를 나누려고 서로 노력하고 있다. 어릴 적 얘기부터, 다음번엔 뭐하고 놀 것인가에 대한 이야기를 주로 하는 거 같다. 특히 어릴 적 이야기가 나오면 내가 항상 하는 말이 있다.

"날 왜 그렇게 일찍 어린이집에 보낸 거야? 그때 조금이라도 더 집에서 놀고 먹고 쉴걸."

이렇게 말할 때마다 엄마는 내가 얼마나 어린이집에 가고 싶다며 떼를 썼는지 모를 것이라며 예전 이야기를 들려주곤 하셨다.

"네가 얼마나 어린이집 가고 싶다고 떼를 썼는데? 언니 가방 들쳐 메고 '어린이집 다녀오겠습니다!' 할 때마다 얼마나 귀엽고 웃겼다고."

어릴 적 이야기가 나오면 할머니도 자연스럽게 옆에 끼여 앉아 세 명이서 같이 이야기를 이어 갔다.

"무튼 너는 참 별났어. 위에 언니들은 그렇게 얌전하고 하라는 거 척척 하는데 어찌 우리 집 막내 손녀는 별에 별거 다하겠다고 난리였으니. 밖에 데리고 나갈 때면 항상 장군감 소릴 들었다니까?"
"할머니, 장군감 소리는 날 남자처럼 입혀 놓으니까 그런 거였구요!"
"남자는 무슨, 딱 생긴 게 복스럽고 이쁘장하니까 사람들이 다 너 좋으라고 장난치는 거지."
"나는 그런 장난 싫었단 말이야아."
"쬐그만 애기가 뭘 기억한다고."

그렇게 엄마와 나, 할머니의 대화는 꼬리에 꼬리를 물며 끝나지 않는 대화를 이어 가곤 했다. 그러다 보면 서로서로 본론을 다 까먹은 채 하고 싶은 말을 하며 각자 할 일을 찾아 나서며 대화는 끝이 난다. 일주일 중 하루, 일요일에만 즐길 수 있는 소중한 대화 시간이다.

가족들과 대화를 나누게 되면서부터 언니와 동생의 꿈이 무엇인지 알게 되었다. 언니는 동물 훈련사를, 동생은 제빵사를 희망하고 있었다. 내 주변 친구들의 이야기를 들어보면 각자 원하는 꿈 하나씩은 가지고 있었다. 그 꿈을 위해 미리 준비하는 친구들도 있는 반면, 막연한 꿈을 가지고 있는 친구들도 있었다. 이러한 대화들을 나누며 내 꿈에만 관심이 있었던 지난날과는 달리 이제는 다른 사람들의 꿈은 무엇인지 알고 싶어졌다. 많은 사람들이 자기가 진정으로 원하는 꿈을 찾고 그 꿈을 이뤘으면 좋겠다는 바람이다.